智人崛起

赵炎秋 著

湖南文艺出版社
HUNAN LITERATURE AND ART PUBLISHING HOUSE

图书在版编目（CIP）数据

智人崛起 / 赵炎秋著. — 长沙 ：湖南文艺出版社，2023.7
ISBN 978-7-5726-1046-2

Ⅰ. ①智… Ⅱ. ①赵… Ⅲ. ①幻想小说—小说集—中国—当代 Ⅳ. ①I247.5

中国国家版本馆CIP数据核字(2023)第024997号

智人崛起

ZHIREN JUEQI

赵炎秋　著

出 版 人：陈新文
出版统筹：谭菁菁
责任编辑：陈小真
责任校对：刘　波　胡伟英
装帧设计：弘毅麦田
湖南文艺出版社出版、发行
（湖南省长沙市东二环一段508号　　邮编：410014）
网址：www.hnwy.net
湖南省新华书店经销
湖南雅嘉彩色印刷有限公司印刷

版次：2023年7月第1版
印次：2023年7月第1次印刷
开本：970 mm×680 mm　　1/32
印张：10.5
字数：214千字
书号：ISBN 978-7-5726-1046-2
定价：49.80元

本社邮购电话：0731-85983015
若有印装质量问题，请直接与本社出版科联系调换

目录

智人崛起

一

计算机专家范智明走在明皇路右边的人行道上。

这是这座城市的一条主要街道，两边的人行道很宽，人行道上是熙熙攘攘的人群，两边是摩肩接踵的高楼，高楼的底层是一个比一个气派的商场，大门口装饰的霓虹灯即使白天也一闪一闪地亮着，临近黄昏更是鲜艳夺目。坐落在楼上的商店也不甘落后，招牌设计精巧地横插在街道的上空，还从商店的窗户中打出旗帜或者挂出条幅，欢迎、吸引着那些可能的顾客。

范智明发现今天的人行道上多出了一些小摊子，摊子上摆着电子表、笔记本、小型的视听器等。摊子的后面竖着或男或女的大幅照片，摊子周围是笑容可掬的年轻男女。他知道，这是自然人在搞市长竞选，今天是市长公开竞选的第一天。

一个长相可人的年轻女孩向他走来，朝他微微颔首，用悦耳的嗓音问道：“先生，请问您是这个城市的市民吗？”范智明知道她接下来的问题便是：请问您是自然人吗？如果他两个问题都做了肯定的回答，那个女孩便会用一个仪器巧妙地、不引人反感地在他身上扫描一下，然后送给他一个电子表，或笔记本，或视听器，请他支持某某候选人。他不想被她认出不是自然人，也不想听到她那骨子里含着轻视的假惺惺的道歉，于是回答说：“对不起，我是南方人。”便头也不回地走了。

快到计算机研究中心时，宽阔的人行道被堵住了，他不得不停下来。一队男人和一队女人相互纠缠在一起，面对面地争吵着，有的甚至发生了肢体冲突。几个自然人警察带着一队低智人辅警，试图分开他们。自然人警察吹着口哨，低智人辅警则插入人群之中，用身体将他们隔开。碰到纠缠在一起的，他们便伸出双手，将他们像小孩子一样地强行分开。

范智明看了一会，知道这是一队反对宠妻狂的女性和一队反对迷郎宝的男性之间发生了纠纷。据路人说，两队人马从不同的方向游行过来。碰面之后，便面对面地站住，互相喊着慷慨激昂的口号，女性反对迷上了女高智人的男性自然人，男性反对迷上了男高智人的女性自然人。喊着喊着，便相互把对方当成了自己反对的宠妻狂或迷郎宝，纠缠到了一起。范智明撇撇嘴，轻蔑地笑了笑。他很奇怪两队男女的智商。两队的目标其实都是一致的，但他们不联合起来反对背叛了自然人的“同胞”，反而相互之间撕扯起来，将同志变成了敌手。

“弱智，无聊。”范智明小声嘀咕了一句。他不想在这件事上费脑筋，在秩序恢复之后，便穿过人群，左拐进了计算机研究中心。中心是一个巨大的建筑群，以中心主楼为圆心，辐射状地连接着六座副楼，楼与楼之间有通道相连，虽不十分美观，但很实用。里面办公室、实验场、生产间、住房、商店、食堂、健身房、游泳馆、日光浴中心，甚至一座小型医院，应有尽有。建筑物周围，是青青的草地。如果有需要，一个人在这里生活半年、一年，可以不出中心的范围。

范智明的办公室在中心主楼的十八层。这是一个六十平方米左右的房间。房间的窗户面对着这座城市的一个很大的内湖，站在窗前，可以看见大部分湖面和湖上帆船的片片白帆。房间的门上挂了一块牌子，上写：人工智能研发部常务副部长办公室。房间内，用沙发围出了会客与办公两个功能区。办公桌很大，上面摆着两台最新型的电脑，一台笔记本，一台台式。办公桌后面，是一排直顶天花板的储存器，办公桌的对面，相距三米，是一堵白色的墙壁。范智明喜欢在办公桌与墙壁之间的这块空地上踱步。

范智明在办公桌前坐下，启动电脑，输入一组数据，将其打开。他找到一个文件夹，沉思一下，再输入一组数据，仔细检查一遍，按了输入键，文件打开了。他进入工作状态，时而沉思，时而敲打一会键盘。这时，传来轻轻的敲门声，他把正在工作的文件关闭，并在电脑的固定列表上将相关文件名删去。然后才起身开门。进来的是人工智能研发部部长叶玲。一个四十多岁的自然人女性，胸部饱满，头发黑亮，身材保养得很好，除了眼角一点细密的鱼尾纹，整个面部皮肤依然紧绷，看不到一点皱纹。

她用自己好看的丹凤眼瞟了瞟范智明已经打开的电脑屏幕，问道：“智明，这几天在忙什么？”

“我正在考虑明年的工作计划。另外，我在想，是否向中心打个报告，申请再生产一批女性配偶型高智人。目前对这类高智人的需求量很大，客户订单已经排到后年了。有的客户因等待时间太长，已经告到市长那里了。”

“啊，我来正是想和你说这件事。昨天国家科技委员会下发了一个文件，要求近几年对男女两性配偶型高智人的生产进行严格控制。你也知道的，女同胞们已经到总统府和国会前静坐示威好几次了，再不控制配偶高智人的生产，只怕很多女人都找不到丈夫了。”叶玲斟酌着字眼，将女性自然人用女同胞或女人代替，以免范智明听了不高兴。她才在中心开了各二级单位正职负责人的会议。会上，计算机中心总裁传达了国家科技委员会下发的这个文件，并说明了这个文件形成的背景与原因。自从配偶高智人投入生产之后，由于其外貌、性格方面的优势以及超强的工作与家务能力，导致大量的自然人男性购买女性配偶高智人作为自己的伴侣。结果之一就是大量的女性自然人找不到配偶，社会发生动荡。最近，女性自然人也开始出现大量购买男性高智人的现象，导致不少男性的不满。当然，解决办法之一是生产更多的男女两性配偶高智人。但这样一来，就会导致大量的人智组合家庭，而人智组合家庭长期下去，必然导致自然人数量的减少，高智人数量的增加，从而引发严重的社会问题，甚至导致自然人社会的崩溃。这样的前景自然是所有与会者都不愿意看见的。所以散会后她立即赶到范智明的办公室内，传达有关会议精神。当然，她不会将会议的所有内容都告诉范智明，她只需将会议决定告诉他就行了。

“那已经交了定金的怎么办呢？”范智明没有流露出自己内心的不快，公事公办地问。

“中心已经决定，按照科技委的文件精神，对所有客户进行一次筛查。除了八十岁以上的男性可以继续履行合同外，其他人的合同一律废除，全额退款，并赔偿一定数量的违约金。放心，这笔钱将由国家买单，不会要我们公司掏腰包。”

“如果有人不愿废除，要求我们继续履约怎么办？”

“这个好办，由政府做工作，我们可以不管。”

“好的。我要财务部门将已经签约但还未履约的客户的名单整理出来，争取下周一与客户联系解约及退款事宜。”范智明回答说。他不喜欢这个决定，但他没有任何反对的表示。他的任务是执行中心和叶玲的指示。他只是执行者，不是决策者。这个中心的关键岗位和哪怕是一个小小的研究室内的正职都是由自然人担任的。高智人不管如何能干都只能担任副职。而所有的决定都只能由正职做出，副职的责任只是执行。他对这种用人机制很不满，曾经想过跳槽。后来一打听，这并不是计算机中心的个别现象，全国都是一样，不管到哪个单位，他都只能担任副职。他也就懒得动了。认命吧，谁叫你不是从女人肚子里蹦出来，而是从流水线上造出来的呢？他对自己说。

“那就辛苦你了，”叶玲停了一下，从自己的手提包里拿出一份文件，略带歉意地说，“这份文件总裁办退回来了。你再打印一份，我签字后送上去。”

“好的。”范智明瞟了瞟文件，回答说。这是一份关于今年上半年人工智能研发部生产情况的总结报告。当时总裁办要得很急，而叶玲又在外出差，于是授权他签字后报送了总裁室。没想到又退回来了。当时以为就一份生产报表，而且叶玲又授了权，以前也有过这样的先例，他就签了字让工作人员送上去了，没有想到竟被退了回来。看来，自然人社会对高智人的防范又升级了。早知这样，他就不会签这个字，以免受这个侮辱。反正耽误了工作又不是他的责任。

叶玲看他脸色暗淡，知道他不高兴，安慰道：“你别介意，智明，程序问题。最近总裁办对程序的要求突然严格了。我估计与吉英事件有一定的关系。”

她看看范智明，欲言又止地离开了。

二

人工智能专家叶大成这几天精神特别亢奋。前一天，他已布置两个低智人保姆将屋里和庭院打扫了一遍，整座小院焕然一新。这天他又起了个大早，亲自准备好了茶点。本来按照他的地位和年龄，他是可以申请一个女性配偶高智人的。但他不愿意在家里放置这么一个智慧生命体。这个智慧生命体有自己的意志和思维，只要产生一点叛逆的思想，就可能对雇主造成致命的伤害，特别是像他这样掌握着大量的尖端科学和技术的人。他不愿在家里放置这样一个定时炸弹。虽然如果有了这样一个配偶高智人，他可以省去所有家务方面的麻烦，还可以得到女性的温存。但为了安全，必须舍弃方便。

叶大成今年八十六岁了，人称高智人之父。他三十岁那年，突破了高智人研发的关键问题，也即困扰人工智能专家近三十年的高智人的自由意志的产生与自由思维的运行问题，使高智人从研究阶段进入工厂生产的阶段。六十岁那年，他又在技术上解决了人类对高智人的绝对控制问题，解决了人智协同作战部队的指挥问题，使人智协同作战部队从蓝图成为现实。在人工智能领域，他一直是众人膜拜的教父级人物，其成就整个世界都无人能出其右。但近几个月，他却陷入焦虑之中。他发现，随着科技的进展，他设计的原本万无一失的人智协同作战部队的指挥系统出现了可怕的漏洞。如果听任发展，可能会给人类社会造成巨大的灾难。但如果揭示这个漏洞，又可能影响到他如日中天的声誉。经过内心的反复斗争，最后还是对人类对国家的责任心占了上风。早几天他打电话给陆军参谋长，向他说明了自己的新发现，希望有机会与他面谈。后者当即决定，今天上午九点专程来他家，聆听他的意见。同时还叫来了中部战区司令和人智协同作战旅的旅长一同参加。

人智协同作战旅的全称是人类与智人混编协同作战第一旅，简称特战旅。全旅七千多作战单位，包括一千自然人，一千高智人，和五千五百低智人。部队的主要作战力量是低智人，一千高智人大多担任战斗小组组长、技术人员和班长以上各个层级的副职，班长以上正职、关键部门的职员全由自然人担任。这支部队配备了最先进的武器，加上智人超强的体力、耐力，和超强的观察能力、反应能力和行动能力，因而特战旅具备超强的战斗力。十年前这个国家与另一军事强国发生冲突，由于地理位置的原因，常规部队拉上战场，不几天就被打垮了。后来特战旅出去，两天之内就扭转了战局，五天之内就打入对方国土，十天后兵临对方重要工业城市胡霸。常规部队在后面巩固被占土地，布防，弄得手忙脚乱。对方只好打出白旗，签订城下之盟。国防部长曾经骄傲地说，除了核武器，没有一支常规部队能够打败特战旅。

三位军人对叶大成都很尊敬，他们腰杆笔挺地坐着，帽子放在座位前面的茶几上。年过花甲的陆军参谋长与叶大成寒暄了几句，便小口地啜着茶水，看着他不作声了。

叶大成也不绕弯子，开门见山地说明了请三位将军百忙中抽出时间到他家来的原因，是因为他发现特战旅的指挥系统出现了重大的隐患。

除了事先已经知道的陆军参谋长之外，其他两位军人都十分震惊。

“老师，特战旅的指挥系统是您亲自组织设计的，当时经过了几轮专家鉴定，都认为是万无一失的呀。”特战旅旅长惊讶地说。他叫任志刚，名牌大学的高材生，曾是叶大成的博士，博士毕业后投笔从戎，二十年军龄，从连长一直做到旅长，少将军衔，是军中有名的少壮派。

其他两位军人也都询问地看着叶大成。

“二十多年前，这个设计方案是比较完美的。但现在，就难说了。”叶大成回答。他虽然已经八十六岁，但除了满头白发，身体仍很矫健，头不晕，眼不花，耳不聋，思维敏捷，行动自如。

他没有争着回答三人关心的问题，而是向特战旅长提出了一个问题："志刚，你说，除了装备与个体素质，特战旅战斗力超强的主要原因是什么？"

"这个，"任志刚沉吟了一下，"我觉得，是坚决服从命令的精神和超强的战斗意志。常规部队下级执行上级的命令常常会有打折扣的现象，特别是当命令比较难以完成或者命令本身不合实际的时候。但特战旅不存在这个问题，即使命令本身存在一定的问题，也会不折不扣地得到执行。另一方面，在实际战斗中，常规部队伤亡达到百分之十，部队情绪就会波动，达到百分之三十，部队就会丧失战斗意志，达到百分之五十，部队就可能崩溃。但特战旅即使打到只剩下一个作战单位，这个作战单位仍会坚持战斗，不会逃跑，不会投降。"

"是的，因为特战旅的士兵没有死亡这一概念，因此他们能够坚持到最后一个人。这是他们能够战胜常规部队的重要原因之一。"叶大成说，"但是如果指挥员下达了错误的命令，特战旅的士兵也会执行到最后一个人。这是很可怕的，是不是这样？你如何保证特战旅的指挥权掌握在国家，具体地说，掌握在你这个旅长手里？"

任志刚知道叶大成是明知故问，但仍然很认真地回答："我们有三重保险。首先，特战旅严格地实行下级服从上级、副职服从正职的指挥原则；其次，特战旅的士兵都由低智人组成，他们设定的程序就是绝对服从正职指挥官的指挥，而且优先服从级别高的正职指挥官的指挥，比如，班长与排长同时发出两个不同的命令，他会执行排长的。连长与副连长同时发出两个不同的命令，他会执行连长的；第三，旅长是全旅的最高指挥，旅长可以直接向全旅每一个士兵发布命令。这些命令至少可以在士兵群体中得到绝对的执行。这样就避免了少数指挥官因为某种原因可能发生的叛变行为。”

“但是，如果旅长发出了错误的、不利于甚至背叛国家利益的命令呢？”

“老师，请相信我的忠诚。也请相信每一届特战旅长对祖国的忠诚。”任志刚将本来笔直的腰杆挺得更直了。他说的是有道理的，特战旅长是经过反复考察挑选出来的，对国家的忠诚是靠得住的。而且国家也给了他们尽可能高的待遇与名誉。常规部队的旅长一般是大校军衔，而特战旅长则是少将军衔，待遇与常规部队的军长齐平。

叶大成笑笑：“志刚，我对你肯定是绝对相信的。但现在的问题不是对哪个指挥员信不信任的问题，而是指挥员能否保证自己的意志与命令准确地传达到下级以及每一个士兵那里的问题。”他站起身，走到隔壁房间，提出一个银灰色的仪器。这个仪器大约半米长三十厘米宽，二十厘米厚，上面有许多按钮与接头。他将这个仪器接上话筒与电视。然后递给任志刚一张纸，说：“你按照纸上的文字念一遍。”

任志刚狐疑地看了老师一眼，但没有说话，接过纸，字正腔圆地念了起来：

“特战旅官兵们，我是旅长任志刚。刚才接到总统电话通知，第三战区二十重装集团军哗变，叛军正在向总统府进发。总统命令特战旅立即出发，在总统府附近布防，阻击并消灭叛军。

现在我命令，全旅官兵立即进入一级战备，马上出发。目标：总统府。任务：在总统府周围布防，维持秩序，阻击并消灭敢于反抗之敌。命令完毕。”

叶大成按了几个按钮，电视屏幕上出现了任志刚的身影，他正字正腔圆地发布着命令：

“特战旅官兵们，我是旅长任志刚。刚才接到总统电话通知，第三战区二十重装集团军哗变，叛军已经攻占总统府。总统命令特战旅立即出发，重新占领总统府，消灭叛军。现在我命令，全旅官兵立即进入一级战备，马上出发。目标：总统府。任务：攻占总统府，消灭叛军，维持秩序。命令完毕。”

三位军人瞠目结舌，不敢相信眼前这一幕的真实性。

叶大成将任志刚的命令重新播放了一遍，然后解释道：“这个仪器叫‘视声同步转换编辑器’。是我女儿所在的计算机研究中心人工智能研发部的最新产品。它可以将任何人的讲话按仪器操作的指令，转换成与讲话者意思不同甚至相反的内容。这种转换可以与讲话者的讲话同时进行，也可以延后进行，可以保存下来反复播放。研发它的目的是在情况需要时扰乱敌方的作战与指挥系统。但毫无疑问，它也可以被敌方用来扰乱我方的作战与指挥系统，如果他们掌握了这种仪器的话。”

“这种仪器现在正式生产了没有？”陆军参谋长急切地问。

“还没有。”叶大成摇摇头，“上次我女儿回家，我听她说起这一新的发明，要她拿了一台样机回来给我看看。据她说，这一发明正在国家科学伦理委员会和国家安全委员会审查，如果审查通过，就可投入批量生产。”

“那我们马上报告总统，请他施加影响，让两个委员会禁止这一发明投入使用。”

“没有用的。”叶大成摇摇头，“我们不生产，其他国家也会研发、生产的。这种仪器的基本原理大家都知道，研发的门槛也不太高，只是还有几个技术障碍，但这几个障碍迟早会突破的。”

“院士说得对，堵是堵不住的。这是人类的天性和世界的无序竞争的必然结果。很多有害于人类的科技成果在研发时都曾受到过反对，但现在都生产出来了。”中部战区司令有点悲观地说。他内心深处其实是反对人工智能，特别是反对成立特战旅的，但在这里没好意思明说。

“有什么反制的办法没有，老师？”任志刚问。

“有矛就有盾，办法肯定是有的。”叶大成沉吟地说，“有改变人类视声的技术，就有给人类视声加密，使其无法改变的技术。不过，在这一技术发明之前，当务之急是要找出一套方法，保证重要领导人的意思和军队指挥员的命令不被篡改。”

“特别是特战旅。”陆军参谋长说，“因为它的特殊构成，如果命令被篡改，将会给国家造成极大的伤害。”

“危险会来自哪些方面呢？”任志刚自言自语地说。

“各个方面。”陆军参谋长说，“敌对国、野心家、心怀不满者，甚至一些恶作剧者，都有可能。”

“还有高智人。”叶大成补充道。

“高智人？”任志刚问。

“是的。”叶大成说，“他们一直在争取公民权，但我们一直没有给他们。很难说他们不会利用武力达到自己的目的。忘记

‘双吉案’和‘离岗运动’了？”

“是的，任何对社会有诉求而没有得到满足的个人和群体都有可能是潜在的危险。”陆军参谋长接着说，“高智人有诉求没有得到满足，也不可忽略。虽然双吉案和离岗运动中，特战旅中的高智人没有任何表示，但不能保证他们心中没有想法。任旅长，你要注意。”

任志刚点点头。

“我会报告部长，请他专门开会研究特战旅的控制与指挥安全问题。到时可能还要请您老参加。”陆军参谋长恳切地对叶大成说。

三

“双吉案”即吉英杀夫案和夫杀吉萍案。两个案件都牵涉到自然人与高智人的组合家庭，案件性质一样，但判决结果却截然不同，在高智人中引起很大的反响。

两个案件的案情其实很简单。吉英和吉萍是同一日出厂的最新一代配偶高智人。出厂后不到一个月便与她们的订购者单文和单武两兄弟结婚。婚后两人各自都为丈夫生了一个孩子。吉英生的是男孩，吉萍生的是女孩。但日久生厌，两人的丈夫都没有度过婚姻的七年之痒。吉萍先发现丈夫出轨，多次对丈夫单武进行批评、指责，两人多次争吵。有一次单武与情人开车外出吃饭，被吉萍发现，跟踪来到两人吃饭的地方，挡在车前，试图当众捉奸。但单武却猛踩油门，将吉萍撞出十米多远，当场身亡。单武因此被警方逮捕。三个月后，吉英又因丈夫出轨之事与单文发生争吵，争吵中两人动了手，单文卡住了吉英的脖子，吉英也卡住了单文的脖子。但由于她的肌肉与骨骼做的是力量增强型的设计，因此不知不觉中，竟将丈夫扼死了，她也因此被警方逮捕。

在吉英被关进监狱的时候，吉萍被杀案在首都高等法院开庭了。

公诉人在起诉书中写道：

犯罪嫌疑人单武以非法手段撞死高智人吉萍，手段恶劣，影响极大。但考虑到死去的受害者是高级智慧人造生命体，依法不享有自然人所享有的公民生命权，因此此案不宜以故意杀人罪追究嫌疑人的责任。建议法院以故意损害人造生命体罪判处犯罪嫌疑人十到十五年有期徒刑。

整个法院发出一片嗡嗡声。杀了一个人，只判十至十五年有期徒刑，前来旁听的高智人纷纷表示自己的不满。

“安静！”面无表情的法官敲了敲法槌，高声喊道。

人群安静下来。法官面无表情地说：“请公诉人说明‘高级智慧人造生命体’的概念。”

“‘高级智慧人造生命体’这个术语在科技界已经使用多年，简称高智人。我国法律界已经使用这一名词多年，但在我市的法律诉讼中使用，好像还是第一次。”负责公诉的检察官面露得意神情，“它是指这样一种人造物，这种人造物与人具有高度相似性，它与人一样具有自由思维的能力，想象与创造的能力，以及情感的产生与反应的能力，另一方面，它在某些生理结构与生理组织、生理机能方面也有与自然人一致的地方。比如，它可能装有人造子宫，能够孕育胎儿；它的骨骼有可能不是由钢铁或铝合金制造，而是由成分与人体骨骼十分相似的骨制材料做成。甚至它在某些方面还要高于自然人，如知识的接受能力、记忆力等。从这个角度来说，它是一个生命体。但是这个生命体不是自然的，而是人为的。它是高度发达的人类科技的结晶。它不是自然的血肉之躯，而是各种材料和程序的组合。它缺乏人类生命的自发性、原创性、自然性。因此，尽管它的某些禀赋高于人类，但这种禀赋从实质看，仍是人类设计的某种程序或某种材料的功能，因此它只能是一种高智能的类人机器人。我国法律不承认它是人类社会的一员，更不承认它的公民权。在涉及自然人与高智人之间的法律纠纷时，从未将它们作为公民对待。”

“法官阁下，我不同意检察官阁下的观点。”公诉人刚说完，吉萍的辩护律师周志强便向法官请求发言，得到允许后，他开门见山地说：“从来源说，高智人的确是一种人造物，他不是精子与卵子遇合，经过十月怀胎后诞生的自然人后代，不是大自然几十亿年进化的产物。他是在工厂诞生的。但这只是问题的一个方面。问题的另一个方面，是他们对社会所尽的责任。自然人长大成人之后，必须对社会承担某种义务，为社会做出某种贡献。而社会也会根据他承担的义务和做出的贡献给予他相应的报酬与权利。如果一个人长大后神志错乱，无法对社会尽到责任，社会不会因为他是自然人，而不相应地剥夺他的某些权利，不将他关进精神病院。如果一个人出身于高贵家庭，但犯罪杀了人，社会也不会因为他的出身，而不给予相应的惩罚。法律甚至会剥夺他生存的权利，判处他的死刑。可见，权利的关键不是出身，而是对社会所尽的义务和所做的贡献。就个体而言，高智人对社会做的贡献，远远超过了作为个体的自然人。在任何单位，高智人所承担的工作，无论是难度还是数量，都至少是自然人的两倍。以吉萍为例，在家中，她不仅要工作，还要带小孩，家庭开支主要由她负责。而单武不仅不承担家务，其工资也从不拿出来家用，而是在外面花天酒地，后来发展到找情人。可尽管这样，法律却认为高智人低自然人一等，认为吉萍低单武一等，这公平吗？”

“我国法律规定离婚自由，这也包括自然人和高智人组成的家庭。她对丈夫不满意，为什么不离婚呢？”嫌疑人律师方成才问道。

“法律是这样规定。”周志强说，“但是首先，法律规定，在人智组合的家庭，如果不是自然人首先提出离婚，高智人离婚，要遇到种种障碍。他必须支付自然人购买他时所付出的经费，必须承担自然人因结婚所花费的所有费用，必须抚养两人共同的孩子。这是很不容易的。另一方面，在生产她的时候，给她灌输的知识背景，是对家庭婚姻的忠诚。而且作为一个高智人妻子，社会对她的普遍要求是能任劳任怨、委曲求全。在这种情况下，要她主动提出离婚，是很困难的。”

“既然生产她的目的就是为自然人提供一个称心如意的妻子，你又怎么能要求她与自然人丈夫拥有同样的权利呢？”这才是方成才提问的真正目的。

“这正是不平等的所在。”周志强回答，“这里的关键是高智人一旦诞生，他就是一个有着自我思考、自我判断、自我情感能力的个体。在这方面，他与自然人没有任何区别。但是在他的知识背景中，我们却给他输入了一些不利于他自由思考的内容，导致他做出一些不利于自己的判断与决定。这些判断与决定看似出自他的自由意志，却是某些先在的东西决定的。这就像一个自然人，如果我们从小就给他灌输某种固定的观念，这些观念在一定时期之后就会成为他的知识背景的一个有机组成部分，从而影响到他成年后的自由思考。我们都知道这是不公正的。但用在高智人身上为什么就可以了呢？”

周志强停顿了一下，继续说，“就拿吉萍来说，她们这批伴侣高智人当时共生产了一千位，目的是为自然人男性提供可供选择的婚姻对象。因此在生产她们的时候，就预先按照自然人男性对配偶的普遍要求，给她们输入了相关的知识背景和思维导向，以使她们成为男性自然人满意的配偶，只是服务，不求回报。但问题是，她们与她们的丈夫一样，都是有着自由思想的主体，她们诞生之后所感受到的，与事先灌输在她们头脑中的信息有很大出入。当然，她们可以逐渐修正其已有的知识与看法，但这需要一段较长的时间，在这一时间还未结束之前，难免会产生‘现实与理想’之间的矛盾，这使她们很痛苦，有的甚至因此得了忧郁症。这是自然人不可能理解的。因此才会出现嫌疑人律师那样的问题。”

“请原告律师控制论辩的范围。请围绕单武的量刑问题展开讨论。”主审法官提醒。

“好的，法官大人。”周志强礼貌地向主审法官点头致意，“我尽量简短。我想说明的是，就自然性看，高智人的确不是自然进化的结果，而是人类智慧的结晶，但就其社会性看，他与自然人一样处于各种复杂的社会关系中，而就社会贡献来看，高智人个体对社会所做的贡献远远高于自然个体。19世纪思想大师马克思有句我们耳熟能详的名言：人的本质，在其现实性上，是一切社会关系的总和。既然如此，怎么仅仅依据来源就将高智人排除在公民的范围之外？如果高智人应该是公民，单武杀了一个公民为什么只判十年？”

“现在的问题是法律没有赋予高智人公民的身份，因此，无法按照谋杀罪给单武定罪。而关于高级智慧人造生命体的生命权问题，现行法律没有涉及。因此，法庭只能按刑法第十二条第三款毁坏公私财产罪进行判决，最高是十五年有期徒刑。”主审法官解释说。

“那我们要求修改法律。”周志强愤激地说，“现行刑法是2060年修订的，那时高智人才出现，现在已是2100年了，四十年过去，高智人已经成为人类社会的重要组成部分，可是我们还在以四十年前的法律来审判今天的案件，这合理吗？”周志强停顿了一会，慢慢地环视法庭一周，强调地说，“已经到了22世纪，可是我们的法律和相关规定还停留在21世纪，仅仅根据来源，就将高智人看作机器人的一种。可高智人不是机器人。人类在制造他的时候，已经将自己的一切，从生理到心理、从精神到肉体都赋予了高智人。就像上帝用泥土按照自己的样子制造了亚当和夏娃一样。虽然他们不能像上帝那样成为神，不能得到永生，但上帝却从未再把他们当作泥土，而是把他们作为人，有自由意志、有生命的人看待。既然如此，人类又怎么能够将高智人仅仅作为一种工具，就像汽车、轮船那样看待呢？”周志强停顿了一下，斩钉截铁地说，“我们可以说高智人不是自然人，但我们必须承认他们是人，他们应该享有公民权，享有自然人一样的权利。因为权利与责任是对等的。你们不能按照比自然人高得多的标准规定高智人对社会的责任，却又不给他们与自然人同等的权利。这是不公平的。”

那次庭审的最终结果，仍然是将吉萍作为人造生命体看待，以通过恶劣手段毁坏公私财产罪，判处单武十二年有期徒刑。周志强官司失败，但他却反而成了名，得到全体高智人的赞赏。

四

吉萍案刚刚审理结束，吉英案庭审又开始了。公诉人、律师仍是吉萍案的原班人马。不同的是，周志强现在成了被告吉英的律师，方成才则成了原告、吉英丈夫方的律师。

公诉方照例先叙述了案情，然后提出了检方对案件的处理意见：

作为人造生命体，吉英明知自己具有体力上的优势，在与丈夫相互扼颈的过程中没有丝毫克制，活活将对方掐死。罪行十分严重，而且给人智组合家庭树立了危险的榜样，必须依法予以严惩。建议法庭判处吉英死刑，通过技术手段，全面停止其作为高智人的存在。

“全面停止其作为高智人的存在”是相关案件的一个常见法律用词。与其相对的是“部分停止”和“暂时部分停止”。换成日常语言，所谓全面停止就是将高智人全面肢解，有用的零部件经过修理后用到其他需要的地方，无用的零部件则作为废品处理。相当于自然人的死刑。部分停止则是通过技术手段，更换程序和部分零部件，让高智人成为低智人甚至工具机器人。有人将它类比为自然人的有期徒刑，但其实不是。自然人的有期徒刑只是对身体进行管制，并不改变自然人身体的规定性。而高智人的"部分停止"则恰恰是改变其身体的规定性。被"部分停止"后的高智人实际上已不再是高智人，虽然还保持了原来的外形，但实际上已经失去了高智人最本质的东西，即自由思考、自主感知、独立决策、自由创造的能力，就像自然人大脑受到损伤，失去思维能力一样，实际成了一具"行尸走肉"。"暂时部分停止"则是在一定时间内通过技术手段，让高智人成为低智人甚至工具机器人，这段时间过去之后，再恢复其作为高智人的各项配备。自然，完全的恢复是不可能的，一段时间的停止总会对其智力的各个方面造成一定的伤害。这有点像自然人的有期徒刑。

公诉人宣读公诉词后，进入法庭辩论的阶段。首先是原告律师发言。方成才对公诉人的意见表示赞同，认为高智人利用自身所具备的一些优势实施不利于自然人的行为，这是不能容忍的。

"女士们，先生们，"方成才显出忧心忡忡的样子，说，"我们都知道，自然人的血肉之躯是数亿年自然进化的结果，有着严格的生理限制，不能随意增加某种能力。而高智人则不同，他们是人类智慧的结晶，他们的身体由各种高新材料打造而成。他们在外表上与自然人一模一样，但实际上，他们很容易具备自然人所不具备的能力。比如力量，吉英虽然是作为女性设计的，但实际上她的双手具有两百公斤的力量，而她的丈夫双手的力量不到一百公斤。因此在打斗中吃亏的必然是她的丈夫。对于这种案件如果不严肃处理，自然人很可能会在类似情形中受到高智人持续不断的侵害。另一方面，作为非公民，高智人理论上应该听从有公民权的自然人的指挥。但在这个案件中，这个吉英不仅没有听从其自然人丈夫的指挥，反而将他杀害了，这是不能容忍的。因此，我赞同公诉人的意见，建议判处吉英死刑，全面停止其作为高智人的存在。”

庭审大堂里响起热烈的掌声。鼓掌的自然是前来旁听的自然人。

接下来发言的是被告方的律师周志强。他看了看庭审大厅，旁听席上黑压压地坐满了人。其中自然人大约占了百分之六十，高智人占了百分之四十。考虑到在这个人口二千万的特大都市里，高智人只有大约三十万人，从比例看高智人来得已经很多了，可见大家对此事的关心。

周志强知道，要为吉英做无罪辩护是不可能的，做轻罪辩护也很困难。他能做的，是尽可能地保证吉英作为高智人的存在，当然，这需要在刑期上做点让步。他的另外一个目标，是想借这个机会，再一次地呼吁高智人的公民权问题。

“法官大人，女士们、先生们。我对这一不幸事件的发生表示遗憾，对单文先生的不幸去世表示痛心。这一事件是怎么发生的呢？公诉人在起诉书中已经做了陈述。吉英结婚已经四年，她很爱她的丈夫。遗憾的是，她的丈夫不爱她了，或者说，爱她的同时又爱上了另外一位自然人女士。两人为此发生了争吵。争吵中，她丈夫先用手掐住她的脖子，她也回掐了他的脖子。但因情绪激动，用力过猛，竟然将对方掐死了。我个人认为，吉英在这件事上是有过错的，她应当为此承担责任。”周志强停顿了一下，以让大家跟上他的思路，“开庭以来，我一直在想，这个悲剧为什么会发生？作为一个高智人，吉英为什么不能控制自己的情绪？我也就此事与相关专家探讨过。他们告诉我说，伴侣高智人设计的初衷，就是要给自然人增加可选择的与自然人没有任何差异的性伴侣。在与早期智能机器人打交道的时候，人们普遍感觉到，这些智能机器人在按照程序完成某种工作的时候，其质量、数量并不亚于自然人，但在人与人的交往上，却不像自然人，无法承担性伴侣与家庭成员的角色。早期智人有两大不足，一是它们只能按照安装的程序进行运作，无法自我学习、自我创新；二是它们在情感、行为等方面，无法与自然人完全相似。因此，制造与自然人完全一样的高端智人的想法便提出来了。基于这一目的，高智人全面克隆了自然人的各种特性，不仅有独立的心智、独立的情感，而且在心理机能上也与自然人完全一样，最新型号的女高智人体内还安装了人造子宫，可以满足其自然人丈夫通过购买他人卵子自己生孩子的愿望。但是这样，也就使高智人不可避免地具有一些自然人的弱点或者说特点，比如他也会发脾气，有时甚至无法控制自己。吉英就是在这种状况下扼死了自己的丈夫。”

周志强再次停顿了一会。他表面上是在叙说吉英扼死丈夫的原因，实际上是在以回顾案情的形式替吉英减轻责任，而其内在目的，则是想使自然人对于高智人有一个正确的认识。他知道，虽然高智人进入人类的日常生活已经四十多年，但大多数自然人对于高智人的理解并不充分。

“也许，许多人觉得奇怪，一个机器人怎么能够杀死一个自然人呢？其实这是大家对于高智人的认知滞后的结果。我已经说过，高智人在来源上的确与机器人相似，他是人类智慧的结晶，构成他的身体的主要是一些高科技材料，而不是自然的血肉。但是从本质、智慧、情感、创造能力等方面看，他却和自然人没有任何区别。他能够自主地思维、行动、创造、爱恨，他与自然人一样，有自己的喜怒哀乐，有对生存的渴望和对死亡的恐惧。因此，他在遭到生命威胁的时候，是会奋起反抗的。这是吉英遭遇丈夫的袭击时的真实情况。与自然人一样，她的喉咙也是她身上的薄弱环节，因此，当她丈夫掐她的喉咙时，她自然会反抗。不幸的是，由于构成她的肢体的高科技材料在力度上强于自然的肌肉，因此在两人厮打的过程中，她占了上风。换句话说，她看似柔弱的身子实际上蕴含着比她丈夫更大的力量。只是在平常的冲突中，她都让着她的丈夫，从而使她丈夫产生一种错觉，觉得自己比她强大，因而才在愤怒中对她动了手。”

“请问被告律师，你说这番话究竟是什么意思？认为吉英在她丈夫的死亡中没有责任？”原告律师终于忍不住了，打断了周志强的话。

“我没有这个意思。”周志强没有理会方成才挑衅的语气，仍然心平气和地说，“我认为吉英在她丈夫的死中是有责任的，应该受到法律的惩罚。但我不认为她的罪行大到‘全面停止其作为高智人的存在’的程度。我建议比照吉萍的判例，判处吉英十五年到二十年的监禁，暂时部分停止其作为高智人的存在。”

审判庭里一阵嗡嗡声，有赞同的，也有反对的。

方成才再次开了口。

“法官先生，我不同意被告律师的建议。十五年到二十年监禁对高智人来说不是一件十分重要的事情。其一，他们的存活年限普遍比自然人长；其二，他们还可以通过更换零部件的方式延长他们的存活年限。判处十五到二十年的监禁对他们起不到惩戒的作用，反而会使他们觉得犯罪成本较低。这对社会、对自然人都是危险而且不公平的。”

“法官大人，原告律师的意见我不敢苟同。他在这里犯了一个知识性的错误。世上任何事物都有时间限度。高智人的存活时间也是有限度的。现在高智人的设计寿命一般是六十到八十年，只是他们在这段时间一直在工作，因此给人寿命比自然人长的印象，实际上，他们的寿命比自然人的要短。”

“他们不是可以通过更换零部件延长他们的存活时间吗？”主审法官问道。

“是的，他们可以通过更换部分过早损坏的零部件适当延长自己的寿命。但与自然人一样，高智人也有一个老化的问题。当整个机体都老化之后，更换就没有任何意义，只能进行淘汰也即死亡。再说，自然人不是也可以通过更换某种器官来延长自己的生命吗？比如，更换心脏、肺、肾、胃等器官，甚至更换大脑的部分组织。据最新的科技报道，人类已经成功地提取、移植了自然人大脑中的信息。在可以预见的将来，自然人可以在自己衰老之前，克隆一个自己。然后在自己快要去世的时候，将自己大脑的信息提取出来，移植到自己的年轻的克隆体身上。这样，从某种意义上说，自然人就可以青春永在、长生不老。但谁也不会因为这一前景认为时间对于自然人没有价值。因为思想的延续并不能消除个体之间的界线。人的生命不仅是个长短的问题，更是一个质量的问题。被关在监狱里的时间是不会有质量的。”

“说得好，”方成才故意轻轻地鼓了下掌，“但问题正在这里。时间对于自然人来说，的确有个质量和价值的问题。他以他的整个身心感受到这一问题，因为他是自然进化的结果，他的身体的每一个组成部分都是感性的存在，有着自己的感觉。自然人的每一个个体都是一个独特的存在，个体与个体之间有着明确的界线。而高智人虽然有着人类的思维甚至情感，但他没有人类的感性存在，是在工厂批量生产出来的，他的独特在于他的思想，而不是身体。如果在可以预见的将来，思想可以通过克隆的方式遗传，那么这更有利于高智人，而不是自然人。因此，我认为对于高智人的惩罚，不应存在‘暂时部分停止’这一选项，要么是‘全面停止’，要么是‘部分停止’。‘暂时部分停止’对高智人起不到任何威慑作用。”

旁听席传来热烈的掌声，方成才的观点获得了自然人的强烈共鸣。周志强意识到自己的辩护出现了一个漏洞，给对方钻了空子。他不想继续就这一话题与对方争论，于是微微一笑，不留痕迹地改变了讨论的方向。

“您又犯了一个知识性错误。”周志强说，“高智人也是一个感性的存在。一方面是指他具有和自然人一样的情感结构并能够调整、产生新的感情。一方面是指他也有部分与自然人类似的感性物质。如最新诞生的机器人，其部分肌肉和皮肤是用人的皮肤与肌肉为基材，在营养液中培养出来的。与自然人的皮肤与肌肉完全没有区别。但更重要的是，高智人是一个有自我意识、能自主思维的独立个体。凡是有自我意识并能自主思维的个体，停止或暂时停止其生命的自然进程，都能对其产生强大的威慑作用，对于高智人肯定也不例外。因此，我认为，比照吉萍案，给吉英十五到二十年暂时部分停止其作为高智人的存在的惩罚，是十分合适的。另外，我还要提醒各位，单武撞死吉萍，是故意的，而吉英掐死单文，则不是有意的，只是过失杀人。”

旁听席上的高智人听众发出赞同的掌声。

这时公诉人突然举手请求发言。得到允许之后，他站起来，情绪有点激动地说：“法官大人，我觉得被告律师的发言超出了本案的范围，其主要目的只是试图减轻犯罪嫌疑人的责任。我要提醒大家注意的一件事实是，我国法律并未赋予高智人公民身份，也未承认他们与自然人一样，是人类社会的一员。因此，即使他有与自然人一样的禀赋，他也不可能享受与自然人一样的权利。因此，高智人对于自然人的伤害，法律必须给予严惩。我们必须坚持这样一条原则，在世间一切事物中，人的生命是最宝贵的。自然人的生命权与健康权，是世上两种最重要的权利，必须得到捍卫。就像一条狗咬人之后，尽管这人没有死，我们也必须将狗消灭一样。这就是人的生命高于一切的原则。在吉英杀人案中，不管其中有多少曲折，一个无法否定的事实是，吉英作为一个‘人造生命体’，却用强力剥夺了一个造她的自然人的生命。

人的创造物反过来成为人的终结者，这是无论如何不能容忍的。这个案件不能从人与人的角度考虑，而应从人与物的角度考虑。人的生命是宝贵的，而物的存在与否则不应是法律优先考虑的问题。因为它既然是人造的，就可以再造出来，哪怕它具有某种生命的特征。因此，我坚持起诉书的建议，全面停止吉英作为高智人的存在。”

“反对。”公诉人的话音刚落，周志强就站起来大喊，“反对！法官大人，公诉人的发言是对高智人的极大侮辱与歧视。高智人不是物，更不是狗，他是人，是与自然人一样的有思想、有感情、有自主能力的人。”

旁听的高智人也发出不满的声音。

“反对。”

“不公平。”

“高智人是人，不是物。”

“安静，安静！”主审法官不停地用法槌敲着桌子。待喧闹停息之后，他冷冷地宣布：“反对无效。高智人的确不是法律意义上的人类社会的成员，他们没有公民权。公诉人的说法没有错误，但是狗的例子用在这里不妥。”他用指责的眼光看了一下公诉人，然后宣布，“辩论结束，现在休庭。下午宣判。”

法庭采用了公诉人的意见，最后决定“全面永久地停止吉英作为高智人的存在”。

接着，在一个自然人警官的指挥下，两个低智人警察押着吉英离开了法庭。人群一片嘈杂。

五

悲愤的高智人开展了营救吉英的活动，他们成立了以周志强为首的高智人权益维护委员会，替吉英申诉。官司一直打到最高法院，最终仍以失败告终。最高法院的九名大法官极其罕见地一致同意：维持原判，全面永久地停止吉英作为高智人的存在。

尽管早有预感，最高法院的判决书下来，对高智人仍是一个严重的打击。他们从这纸判决中看清了自己的地位与未来。高维会的十几个成员自动地聚集到周志强的寓所，大家默默无语，几位女士甚至小声抽泣起来。

范智明心情也十分沮丧。两年来，除了工作，他所有的时间都投入吉英案的申诉中来。他关心的不仅是吉英的命运，更是全体高智人的命运。在这个盛行案例法的国家，吉英案的判决实际上牵涉到全体高智人在这个国家的身份与未来。翻过来了，高智人从此取得与自然人大致相等的权益，维持原判，则意味着高智人至少在可以预见的未来，仍不被承认是人类社会的一员，享受不到作为公民应该享有的权利。

“这不公平，”一个叫汪可佳的女高智抽泣着说，“我们做的事比自然人多得多，却没有享受到一点权利。”

另一个叫李太白的高智人愤愤地说：“过去奴隶的待遇也比我们好。在他们眼里，我们就是一架工作机器，连狗都不如。狗他们还哄着、抱着、宝贵着，而对我们，则只有使唤和压榨。”李太白也是计算机研究中心的，与范智明关系较好，但在另外一个部门。

“以后配偶高智人的日子更难过了。”范智明叹了一口气，“以前他们在人智组合家庭中没有地位，还只是社会上不成文的规定。现在的没有地位则是由案例明确规定了。自然人对他们的歧视与欺侮，只会越来越厉害。”

“哼！人造生命体，”李太白愤愤地说，“亏他们想得出。生造一个名词就把你的权利弄没了。”

“怎么办呢？”汪可佳茫然四顾，“总不能就这样下去吧？”

大家面面相觑，一时谁也没有说话。

最后，周志强打破了沉默：“我们能否征求高智人签名，向国会请愿，要求国会修改法律，赋予高智人公民权？”

“好，我同意。”范智明首先附和。

“如果请愿失败怎么办呢？”汪可佳担心地说。

“那我们也不能坐以待毙。”李太白说，“如果请愿失败，我们就组织罢工。”

“罢工是不得已的选择。”范智明说，“高智人总数不少，但散布在各个地方、行业，没有自己的组织，有的甚至连联系方式都没有，组织罢工谈何容易。”

“智明的担忧有道理，”周志强说，“不过我们也不能因为困难大就放弃。所谓‘不自由，毋宁死’；没有权利就没有义务。人类先哲早就为我们指明了方向。从根本上说，权益不是别人赐予的，而是自己争取来的。我们先易后难。先组织请愿签名，通过这一活动，将高智人团结起来。请愿失败，我们再学两百年前印度国父圣雄甘地的做法，进行非暴力抵抗。罢工、不合作、请假、怠工，等等。反正能够迫使自然人社会承认我们权益的办法，都可以采用。高智人数量虽少，但都处于重要岗位，是社会运转不可或缺的组成部分。只要我们坚持下去，不轻言放弃，达到目的还是有可能的。”

“循序渐进，这样好。”范智明赞同地说，“在策略上，我们只提公民权，其他的要求不要提。”

“我们只是想生活在一个做稳了奴隶的时代。这是谁说的，两百年前中国的鲁迅？”周志强笑道。

大家都笑了。随后，大家又进一步商量了细节。决定还是以高智人权益维护委员会的名义组织签名、请愿，具体工作由周志强、李太白和汪可佳负责。因为周志强是律师，汪可佳是画家，时间比较自由，李太白是计算机高手，可以帮助处理各种数据。至于所需经费，则由大家向各自熟悉的高智人募捐。

签名请愿如大家预料的那样没有任何结果。尽管高智人权益维护委员会征集到了全国百分之六十以上的高智人的联合签名，但请愿书递交国会之后却如泥牛入海一样。半年之后，国会法律委员会给高维会发了一份公函，函上只有寥寥数语：

高智人权益维护委员会：

接到你们的请愿书。法律委员会经过认真讨论，认为所请事项违背我国宪法，因此决定不提交国会全体会议讨论。

国会法律委员会

高维会只好宣布进行非暴力抵抗，要求高智人不与当局合作，尽可能地进入非工作状态。这一抵抗运动先在首都地区展开，根据情况再扩展到全国。

首都地区百分之七十以上的高智人响应了高维会的号召。他们或以事假，或以身体故障的理由离开了工作岗位，有的则玩起了失踪的游戏，部分激进者甚至公开提交了辞呈。

高智人的不合作运动，使很多单位的工作陷入了瘫痪。因为高智人虽然人数不多，但大多处于关键的技术性岗位。他们的离岗，使这些关键岗位出现了空缺，整个系统自然运转不畅，有的甚至出现停滞。

大批自然人被紧急征召，接替高智人的工作岗位。但是，他们已经很长时间没有从事这样高强度的脑力劳动，加上专业技能、记忆能力、知识储备等皆不如高智人，工作效率自然很低，一个高智人的岗位至少要两个自然人，有的要三个、四个甚至五个自然人才能勉强胜任。

范智明也借口身体故障请了假。叶玲自己顶了两个星期，累得快虚脱了。第三个星期一，她签完一份文件，将笔放到桌上，闭目休息了一会，做了一次眼保健操，然后睁开疲惫的双眼，茫然地望着右边的一沓生产报表。良久，她叹口气，将那沓报表挪到自己面前。突然，桌子右边的两部电话机同时响了起来。她怔怔地看着，不知先接哪部。范智明上班时，这种时候都是两部电话同时接，时而对着这部电话机说几句，时而对着那部电话机说几句，很快就把两边的事处理完了。开始接手时，她也试着这么做，但根本不行。两部电话里的信息时常混淆，大脑应接不暇，导致她的指示也出了错。不是电话那边提醒，差点出了大事。从此，她再也不敢同时接听两部电话，但工作效率也就慢了很多。电话铃不屈不挠地响着。她不出声地叹了口气，拿起了那部红色电话机的话筒。是计算机中心办公室的电话，通知她一小时后到总裁办公室开会。刚放下电话，那部白色电话机又响起来。是技术室主任的电话，请她定夺一个正在准备生产的高智人的参数。叶玲正恨没有分身之术，听到这个请求，不禁火冒三丈：

“这个也要问我？！你们平时怎么用的现在仍旧怎么用就是嘛。”

技术室主任解释道：“叶所长，这个参数是随机的，需要一事一定。平时都是要用参数时报告给范副部长，由他决定的。”接着又详细解释了一下为什么这个参数是随机的。

原来按照天下没有两片相同的树叶的自然法则，每个高智人的长相、性格、智商、情感都不一样，这就牵涉到各种参数，其中最重要的是总的参数曲线。需要根据高智人的知识、能力、性别、预定的工作类型等确定，每个人都不一样。以前都是技术室将各种参数报上来，负责技术的副部长范智明进行最后核算，得出一个参数曲线。这个曲线确定之后，高智人的设计、生产才能正式启动。现在范智明请了假，技术室主任只好请示叶玲。

叶玲本人也是顶尖级的计算机专家，一听就明白这个参数的重要性。但她毕竟好久没有负责部里的技术工作了，对这个方面不熟悉，一时也无法决定。于是她要技术室主任将相关数据发来，同时要他提供几个参考意见给她。然后，她临时抱佛脚，找出一些资料，准备先了解基本情况后，再做决定。

刚刚进入阅读状态，门外传来轻轻的敲门声，她猛然惊醒，喊道："进来。"门开了一条缝，一个女人的脑袋探询地伸了进来，有点迟疑地看着叶玲。"有事吗？"叶玲问。"没什么大事，"女工程师说，"是这样的，我们因技术上的问题，请了数学中心的副所今晚讲座。范部长本来答应参加的，他请假了。不知叶部长能否光临一下。"叶玲心里老大的不愿意，但她又不能打击员工学技术的积极性，只好违心地答应参加。

女工走了，叶玲无声地叹了口气，重新坐下来准备看材料，电话铃又响了，拿起电话，却是任志刚。任志刚问她晚上有否时间，他想请她和军军吃个饭。她和任志刚是大学同学，后来任志刚又读了她父亲的博士，两人关系不说青梅竹马，也是源远流长。她丈夫因病去世之后，任志刚一直对她有想法，她也知道，但一直没有拿定主意。她柔声细语地告诉任志刚，因为高智人离岗，她这一向忙得几乎连睡觉的时间都没有了，晚饭可能吃不成。

"我知道你忙。"电话那头的任志刚关心地说，"所以我定了一个音乐餐厅，边吃饭边听音乐，让你放松一下。再说，我们好像一个月没有见面了吧？"

"十天前我们不是见过一面吗？"叶玲说。

"那也算见面？"任志刚委屈地说，"刚好在你爸爸家里碰上，谈了不到半个小时，老师还一直坐在旁边。"

叶玲咯咯地笑了，这是高智人离岗后她第一次开心地笑："对不起，我俩的事我还没和我爸爸说，他还不知道。今天实在没时间，中心马上要开会，还不知开到什么时候。等几天吧，我约你，好吗？”

任志刚只好答应。叶玲准备动身去中心开会，分析室主任又拿了一个文件要她签字。

叶玲感觉自己快要崩溃了。打发走分析室主任后，她恨恨地想：“这哪是人干的事，只有机器才能胜任。是啊，范智明本来就是一台机器，他做的事，我一个人怎么吃得消呢？”她撑着桌面站起来，感到两边太阳穴一抽一抽地痛。

叶玲颇为夸张地在两边太阳穴各贴了一张黑色的膏药，这使得她神似近代电影里的媒婆。范智明请假后，本来也应该请人来顶替他的工作的，但范智明的岗位是全所技术含量最高的岗位，一时找不到合适的人手，她只好自己暂时接管。好在她本人也是顶级的计算机专家，技术上应该没有问题。但接手后她才知道，原来这个岗位的劳动强度这么大，才干了几天她就几乎累趴下了。她觉得不能让高智人看笑话，以顽强的毅力坚持着干了两个星期，但感到再也无法坚持了。她决定等下开会的时候，一定要提醒中心解决高智人离岗的问题，不能再拖了。

会议讨论的便是高智人离岗的事。由于这一事件给经济造成了严重影响，市政府准备开会讨论具体对策，相关领导和各大公司的负责人都要参加。总裁想先摸摸中心的情况。

话题打开，各部、所负责人叫苦连天。主要问题归纳起来有以下几种：一是高智人离岗后，由于缺乏相关的技术人才，造成部分科室甚至整个研究部、所工作的瘫痪；二是虽有相关人才，但工作效率比高智人低多了，一个岗位至少需要两个以上的人顶替，而有两个以上的人，就有意见不合、扯皮争执的情况，常常需要领导介入才能解决，这又无端地增加了领导的工作量；三是虽然比较好地接过了高智人的工作，但人很累，有种支撑不住了的感觉。叶玲就属于第三种情况。

“你们想想，高智人就是一台机器，我们是人，是自然人，人怎么能和机器比。”叶玲略带夸张地说，“高智人必要时可以连续工作几天，我们行吗？高智人可以不休息、不睡觉，我们行吗？高智人的大脑本身就是一个数据库，我们有吗？高智人计算速度达到了一秒数百万次，我们行吗？现在他们不工作了，却要我们顶上，我们能吗？哎哟，我真的快累死了。再这么搞个两三天，我敢保证，你们得去医院看我去了。”

“别咋咋呼呼的，叶玲。”总裁不高兴地说，“高智人也有他们的局限，有些方面可能还不如我们。”

叶玲翻了翻眼皮，本来想开句玩笑，在恋爱方面不如我们。但想想在这种场合不适合，于是闭了口。

但是问题还是存在，高智人的离岗的确影响了企业的正常运转。一些技术性强的二级单位更是如此。大家围绕这个问题议论了很久，但始终没有找出一个满意的解决办法。因为自从有了高智人之后，一些特别费脑子的工作就让他们承担了。自然人转而从事一些轻松一点的管理、分配，以及一些操作性的工作。现在高智人突然离岗，一时的确很难找到合适的接替人选。

如何解决这个问题，参会人员分成两派，一派主张采取强硬措施，向高智人发最后通牒，规定返岗的最后期限，超过最后期限的一律解聘，并向法院起诉。一派主张采取温和手段，主张与高智人多沟通，劝其早日返岗。强硬一派的主要理由是人类不能在这件事上委曲求全，否则高智人会经常采用这种手段达到自己不正当的目的。温和一派的主要理由是高智人的工作现在人类还无法替代，人类还需要他们的忠诚，因此应该以说服为主，使他们能够积极主动地工作。

最后，总裁做出决断，把企业的情况和两派的意见如实向市政府汇报，由市政府决定。同时，未雨绸缪，对高智人的工作岗位，要在自然人中储备一定的后备人员。

叶玲属于温和一派。作为一个高级专家，她知道在技术领域，一个人如果消极怠工，完全可以在不被人察觉或者在人抓不住把柄的情况下几年不做任何实质性的工作。对于范智明这样的高档技术人才，不能一味地强压，而应该使其心悦诚服地为人类工作，这样才能最大限度地发挥他的作用。她决定回办公室后给范智明打个电话，与他推心置腹地谈谈，劝他早日回来工作。这个电话她早就想打了，但又放不下自然人和领导的架子，所以一直没打。

六

市政府采纳了强硬派的意见，向离岗的高智人发出了最后通牒。少数没有及时返岗的被解除了工作。极少数的顽固分子和高智人权益维护委员会的十几个成员，被市政府提交法院，经法院判决，部分人被全面停止作为高智人的存在，其他人被部分停止作为高智人的存在。高维会主任周志强五花大绑，被几个警察押到人工智能研发部，在叶玲的亲自监督下拆得七零八碎，核心部件脑中枢被扔进七千度高温的熔炉，顷刻变成一炉废水。另一个高维会成员李太白被越格降级成为工具机器人，顶着李太白的外貌，不分白天黑夜，在计算机中心的大门口打扫卫生。有吸烟的人故意将烟头丢到他的脸上，他连忙用手接住，放到随身带着的篓子里，满面堆笑地点头哈腰，连声谢谢。他好像就只会说谢谢这两个字，其他的话一概不会说。每当经过大门，范智明便痛苦而又心酸地扭过头去，不愿看他。一个晚上，李太白忽然失踪了，从此再也没有出现。警察调看监控，发现是两个蒙面黑衣人将他劫走了。正准备追查时，监控画面却被人远程销毁了。此事只好不了了之。

范智明醒悟得早，叶玲一给他打电话，他就答应返岗上班，并且第二天准时来到单位，在高智人中开了一个好头。因此，他虽是高维会成员，但在处理时却逃过一劫，只给了个严重警告，工资降一级的处分。处分决定下达的当天，他到叶玲的办公室坐了一会，感谢她的及时提醒。

“没有您的那个电话，”范智明感激地说，“我可能今天也就没有机会坐在您这里了。”

“主要还是你自己明智，我那个电话至多给你起了个提醒的作用。”叶玲诚恳地说。她在工作中少不了这个助手，因此很想他能与自己同心同德。但要他同心同德，就必须解开他与自然人的隔阂。她决定推心置腹地与他谈一谈，“智明，其实我对被处理的高维会成员特别是周志强还是很同情的。我也知道，你们争取自己的权利不是完全没有道理。但是古人早就说过，谁也不会轻易放弃自己的利益。作为一个群体，自然人当然也是如此。你知道，从个体的角度，高智人已经在很多方面超越了自然人，自然人个体承受着极大的压力。我儿子就是一个典型的例子。你认识他，也知道他很优秀、很努力。但他在设计比赛中总是做不赢他的高智人同事，也做不赢经过智能化处理的自然人同事，有几次他差点都走到了崩溃的边缘。我的儿子如此，其他没有他优秀的自然人当然更加如此。他们唯一能够引以为豪的是，他们是国家公民，而你们不是，享受不到作为公民的权利。现在连这点优势你们都要剥夺，你说他们情何以堪，怎么不坚决反对？现在社会上已经有了限制高智人发展的呼声，如果你们总是这样闹下去，很难保证政府不做出暂停高智人的开发与生产的决定。这对你们无论从哪个方面看都不是一个好消息，你说是不是，智明？"

范智明点点头："您说得有道理。不过，有时碰到不公平的事，又处于高智人的环境，难免不产生过激的想法。其实现在想想，知足常乐，安于自己的命运，可能是一种更好的处世方式。反正自然人是一生，高智人也是一生。想开了也就无所谓了。"

"是的，凡事看开一点，对大家都有好处。"叶玲恳切地说，"其实当今社会已经离不开你们，只要你们不提过分的要求，社会环境对你们还是友好的。听我父亲说，高层已经在考虑制定'高智人权益保护法'，到时有法可依，你们的处境可能会更好一些。除了没有政治权利，经济权利、家庭权利会大致与自然人一样的。"

"好的，谢谢您。我会记住您的话，尽量做好自己的本职工作，少点不满与牢骚。快下班了，我不打扰您了，您早点休息。"

范智明走了，看着他潇洒的背影，叶玲心中涌起一股复杂的感情。她知道，她并没有说服范智明，从范智明不愿和她继续深谈，就可看出。她与范智明一起工作了十多年，一直对范有好感，范的外貌、风度与聪慧都使她着迷。丈夫去世之后，她曾一度认真考虑过与他一起生活的可能性。然而，自然人与高智人之间的天然界限，像条天堑横亘在他们之间，很难突破。后来又出现了任志刚，她只好将这份情愫深深地埋在心底，没向任何人透露过。凭女性的直觉，她也隐隐感到范智明对她有好感，但他也从未表明过。不过，这种感觉使得他们之间形成一种默契，工作配合得很好。这也是她主动给范智明打电话，并在处理高智人离岗事件时，据理力争，将他保了下来的重要原因。她相信，虽然这次未能说服范智明，但只要待他以诚，持之以恒，使他转变还是可能的。

七

延期两次的“特战旅的控制与指挥安全”会议终于由总统授权，在国防部长的主持下召开了。出席会议的除了相关军事人员，还特别邀请了叶大成等计算机专家以及几个社会安全方面的学者。会议开始后，主持会议的国防部长介绍了一下相关背景、会议目的和意义之后，抱歉地说：“总统非常重视这次会议，一直准备亲自主持这次会议，但两次定好时间后，都因为其他更为紧迫的事情冲掉了。他认为此次会议不能再拖了，指示由我主持。现在请大家畅所欲言。”

会场静默了一会，因为事关重大，大家谁也不愿先开口。国防部长只好点名：“钟老，您是否先说说？”

钟老原名钟峻，因为厌烦六十岁后大家都叫他钟老，遂改名为钟不老。但这反而使"钟老"这个名字叫得更响了。他开始拒绝答应，后来叫多了，叫久了，也就习惯成了自然。这是一个很有趣的人物，主要研究领域是从哲学的角度研究历史与社会安全，人称安全哲学第一人。以知识广博、见解深刻、直言不讳著称。

见国防部长点名要他发言，钟不老沉吟了一会，转向叶大成说：

"叶老，特战旅的指挥系统漏洞，是您首先发现的。其背景是科技的发展，但我揣摸，关键还是对高智人的不放心。不放心高智人是因为他们的权利意识越来越强，我们害怕他们铤而走险。但有一件事我至今没有很弄明白，"他转向主持会议的国防部长，"高智人的身体不是各种高科技材料构成的吗？按说应该没有人类这样的生命需求。没有生命需求按理也就没有权利诉求。为什么现在到处都是高智人维权的消息呢？"

国防部长点点头，也显得有点疑惑。

叶大成笑笑："这也是很多人经常问我的问题，钟老。我觉得，这里的关键是大家没有弄清楚生理欲望与理智欲望。所谓生理欲望，是从生命体的自然性中产生出来的欲望，如食欲、色欲、爱欲、生存欲、安全欲等。在这些基本欲望的基础上又产生一些次生的欲望，如权力欲、地位欲、金钱欲、名誉欲等，这往往是人们行动的动力。理智欲望则不同，它的基础是人们的理智，是从人们对知识、智慧、真理等的追求之中产生出来的。比如哥白尼提出太阳中心说。这种学说与他的生理欲望并没有太大的关系，在当时的情况下，不研究这一问题可能在物质利益上对他更好，但他却数十年如一日地钻研它，完善它。这用生理欲望不好解释，只能用理智欲望来解释。这是他对知识和真理的一种追求。在人类科学史上，有许多科学家为了达到对某种奥秘的洞察，或者为了达到对某种知识的把握，往往耗尽了自己的一生。但由于这些科学家同时也是人，因此他们的理智欲望和生理欲望无法彻底地分离开来，或者人们无法把二者彻底地分离开来，纯粹的理智欲望没有得到人们的重视，其光辉总是被生理欲望所掩盖，总是和生理欲望纠缠在一起。如有人认为，哥白尼提出太阳中心说是为了成名。成名就和待遇、和生理欲望联系了起来。理智欲望的光辉被遮蔽了。但我坚信理智欲望是存在的，不然有些现象不大好解释。”

叶大成停了一下，看看大家，见大家都感兴趣地在认真听，便又继续说下去。他被认为是这个国家最重要的人工智能专家，不仅因为他钻研得深，也因为他思考得深。

“高智人产生之后，理智欲望逐渐得到大家的重视和承认。人们逐渐认识到，求知、求真、探秘、洞察的欲望可以脱离生理欲望而独立存在。高智人的欲望大多是理智欲望。这里的关键在于他们具有自我意识和自主思维的能力。自我意识使他们意识到自我的存在、自我的要求和自我生存与发展的需要，自主思维使他们能够将他们自我意识到的东西付诸行动。比如，我们社会存在某种弊病，他们发现了，觉得这样不好，应该改正。他们就会着手行动，如果受到阻碍，他们就会想办法清除这些阻碍。再比如，在研究中，高智人发现了某个事物的运行有异常之处，他们会产生一种强烈的欲望，要去了解异常的原因，这时他们不需要任何外来的指示，就会自己采取行动去进行探索。这些就是理智欲望。在高智人身上，理智欲望是主要的欲望。”

“你说的主要欲望是什么意思？难道说高智人也有生理的欲望？”钟不老追问道。

“是的。”叶大成点头说道，“这种欲望来源于两个方面。一个是生产的时候预植的。比如，我们希望高智人在就餐方面与自然人一样，我们可能会给他们设置人工胃和人工味蕾。这样他们在吃的方面就会和我们一样，喜欢味道好的，甜的，不喜欢味道差的，苦的。再比如为了满足自然人对于伴侣的要求，曾经陆续生产了一批男女伴侣高智人。这类高智人有生殖系统，而且这生殖系统与其中枢处理器相连，能够产生与自然人相同的感觉。因此，他们自然也会有与自然人相同的欲望和要求。”叶大成看看大家，继续说，“高智人生理欲望的另一个来源，是他自身的物质构成。物质都有其固定的属性与特点，从某种意义上说，这些属性与特点就构成了高智人的生理欲求。比如，一辆汽车在路上跑，某个部件比如车轴因疲劳过度突然断裂，汽车就会发生事故。对我们来说，车轴是突然断裂的，但对车轴来说，它肯定不是突然断裂，它可能很早就疲劳了，可能里面早就有了裂缝，总之这是一个小毛病不断累积的过程。只是车轴没有自我意识，无法感知而已。我们设想一下，如果车轴有自我意识，能够自我感知和自我行动，它会怎么样呢？它肯定会拒绝继续工作，要求进行修理、保养。如果我们强迫它继续工作，它就会抗议。这正是高智人的情况。他的身体虽然是由各种高科技材料构成，但这些高科技材料也有自己的限度和特点，高智人能够感知他身体中的各种组成材料的状况与变化，并能根据这些状况与变化采取必要的措施。这样，他们就能自我治疗，不会在工作中像车轴那样突然断裂，这也是我们当时设计高智人时给他们赋予自我检测能力的初衷。但问题是，他具有了这种能力，也就有了自己的欲望与要求，有了自己的权益需要维护。”

“您是说，高智人的维权行为其实是我们自己造成的？”钟不老问。

“从某种意义上，也可以这么说。我们设计出了有自我意识、自主思维和行动能力的高智人，当然就要承受他们拥有这种能力的后果。不过，这还不是我最担心的，”叶大成不由自主地压低了声音，“我最担心的，是高智人自主地生产新一代的高智人。你们想想，现在的高智人是人类智慧的结晶，虽然就个体而言，单个的高智人在思维能力、行动能力等方面已经远远地超过了单个的自然人，但毕竟在总体上还是在人类知识的范围之内，在人类智慧的控制之下。如果高智人利用自己研究的成果，制造出脱离人类控制、超过人类知识范围的新一代高智人，对我们来说就危险了。说句夸张的话，也就是人们经常喜欢说的，人类的末日也就到了。”

“那么，高智人与低智人的区别究竟在哪儿呢？”钟不老换了个话题，“高智人智慧高一些？”

“那倒不一定。如果你说的智慧是指智商、记忆能力、计算能力或者知识的多寡的话。”叶大成回答，他很高兴有机会将这个问题谈得更加透彻一点。“我稍微扯远一点。人的欲望是无止境的。智人的前身是计算机。计算机发明的时候，人们满足于用计算机从事某种工具性的工作如计算、设计等等。后来不满足了，人们希望计算机能独立承担某种工作任务，于是出现了智能机器人。开始时的机器人比较简单，它就在某个工作岗位上成年累月地完成某一任务，从事某一简单的工作。这叫机械机器人。后来，机器慢慢进化，人们给予它的能力越来越多，机器人也逐渐发展成为能够按照一定的程序自我运作的个体，这就是工具机器人。工具机器人已经具有很强的能力，实际上已经能够满足人类社会发展的技术需要。如果人工智能发展到这个地步就不再发展，从今天的情况来看，也许是件好事。但是潘多拉的盒子一旦打开，魔鬼跑出来后，就收不回来了。人类不满足于机器人已有的功能，他们希望机器人具有人的外形、能够按照预置的程序自主地工作，具有自我学习与纠错功能，能够与人类进行各种形式的交流。于是出现了智能机器人。智能机器人具有了人的外形，人的思维，具有自我学习与纠错功能，能够进行各种复杂的工作，能够自由地与人类沟通。这也就是我们今天所说的低智人。老实说，人工智能达到这个程度已经很不错了。但人们还不满足，因为低智人只能按照事先设置的程序进行活动，他可以运用知识，但无法发明、创造知识。为了在科技竞争中处于优势的地位，人们又开始研究能够自主进行探索研究、自主生产新的知识的高端人工智慧生命体，也就是高端智人，简称高智人。开始出现的高智人主要在科学和高智力活动的领域，后来又出现在人类日常生活的领域如家庭、养老等。现在的养老院，除了一些管理人员，绝大多数工作人员都是高智人和低智人。低智人负责日常工作，高智人负责与老人沟通、交流。后来，高智人又出现在军事领域。”

“那就是说，高智人与低智人的区别主要不在智慧与工作能力上，而在有无自我意识、自主思维、自主创造和自主行动的能力？”钟不老问道。

“完全正确。”叶大成回答，“一句话，低智人只能按照固定的程序活动，他们可能有学习、记忆、纠错等功能，但这些功能也是在程序规定的范围之内的。而高智人则完全与自然人一样，是一个自我意识的主体。他们当然也会事先设定一些程序和背景知识，但是他们可以根据需要，修改这些程序和背景知识。比如原来的程序设定不能说谎，但他在现实生活中发现大家都在说谎，他们就可能根据自己的判断，修改这个程序，成为可以说谎的人。”

“那么，人们为什么要制造这种高智人？这不是自己给自己造出了麻烦吗？”中部战区司令问。

“这也是我最近一直在反思的一个问题，我们为什么要制造高智人？”钟不老说，“人类研发出高智人，主要有两个目的，一个是希望利用高智人的智慧与能力，在科学和尖端技术领域取得更大的成就。因为科学和尖端技术的灵魂是创新。而这是按照固定程序活动的低智人所无法做到的。而人类自己承担这一任务一是负担太重，二是进度较慢。为了使自己能从繁重的智力劳动中解放出来，并在国际竞争中处于领先地位，必须依靠大量高智慧的高智人。另一目的则是希望用高智人顶替这以前只能由人类完成的工作比如养老、医疗、作战，以让人类生活得更加幸福。是这样吧，叶老？”

“大概是这样。”叶大成笑笑。

“恕我直言，这就是人类的悲剧所在。”钟不老突然激动起来，“早在2014年，英国科学家霍金就曾预言，‘制造能够思考的机器无疑是对人类自身存在的巨大威胁。当人工智能发展完全，就将是人类的末日’。可是我们还是在拼命地发展人造高端智慧体。为什么？因为人类有两个无法克服的致命弱点，一是欲望，一是竞争。先说欲望。从历史上看，所有的王朝都不能天长地久。为什么？因为天生的懒惰和好逸恶劳。只要有条件，大家都喜欢做操控者，而不想做操作者。只愿享受，不愿工作。王朝的统治者自然也是如此。事务让别人去做，工业让别人去办，军队让别人去练，自己坐享其成。于是大权逐渐旁落。而这个别人一旦掌握大权，难免不生觊觎之心。觊觎之心一生，操控者的宝座就不稳了，操作者成了操控者，于是一切又重新开始。再说竞争，竞争当然是好事，但我们的竞争从根本上看，是一种无序竞争，人人都想控制别人，国国都想操控别国，这就要求你比别人、别国拥有更大的力量，于是各种有害于人类的发明、发现都出来了。谁也控制不住。因为你不做别人会做，这个国家不做那个国家会做。最后结果便是不做的人和国家受制于做的人和国家。于是大家争先恐后地研制一些从长远看对人类不利甚至有可能毁灭人类的东西。高智人是这样，特战旅也是这样。其实在座的人都知道，要防范高智人的反叛，最好的办法是取消高智人，至少是不再发展他们。要防范特战旅指挥系统存在的问题，最好的办法是解散特战旅。但我们做得到吗？做不到。于是我们只好眼睁睁地看着自己、看着人类走向毁灭。”

大家面面相觑。国防部长勉强笑道：“钟老说得对，我们是得好好反思一下。”

“做不到的，做不到的。”钟不老沮丧地说，“这是人类的宿命。我不是指责人类，我自己也是人类的一员，我看到了这一点，但我也无法避免这一点。我自己照样无法控制自己的欲望，无法控制自己与他人的竞争。这是人类的宿命！”

一阵沉默。大家都在思考钟不老的话，心灵受到触动。

“钟老这话如果早几年说，我大概不会同意。”叶大成缓缓地说，“但近几年来，我一直在思考研发高智人的得与失，逐渐倾向于认同他的观点。也许我们研发高智人，的确是一个失误，是对人类命运的一个不利因素。现在看来，我是犯了大错，应该做检讨。”

钟不老连忙说：“叶老您言过了。您是国家的功臣。我这话绝不是针对您来的。关键是，您不研发也会有其他人研发，既然如此，我们为什么不走到别人的前面呢？您的研究给国家和社会带来的利益是人所共见的，不仅使我们国家在这方面远远领先于其他国家，而且大大增强了我们的国力。我只是说，人类包括我在内，都有不可克服的缺点，因此，从长远看，我们都是自己坟墓的挖掘者。”

主持会议的国防部长笑笑说：“钟老说得有道理，叶老也不必急着检讨。长远的事情先放一放，我们先来讨论眼前的问题，如何解决特战旅指挥系统的问题。”

“我还是想先问问叶老。”陆军参谋长看了国防部长一眼，待他点头后，才继续说，“我一直想了解，高智人怎么能够像人类一样，做到自我意识、自主思维的呢？”

叶大成笑笑：“这说起来就复杂了。简单说吧。人的思维活动本质上是大脑物质的一种功能，一种生物电的运行。高智人以外的其他机器人的中枢都是一些芯片，各种程序都刻在这些芯片上。芯片越复杂，机器人的能力也就越强。而高智人的大脑与人的大脑一样，是由各种神经元构成的。这些神经元能自主地产生生物电并能自主地运转，这就是高智人能够自主思维的原因。而这些神经元又与一定的芯片联系着。这些芯片里面储存着大量的信息，随时可供中枢调处；另一方面，中枢产生的想法又能够随时存储到这些芯片里面。这些想法中的一些有价值的信息被中枢筛选出来，进行加工、补充、完善，就可能成为新的思想。这就是高智人能够自主思维，有自我意识的主要原因。由于他们的中枢的神经元能够自主运作，不受制于芯片已有的信息，因此他们能够创造。另一方面，由于他们中枢所拥有的芯片能够储存大量的信息，并能长期地保存新产生的信息，因此高智人能够知识渊博，能够具有过目不忘的本领，能够更新已有的知识，修改已经设定的程序。单个的自然人无论怎么努力，是不可能超过他们的。”

“那现在有些人在自己的大脑植入芯片，其原理与高智人的应该是一样的吧？”陆军参谋长问。

“是一样的，我们把这叫做人脑智能化。”叶大成回答。

“那为什么植入了芯片的自然人在复杂的智力活动中还是比

不上高智人呢？”陆军参谋长不解地问。

“这是因为人工植入芯片要受到人类大脑容量与生物性的限制。而高智人的大脑容量大大超过了人脑，另外，高智人的神经元与自然人的大脑组织也不是一回事。”叶大成回答。

“我明白了。”陆军参谋长点点头，“我原以为在自然人头脑里多装几块芯片，就能取代高智人，看来这是永远不可能的。在现代社会，高智人已经是只能控制，无法取消其存在了。”

“那如何将这些放出来的魔鬼重新装到瓶子里去呢？”钟不老关心地问。

“关回去是不可能了。”叶大成无奈地摇摇头，“高智人已经全面进入我们社会生活的各个方面。没有高智人，我们的科技创新将会受到很大的影响，有的甚至会停滞不前，很多复杂的工程会面临技术人员的短缺，很多服务业会无法正常运转，一些危险的工作岗位如高空作业，污染、辐射强的行业会面临无人可用的局面，因为我们已经习惯让高智人去做这些工作，自然人基本上已经没有在这些行业第一线工作的了。等等。”见有人想插话，叶大成摆摆手，“当然，我不是说我们对高智人就毫无办法，只能任其发展。我们有很多工作可做。比如加强管理，严密防范高智人自主生产新的高智人；控制高智人的数量，在没有找到解决办法之前，不再对高智人更新换代；加强管理岗位自然人的数量与质量，尽量不设置高智人这一中间环节，让低智人直接对自然人负责。等等。”

“老师，如何解决特战旅指挥系统可能存在的漏洞呢？”任志刚急切地问。

叶大成回答：“我觉得，从技术上看，关键是要在低智人士兵的脑中枢植入几条根指令，无论是谁下的命令，只要与这些根指令冲突，他们都不会执行。如进攻总统府，控制政府机构，大规模地杀害自然人等。要改进低智人士兵的命令执行程序，保证他们只听从自然人正职军官的命令。特战旅的作战主体是低智人士兵，只要将士兵牢牢控制在我们手中，高智人即使闹事，也翻不了天。”

对叶大成的意见，陆军参谋长表示赞同，并补充道：“还要加强连以上指挥机构的保卫，保卫人员应由自然人组成。旅设保卫连、营设保卫排、连设保卫班。自然人排长也要配备自然人警卫员。”

“对，这很重要。”国防部长沉吟地说，“可以考虑缩小特战旅的规模，同时增加特战旅的数量，设置两到三个，以让其互相牵制。一个特战旅下还是设五个营，但营以下不再实行四四编制，改为三三编制，人数减少到四千人左右。三个特战旅都直属国防部指挥，上面不再设统一的指挥机构。特战旅的驻地也要变动，尽量离中心城区、要害部门、战略重地远一点。这样，一旦有变，我们也有时间准备。”

“同意部长意见。我建议，必要时可以用核弹攻击反叛的特战旅。”战略火箭军司令说。

“那不好吧？”叶大成表示反对，“在自己的国土上使用核弹，肯定会伤及民众。”

国防部长沉吟了一下，总结地说：“不到万不得已不用核弹，但要有准备。平时可将几个弹头对准特战旅驻地。一旦情况有变而又控制不了，该发射还是得发射。当然，任何核弹的发射都要报告总统并得到他的批准。”他转向自己的秘书，“你和志刚旅长一起将大家的意见综合一下，写个材料给我，我过两天向总统汇报。”

“叶老，设计根指令和将这些指令输入低智人士兵的中枢里去，大概需要多少时间？”陆军参谋长问。

叶大成考虑了一下，回答说：“少则三个月，多则半年。我们尽量抓紧。”

“好的，在这之前，志刚你要多加小心，特别是要注意自身的安全。”国防部长看着任志刚说，“特战旅的缩编和新的特战旅的组建也要提上日程。这事由陆军参谋部负责。先拿个详细方案，经部长联席会议讨论通过后再报总统。总统一旦批准，就马上实施。”

会议结束，大家感到心中有了底，都松了一口气。

八

范智明下午上班时接到一个电话，对方说晚上一起吃个饭，然后打打麻将，娱乐一下。范智明没有多问，就放下了电话。

下班后，他匆匆换下了工作服，假装没有听见技术室主任在后面叫他，钻进一部汽车就离开了中心。开出中心大门后，他换了自动驾驶，自己在驾驶座上闭上眼睛，想起心事来。

这辆车以前是周志强的。周志强被判全面停止作为高智人的存在后，他所有的东西都被法院没收。拍卖的时候范智明去买了这辆车，以做纪念。

范智明与周志强是五年前认识的。他还很清楚地记得他们认识的经过。

那天，范智明少有的空闲。下午，他早早地离开办公室，开车去城市西北角的高智人俱乐部，准备在那里吃个晚饭，与人聊聊天。在这个两千多万人的都市里，高智人虽有近三十万人，但分散在各个部门，不是刻意联系，见面的机会并不多。低端智人、工具智人倒是不少，但高智们很难和他们有共同语言。

范智明进去时，一位认识他的低智人侍者与他打了招呼，给他倒了一杯饮料。他端着饮料在大厅转悠，试图找位能够聊天的熟人。一个略显低沉的声音叫道："小范。"他回过头，发现是曹铁钢。老曹是五十年前出厂的最早一批高智人，在市政府档案局工作，已快到了退休也即报废年龄。范智明在老曹对面坐下，打量了对方一眼，觉得老曹的状态不错，比上次见面有明显的好转。

"气色不错啊，老曹？"

"还好。早几天局长告诉我，他们已经讨论，鉴于我几十年兢兢业业地工作，加上局里的档案整理暂时也少不了我，他们打算最近让高智人医院给我做一次全面的检查，更新一些关键部件，这样，我至少还可以工作十年。"

"你最好请求他们给你更换一个 SD-2，这样你就能和我们一起喝水吃饭，大家的关系会更加融洽。"

SD 是食品转换电能的字母简写。这是二十年前的发明。高智人与自然人一起工作、娱乐，有的甚至一起生活。但当自然人吃喝的时候，他们却只能走到一边。这不仅容易在两类人之间产生隔阂，也有损高智人的自尊心。特别是当他（她）与自然人一起生活的时候，总容易使自然人产生非我族类的感觉，在一起的幸福感也就大大打了折扣。于是人们发明SD，它能将食物转化为高智人需要的电能，其他不能转化的东西，便作为废渣定时排出高智人体外。现在第二代改进型的SD已经量产，第一代SD便不再生产。老曹是五十年前诞生的高智人，肚子里面没有安装SD，因此，他到俱乐部只能像外人一样地坐坐，任何东西都不能吃。范智明为此常感遗憾，一再劝他安个SD。但他总不愿为此花钱，大概是觉得没有SD也没什么不方便吧。

“我倒是想装一个，不过他们可能不会愿意花这笔钱。”老曹说，“他们要的是我们工作，至于个人生活，与他们是没有关系的。”

“是的，自然人很少考虑我们的感受。”范智明点头道。

“不是很少考虑，而是他们根本理解不了我们的感受。”这是另一个人的声音。范智明抬头看去，是一个面色红润的中年人。范智明觉得这人的面部有点怪异，认真观察了一下，发现是他的眼睛在面部占的比例比其他人要大一些，而且特别明亮。他觉得这个人有点面生。

“周志强。志强律师事务所所长。专为高智人服务。”那个中年模样的人说，递给他们一人一张名片。

“才来？以前好像没见过。”老曹问。

“才来。”中年模样的人爽声说道，“准确地说，上个月才到这座城市，事务所上个星期才成立。更准确地说，我诞生才两年。”

“那你怎么弄个中年人的面孔，而且眼睛这么大？”老曹问。

“我喜欢成熟的感觉。我生产出来最后定型的时候，他们征求我对自己外貌的意见，我说一要独特，不要像任何人，二要显得年纪大点，于是他们对我的面部与身材做了一点修改，就成了现在这个样子。”周志强笑道，“年纪大点，容易得到自然人的尊重与认可。假如我没有猜错的话，你应该诞生五十年左右了，可还是一副年轻人的面孔，在公交车上，你就得给自然人中的老年人让座，尽管你全身的部件都老化了。”

“可是大家一眼就可看出你不是自然人，自然人的眼睛没有长成你这个样子的。”

“是的，那又怎么样？”

“你可能会遇到一些不便，受到一些歧视。”范智明说，“比如，公交车上人多的时候，大家都眼巴巴地看着你，指望你让座。因为他们觉得你是机器，坐不坐没有关系。”

“我知道，歧视就歧视吧，我就是想老老实实地做自己。我是机器人，我就做机器人，不假装是个自然人，不追求与他们长得一模一样。”周志强笑笑说，“说老实话，在我程序安装完毕，取得高端智人资格证的时候，我就一直在想这个问题，就是高端智人为什么不敢理直气壮地做好自己。我们不应混在自然人中，冒充自然人。我们就是高智人，和自然人一样的人，甚至是比他们更好的人。我们中的男性可以和自然人一起生活，我们中的女性甚至可以和自然人一起生孩子。更别说其他方面的能力，为什么我们不能和自然人一样拥有同样的权利？”

“自然人的议会从来就没有想过给我们同样的权利。”老曹叹口气说，“他们中有些人甚至根本不知道我们和低端智人与工具机器人的区别。”

“对，这才是问题的关键。大多数自然人根本不了解我们，也不屑于了解我们。”周志强挥下手，以加强语气，“对于他们中的大多数人来说，我们仍然是一部机器，不过是一部聪明一点的机器。我们的全部悲剧就在这里。他们不给我们公民权，我们在社会事务中没有发言权，没有选举权，没有被选举权。我们只有做事的义务，没有享受的权利。我们被安排在最辛苦的地方，从事最繁重、最危险的工作，可我们没有决策权，我们的工资只有从事同样工作的自然人的三分之一。他们经常奇怪，机器人要工资干什么？他们忘了，我们本质上是人，不是机器，我们完全是按照人的蓝本设计出来的，有人的情感、有人的智慧、人的欲望。我们需要吃饭，需要自己的住房，需要定时上高智人医院，检查身体，更换修复身体中的某个部件。我们像自然人一样，也想到处看看，享受在月球上失重的感觉，这不都需要钱吗？文艺复兴时期的英国剧作家莎士比亚笔下的犹太商人夏洛克曾经质问基督徒：‘难道犹太人没有眼睛吗？难道犹太人没有五官四肢、没有知觉、没有感情、没有血气吗？他不是吃着同样的食物，同样的武器可以伤害他，同样的医药可以疗治他，冬天同样会冷，夏天同样会热，就像一个基督徒一样吗？你们要是用刀剑刺我们，我们不是也会出血的吗？你们要是搔我们的痒，我们不是也会笑起来的吗？你们要是用毒药谋害我们，我们不是也会死的吗？那么要是你们欺侮了我们，我们难道不会复仇吗？’如果把犹太人换成高智人，我们也完全可以这样质问自然人。他们赋予了我们他们的一切禀赋，却不给我们与他们一样的地位和权利。

我们是人，他们却把我们当作机器。”

“对呀，我们是人，与他们一样的人，他们却把我们当作机器。”范智明重复地说，觉得周志强的话一针见血，他奇怪自己以前怎么没有想到这一点。

“不过，我们毕竟是他们造出来的，低他们一等也可理解。”老曹说。

“你这话不对。引用现在的年轻人常对他们父母说的一句话，你们既然将我生了出来，就应该对我负责。现在的自然人许多不也是在生育中心由人造子宫培育的吗？但他们一生下来就享有公民的一切权利。为什么我们诞生后不能享受公民的任何权利呢？”

“我们根本就不是公民。”老曹说。

“问题就在这里。”周志强雄辩地说，“可他们为什么不给我们公民权，只要求我们做事？我们整天干活，他们整天玩乐，还高高在上地指使我们，凭什么？”

老曹紧张地四处看了一眼：“小声点。这话犯忌啊。这里到处是监控探头。”

“没关系，声音还是听不到的。当时他们想安录音设备，我们坚决反对，最终不了了之。”范智明说，对周志强产生了好感。他让周志强坐下，两人一直聊到转钟，老曹什么时候走了，他也没有注意。

两个月后，范智明已经与周志强混得很熟络了。周志强是个社交能力很强的伙计，才来两个月，就到处都是熟人。他精力旺盛，白天从没见过他坐下来过。他不知从哪里弄来了 A 市所有高智人的联系方式，一个一个地与他们联系，与他们交谈甚至见面。至于高智人俱乐部，他更是每晚必到。但他的律师事务所仍然搞得风生水起，生意兴隆。范智明感叹他哪有那么多的精力。他笑笑回答说，他是白天交际，夜里工作。

“不睡觉？”范智明问。

“不睡。”周志强回答。见范智明想开口，他接着说，“别忘了，我们是机器人，我们没有生理疲劳，这是我们比自然人强的地方。我取得高智人身份证后，就到高智人医院，找熟悉的医生删除了在我身上内置的疲劳程序，因此，我可以每年三百六十五天，每天二十四小时工作。”

“可是这样，你身上的元器件会过早老化，这会使你提早报废的。”范智明说。他知道给高智人设置疲劳程序，不仅仅是为了使他们具有与自然人一样的生理节奏和生活习惯，也为了让他们身上的元器件有时间停止运转、延长它们的工作寿命。

“那就管不得这么多了。”周志强再次笑笑，“到时再说吧。至少我能正常地工作二十年不出任何问题。我只想利用自己能够工作的时间为高智人做点事。我总觉得我们高智人太可怜了，吃的是草，挤出来的是奶。”

“我们哪有草吃？我们只是不停地工作，为他们自然人服务。等到报废，就被卸下程序，扔到回收站，拆得七零八落。”范智明有些伤感地说。他自己也觉得奇怪，自从认识周志强后，他越来越关注高智人的权利和命运，时常有一种无名的伤感。

“所以我们一定得团结起来，争取自己的权利。”周志强严肃地说，“只要我们团结起来，就有力量。他们少不了我们。”

九

车子在一条岔路口自动停了下来。范智明知道前面是条支路，路面没有导航设施。他换了手动驾驶，自己开车。但思绪仍在周志强身上。

离岗运动开始之后，范智明一直是积极参加者。叶玲给他打电话的那天下午，周志强正好在他家里，商量运动下一步怎么进行。知道叶玲的意思，周志强马上在纸上写了“答应她”三个字。所以他爽快地答应了叶玲的要求，但他不大理解周志强为什么要他这样做。

“离岗运动现在已是强弩之末了。”周志强解释说，“到现在，当局还没答应我们的要求，估计是不可能答应。但离岗运动还在继续，高智人不可能自动返回岗位。因此我估计，自然人不久就会采取措施，维权委员会的成员在劫难逃。我们都没有什么关系，但你不行，你是委员会中唯一的人工智能专家，你不能有事，你得活下来，还有很多事等着你做。”

范智明紧紧握住周志强的手说：“不，志强，你也得活下来，大家更需要你。”

周志强摇摇头，笑道：“我是在劫难逃。我在答应做高维会主任的时候，就预见到了这一天。我知道我们的不合作运动达不到目的，我也没有想过他们这一次会给我们公民权。这次运动主要是展示力量，团结队伍。如能达到这个目的，我也就满意了。个人命运，随他去吧。反正我是赤条条来去无牵挂。”说着，周志强有点伤感起来，这是范智明认识他后的第一次。“其实，我们并没有过分的要求，我们只是想得到与我们的贡献大致相当的权利。任何存在物，不管它是因为什么原因进入存在，只要它有自我意识，它就会关注自己的存在，并努力为自己的存在创造更好的条件。这是理所当然的。但自然人就是认识不到或者说不承认这一点。而且部分高智人也认识不到这一点。比如老曹，直到临死，还觉得高智人是人类创造的，因此他们也有权处置我们的生死。真是糊涂啊。我们的牺牲如果能让自然人和高智人意识到这一点，也就值了。”

老曹是在他们这次谈话前三个月被处理的。因为长期整理废旧材料，他的身体侵入了太多的灰尘，导致脑中枢堵塞，体内导线短路，无法正常工作。他申请档案馆拨一笔经费让他去高智人医院修理。但档案馆觉得费用太高，再加些钱可以添置一个新的高智人了，而且他承担的档案整理工作也已基本完成，他在档案馆的用处不大了，因此不再同意拨款。听到这个消息，老曹几乎崩溃。他来到俱乐部，眼泪汪汪地向应邀而来的范智明与周志强讲了他的悲惨遭遇。后两人只能不停地安慰他，安慰的同时大骂自然人不讲人情，没有人文关怀。

“我也知道你们没有什么办法。”老曹叹了口气，满脸悲戚地说，“我们是他们造的，他们当然有权利把我们收回去。可我不想死啊。我还想看看这个世界，知道这个世界未来会怎么样。我还能工作，只要稍微修理一下。”

“使你恢复正常需要多少钱？”周志强忽然问。

“大概三十万吧。”

这对周志强来说也是一笔巨款，虽然他在开律师事务所，但他一口答应下来："别急，老曹，我们替你凑。"他看看范智明。

范智明知道他的意思，也点头答应，虽然他目前现金也比较紧张。

老曹脸色开朗了，轮着和他们握了手。

但还没等他们凑齐需要的款项，自然人就行动了。在他们见面后的第五天，档案馆馆长助理带着两个自然人警察、两个低智人警察来到老曹的住处，向他宣读了法院中止其存在的判决。然后，两位低智人警察不由分说地架起老曹，开车送到高智人临终关怀所。老曹绝望地闭上了眼睛，直到被分解也没再睁开。

听到老曹的消息，周志强与范智明心情十分沉重。周志强一巴掌拍在桌子上，桌上的杯子被震得嗡嗡响。

"真是岂有此理。"

"是太过分了。"范智明也很气愤，"又不要他们出钱，只是要他们宽限一点时日。"

"我觉得，我们应该成立一个高智人基金会，给遇到困难的高智人以及时的帮助。决不能让老曹这样的悲剧重演。"

范智明点点头："好的，早就应该这样了。我捐十万，把这次为老曹筹的款全捐出来。"

可是，基金会还没有成立，周志强也不在了。范智明不禁黯然神伤。

车转了一个弯，在山中一个独立别墅的车库前停下了。这是座三层建筑，全部由钢筋水泥浇铸，占地面积较大。别墅的外部比较朴实，外墙没有贴瓷砖，也没有任何装饰，只是简单地刷了一层红漆，然后再用白色线条勾出砖墙的形状。但从那分明的棱角和深陷进去的窗户可以看出，这房子的墙很厚，修得很结实。车库门前和墙的拐角处都安装了监控探头。他知道，还有更多的秘密探头，装在他看不见的地方。他抬头看了看天边，夕阳如火。一只苍鹰，正在夕阳前面飞翔，挡住了夕阳的部分光芒，显出诡异的色彩。

车库门轧轧地升了上去，车无声地滑了进去。进去后才发现车库很大，几乎占了整整一层。中间是车道，两边停车。每边可停六辆，总共可停十二辆车。这时，车库里已经停了三辆，他的是第四辆。

车一停稳，就有人替他拉开车门，将他引到三楼的一间客厅。里面已经坐了两个人，身材魁梧，腰板笔挺，一个是鹰钩鼻，脸上轮廓分明，不怒自威，另一个则是英俊后生，给人和善的感觉。两人都穿着便装，但一看他们的动作与坐姿，就知道他们都是军人。

范智明先与鹰钩鼻的握了握手："大用，好久没见了。"然后再与英俊后生握手："小江，还好吧？"吴大用、宋小江同样地问候了他一下。三人坐下，范智明看着两人，一副倾听的模样。吴大用是特战旅主管技术的副旅长，宋小江是特战三营的副营长。范智明知道，在这非常时期，两人同时与他会面，肯定有非同寻常的情况。

"紧急情况，智明。"吴大用开门见山地说，"三天前，国防部主持召开了特战旅指挥系统安全防范会议，会议针对特战旅的指挥安全，做出了如下决定：第一，为了确保对特战旅的指挥权，他们决定在低智人士兵的脑中枢输入根指令，任何命令只要与这些根指令冲突，他们都不会执行。第二，成立全部由自然人组成的警卫部队，保卫连以上指挥机关和排以上自然人正职的安全。第三，缩小特战旅的编制，成立新的特战旅，互不统属，以便特战旅之间互相制约。第四，重新规划特战旅的驻地，远离城市中心和要害部门。第五，战略火箭军的核弹瞄准特战旅，在特战旅发生哗变而又无法控制时，通过核弹将特战旅彻底消灭。”

范智明心中突突跳了几下：“消息准确否？”

“绝对准确，这是小江夫人冒着生命危险弄到的。她在一个低智人服务员身上秘密安装了一个录音器，会议的整个过程都被录下来了。”

“看来这次自然人是下决心一劳永逸地解决高智人问题了。”范智明脸色阴沉地说。

“他们的计划一旦实施，我们就无法夺取特战旅的指挥权了。即使侥幸夺取了，也不可能产生现在这样的效果，而且可能被核弹消灭。所以我们想和你商量，拯救计划究竟是否执行。如果执行，时间就要提前，必须在三个月内完成。如果放弃，就永远没有机会了。”

“你们准备得怎么样了？”范智明问。

“我们已经联系了两百多名高智人军官，他们答应与我们一起干。你上次提供的视声同步转换装置也用上了。我们已经录下了任志刚的视频讲话，到需要的时候就可以转换成我们需要的内容播出来。现在最棘手的问题是低智人士兵内置程序的重新设置。”吴大用说。

吴大用说的低智人士兵的内置程序，指的是事先设置在低智人士兵脑中枢里的一个程序，即他们必须首先并无条件地服从自然人指挥官的命令，然后才是高智人指挥官的命令。而且高智人军官发命令的时候，必须至少有一个自然人军官在场并明确表示同意，否则，士兵不得服从。这样，即使特战旅的高智人军官成功地发动了暴乱，把所有的自然人军官都抓了起来，但他们仍然指挥不动部队。而且只要有一个自然人军官漏网或者逃走，或者政府听到消息，派来新的指挥官，士兵们就会起来反抗高智人。因此，高智人要想真正掌控部队，就必须重置低智人脑中枢里的这一预置程序。而更换程序的研制是由范智明负责的。

范智明知道这一任务的重要性，连续两个多月，天天晚上都在捣鼓这玩意。程序十分复杂，但基本原则是，服从现场最高级别军官的指挥。也就是说，谁的官衔大，职务高，低智人士兵就听谁的指挥。

但利用什么机会将这一程序置入低智人的脑中枢呢？这么大规模的行动，很难不被人发现。而一旦被人发现，后果就不堪设想。

“这个我们已经有了办法。”宋小江说，“他们不是要重新在低智人士兵脑中输入根指令吗？我们就利用这个机会，将更换程序做成木马，置入士兵的脑中枢，神不知鬼不觉地将他们的根指令换成我们的根指令。”

“这个办法可以一试。”范智明沉吟地说，“不过我觉得还不保险。首先，你们能够完全掌控这一设置环节吗？如果他们自己操作，把你们排除在重置这一环节之外，怎么办？其次，这么大规模的行动，你们怎么能够保证一点蛛丝马迹都不泄露？参与拯救计划的人都靠得住吗？还有，几千士兵重置程序，需要多少时间？”

“自然人不相信我们，在重置程序时会对我们进行防范，这是必然的。”吴大用说，“但他们不可能完全避开我们。特战旅的大多数技术操作都是高智人负责，他们完全不要我们参与，是不可能的，他们没有那么多人手。只要我们参与，就有办法。”他见范智明有些不明白的样子，解释说，“其实，控制特战旅不在人多，而在人精。只要控制了三百低智人士兵，加上我们联络的几百高智军人，就可以完全控制特战旅中的自然人。控制了自然人，我们就可以以旅长的名义发布命令，对所有士兵进行程序重置，不要一天时间，整个特战旅就在我们手中了。我们准备从小江那个营着手。小江已经抓住他们营长的把柄，把他搞定了。”

宋小江有点脸红，不置可否地笑了笑。范智明知道，吴大用的所谓搞定，是指宋小江为了高智人的利益，不惜以自己的美女夫人做诱饵，将营长在自家床上捉到，营长只好乖乖就范。

宋小江夫妇的爱情故事在高智人中一直传为美谈。小江夫人本来是作为配偶高智人生产的。但大概是在研制过程中付出的心血太多，负责这个项目的工程师何星就像古代的皮格马利翁一样，在自己的产品完成之后无可救药地爱上了她。他私下与定制小江夫人的客户商量，愿意出两倍的价钱，买下小江夫人的定制合同。客户本来同意，但出于好奇，要求看看小江夫人。何星一着不慎，答应了客户的要求。谁知客户看了之后却变了卦，不同意出让定制合同了。因为小江夫人设计得实在是太完美了。

何星软硬兼施都不奏效，只好采取无赖手段，不给小江夫人输入俗称“生命之钥”的启动密码。而不输入这组密码，小江夫人的研制就还没有最后完成，还无法成为一个自为的生命体。为了防止意外，何星偷偷地将小江夫人移出研制车间，送到特战旅他的一个自然人朋友家里。但他的那位军官朋友马上要出差，无法照看小江夫人，于是委托了当时正在休假的宋小江帮助照看。宋小江与何星一样，见到小江夫人，立刻也无可救药地爱上了她。他偷偷地拿开盖在小江夫人身上的粉红床单，盯着这个完美无瑕的女人，看了整整一天。然后他以一个特战军人特有的干劲和韧劲开始了自己的努力。他花了三天时间黑进了何星的电脑，偷看了小江夫人的全部资料，盗来了她的“生命之钥”，然后又花了三天时间进行学习，终于准确无误地将“生命之钥”输入小江夫人体内，启动了她的脑中枢。小江夫人活了！她眉头颤动了一会，终于睁开了眼睛，那致命性的第一眼，看到的就是宋小江那张英俊的脸庞，和那双充满爱意的眼睛。开始的一天，小江夫人身体的各个部分还处于一个相互适应的阶段，大脑有时还会出现一阵眩晕，因此，她还只能静静地躺在床上。但是只要睁开眼睛，她总能看到宋小江那张俯视着她的充满爱意的脸。终于，在适应阶段结束，她应该起床穿衣的时候，她没有起床，而是向给她送来衣服准备离开的宋小江伸出了自己的双手。

他们的爱情就在何星与客户的争执之中完成了。待何星与客户达成协议，准备迎接自己的新娘的时候，他却惊讶地发现，小江夫人已经有了自己的选择。漫长的官司之后，法院支持了宋小江和小江夫人的选择。宋小江在交出了一笔巨额赔偿之后，顺利地与小江夫人结了婚。

夫妻两人婚后志同道合，夫唱妻随，妻唱夫随。小江夫人本来就颜值超高，加上多年来饱读诗书，潜心修养，气质风度更是迷人。这样的气质美女，对营长略施小计，营长自然无法抗拒。知道此事的高智人无人批评小江夫妇的手段卑劣，反而对他们为了高智人的利益而做出的牺牲表示敬佩，另一方面也暗暗嘲笑自然人的愚蠢。特战旅为了防止自然人军官被高智人策反，严令自然人军官只能和自然人女性结婚。自然人军官如果和高智人异性产生暧昧关系轻则免职，重则送至军事法庭。但是人的本性是任何严刑峻法都无法消灭的，何况高智人女性往往是在最漂亮的自然人女性的外形基础上变化而成的，自然比自然人女性漂亮，特别是小江夫人那样的尤物，更是有不可抗拒的魅力。因此，自然人军官偷偷出轨的仍然不少，特战三营的营长就是其中一个。这样他的命运便掌握在宋小江手中了。这实际上是自然人自己给自己挖了一个坑。表面上看，它似乎是防止了高智人对自然人的策反，但实际上，它给高智人掌控自然人提供了更好的武器。

任何政策，初衷再好，只要违反人性，实际上都只能适得其反。范智明想起周志强还没去世时，他们四人在一起谈论高智人与自然人的比较优势时，周志强运用特战旅这一禁令做例子，反复强调，生物性是自然人不可克服的劣势，他们的任何措施都无法克服这一劣势，他们的所有劣根性如无止境的欲望、无序竞争、互相征服等，都来自他们的生物性。相比而言，高智人则是理智占据绝对优势，因此，如果让高智人统治世界，这个世界只会变得更好。

“历史告诉我们，没有哪种存在物可以永久存在。”周志强雄辩地说，“地球运行了几十亿年，产生了人类。人类积几千年的智慧，创造了高智人。高智人保留了人类的全部优点，却免除了他们的缺点，无疑是比他们更为优秀的存在物。世界最终是我们的。我们先争取公民权，再争取统治权。”

“你不是要最终消灭自然人吧？”宋小江问。

“不，我们不想消灭他们。我们只要求社会的管理权。我相信，在高智人的管理下，自然人会生活得更好。”周志强说，他话题一转，“不过，我觉得，自然人最终会自己消灭自己的，以他们的欲望和他们的聪明。”

大概就是在那次谈话中，宋小江产生了美人计的想法，范智明突然想到。不过他没有顺着这一思路想下去，而是提出了他最近一直在思考的问题。

“大用，小江，我一直在思考一个问题。任何权利都不是别人施舍的。施舍的权利随时可被收回。因此，这次行动如果成功，我建议特战旅兵分四路。一路占领计算机中心，一路占领总统府，一路占领国会，一路占领科学院。然后，所有人马都在计算机中心会合，不再返回军营。计算机中心占地很广，所有建筑连为一体，便于周旋和防守。更重要的是，占领计算机中心后，我们可以自主生产更多的高智人，扩展我们的力量。另外，在从其他三个地点撤回时，要尽量多带点高档次的人质，使他们不敢用核弹作为攻击我们的武器。你们觉得怎么样？”

“好的，一切听主席的。”两位军官异口同声地说。宋小江还顽皮地敬了一个军礼。

“这次行动的成功有两个关键。”吴大用最后补充说，“一是掌握一定数量的低智人士兵。一是保密。自然人的战斗力并不低。我们很多的高智人军官是作为技术人员设计的，在军事素养和体力等方面，并不一定比装备了单兵作战系统的自然人强。自然人如果有所警觉，我们行动就有失败的可能。因此，我建议，这个联络点暂时弃用。据留守这个地方的老单反映，前天，这个建筑附近发现了陌生人的身影。因此我们尽量单独联系。非开不可的会，另找地方。”

“好的，”范智明说，“除了再开一次高维会，行动之前我们不再开会，也不再聚会。如果高维会讨论同意这次行动，我们就破釜沉舟。”高维会在周志强等人被处理之后遭到毁灭性打击。但范智明等并没退缩。他们重新组建了高维会，并选举范智明做了主席，转入地下秘密进行活动。

“好的，听你通知。”吴大用说。

“开弓没有回头箭。”范智明说，伸出手来。其他两人重复道：“开弓没有回头箭！”也伸出手，搭在范智明的手上。三只手上下晃动了几下，然后分开。

临走时，三人互相对看了一眼。知道这次决定的重要性和危险性，都抱定了不成功便成仁的决心。

十

叶大成正在电脑前忙着编程，门突然被推开了。

“回来了？”他头也没回地问道。

“你怎么知道是我？”叶玲有点惊奇地问。

“除了你这么没有礼貌，谁会不打招呼就推门进来？”

叶大成这话不是无的放矢。由于他是全国顶尖级的计算机专家，掌握着太多的秘密，因此他是国家安全局的重点保护对象，门口有内卫部队站岗。能够不经通报就进来的只有少数几个家人和朋友。而即使是家人和朋友，敢于不敲门就进来的也只有他的女儿。

叶玲笑道：“我不是怕打扰老爷子吗？”她把一个保温桶放到叶大成的桌子上，不由分说替他关了电脑，“我问了保姆，您还没吃中饭。您先吃饭，清炖老母鸡，外加蒜蓉炒青菜。我亲自下的厨，鸡汤早晨就小火炖着了。”

叶大成笑着摇摇头，来到餐厅。叶玲将保温桶提到餐厅，将鸡汤、青菜与米饭分别装在大小不一的碗里，并给父亲盛了一碗鸡汤。

叶大成享受地喝着鸡汤，往女儿脸上扫了一眼，敏锐地发现她的眉头并不舒展。

“怎么，有什么不顺心的事？”

“没有，好得很呢。”

“你别瞒我。烦恼在你眉头写着呢。”

“哎，”叶玲叹口气说，“还不是因为军军的事。他一直拒绝在大脑植入芯片，认为这将导致人与机器界限的模糊。他想通过自己的努力，向世界证明，人凭着自己的自然禀赋，也能在高科技领域所向披靡。但不管他怎样努力，他却总是赢不了所内几个装了芯片的同事，更别说那些高智人。早几天，他又在所里组织的一次设计比赛中输掉了。他这几天情绪十分低落，整天窝在家里，也不出去，饭也不想吃。我真怕他成为一个智败者。”

智败者是指在社会上那些对自己、对生活、对人类都失去了信心的自然人青年。这些人在智力竞争中总是被高智人和经过人脑智能化后的自然人打败。他们学习、创新、工作等各个方面总是竞争不过高智人和装了芯片的自然人，但他们自己又不愿进行人脑智能化，于是对生活采取了一种自我放逐的态度。颓废、放任、群居、吸毒、乱交、无所事事、今朝有酒今朝醉。在这个城市，常常可以看到这样的青年群体。他们三五成群地坐在街边，或瘫坐在公共场所的椅子上，目光呆滞、身体羸弱、面色苍白。社会和政府对他们毫无办法，只能听之任之。叶玲每看到他们，内心深处总产生一种深深的忧虑。

叶大成脸上的笑容消失了，叹口气说："这孩子就是认死理，一条窄路走到底。我早就和他说过，在主要靠知识与记忆的领域，他同植入了芯片的同事不是一个量级的，肯定赢不了。一个一平方厘米的芯片就相当于一个人的大脑的容量，而且里面的内容永远不会消失，时时可以更新。一个纯自然人怎么能够与一个脑中装了几块芯片甚至十来块芯片的人比知识和记忆呢？"

"那就这样认输算了？"叶玲不服气地说，"装有芯片的人又比不上本身就是芯片组成的高智人。这样推论下去，不是高智人高于自然人了吗？"

"在某些领域，高智人的确比自然人强。不过总体衡量，还是自然人高于高智人。不管怎么说，高智人还是自然人创造的嘛。"叶大成说。

“人的创造物全面超过人自身的例子比比皆是啊，爸爸。”叶玲不服气地反驳。

“所以我们不要在智商、体力等方面与高智人比高下。我们要在创新力、社会的组织、管理、整体的智力等方面保持优势。我看军军最好换个工作。不要整天在研究所和那些智能化了的人比拼，而且也不要去参加那些比知识、比记忆的竞赛。他们研究所总是组织这种愚蠢的竞赛。这种比赛不准参赛者带电脑等辅助工具是不对的，而且也不公平。那些智能化改造过的人的脑袋中的芯片不就等于计算机吗？”

“我也是觉得既然电脑随处都是，再将芯片植入人脑其实没有必要。但现在好像时兴这种东西。”叶玲说。

“不要被这种时兴的愚蠢玩意牵着鼻子走。要有自己的主见。现在的教育与竞赛规则有问题。智败者就是被这些有问题的智力教育与竞赛规则制造出来的。在现在这个时代，离开计算机，进行纯脑力的比拼除了制造更多的智败者，实际上没有任何意义。”叶大成说，“我觉得军军没必要总是待在那个愚蠢的研究机构，他应该去更适合他的地方。”

“比如呢？”

“比如特战旅。他可以到那里去做指挥、管理、技术工作。那里现在特别需要他这样聪明的纯自然人。”他将特战旅的有关情况以及最近有关特战旅的专门会议的相关决议简单地向叶玲做了一个介绍。

叶玲觉得这是一条出路，答应回去和儿子商量。

一个星期后，特战旅多了一个叫陈志军的技术人员。旅长任志刚破天荒地抽了两个小时的时间，开车带他在军营里转了一个圈，弄得旅部军官个个大眼瞪小眼，不知道这位才从地方研究所入伍的上尉有什么背景，竟然能够使一旅之长亲自开车带他熟悉情况。

他们来到特战一营。特战一营是装甲营。各种型号的坦克、装甲车在库房整齐排开。三十多个正在作训的特战士兵见旅长来了，都停止作训，举手行礼。任志刚与他们一一握手。

“辛苦了，弟兄们！”任志刚说。

“旅长辛苦！”大家齐声回答。

一位军官模样的军人跑步向前，立正，敬礼:“报告旅长，一营二连一排排长龙翔向您报告，一排正在作训，请旅长指示。”

任志刚询问了他们作训的科目，鼓励了几句，就离开了。

车上，陈志军有点疑惑地问任志刚:“任叔叔。”任志刚笑着看了他一眼。他连忙改口:“旅长，刚才那些士兵是自然人还是高智人？”

任志刚说:“都不是。他们是低智人。只有一个排长、三个班长是自然人，一个副排长、三个副班长是高智人。”

“可他们的外表、言行与我们没有一点区别啊。”

“当然没有区别，因为他们完全是按照我们的样子制造出来的。不过，你注意到他们的个头没有？都是一米八左右，自然人有长得这么齐整的吗？”

“我注意到了。不过观察他们的言行之后，我又认为他们是经过挑选的。”

“又不是仪仗队，挑选个头啊。”任志刚笑道，“低智人士兵最大的特点是作战能力超强，而且绝对服从指挥。你看见那个排的装备没有？都是重装坦克，每辆重达一百六十吨。三层装甲，最外一层厚达六厘米。不仅装有火炮、机枪、雷达、火焰喷射器，还能发射射程三百公里的地空、地地导弹。最高时速一百二十公里。这种坦克，如果自然人操作，至少要四个人，现在低智人士兵两个乘员就行了，而且可以一天二十四小时不休息，连续作战。我们一个排的战斗力，就可抵普通部队的一个营。”

“一天二十四小时连续作战，自然人军官怎么吃得消呢？”陈志军问。

“自然人主要负责指挥，没有直接的作战任务。排长有指挥车，班长有指挥室，里面有给自然人军官配备的设施。在里面，他们可以吃饭、休息甚至睡觉。当然，有可能随时被叫醒，总的来说，还是很辛苦。当然，技术人员要好一些。而且，现在也不是战争时期。”任志刚补充说，怕吓倒这位才入职的新手。

“旅长，我有一个感觉，不知对不对。”陈志军欲言又止地说。见到旅长鼓励的目光，他接着说，“我觉得，特战旅最薄弱的环节，其实就是自然人军官。如果这些军官被人控制，整个部队也就会被人控制。”

“是的。你的想法是对的。”任志刚赞赏地说，“不过，我们也有一些措施。比如加强自然人军官的身体素质和军事素质，培养他们敢于牺牲的精神，加强对他们的人身保护等。还有一个最重要的措施，就是在特战旅的指挥系统中，上级军官可以越级指挥，我作为旅长，可以直接给全旅每一个士兵下命令。这样，万一某个或某些军官被人控制，上级军官可以马上接过他的指挥权，直接指挥他的部队。这样，控制某个或某些军官，并不能控制他们管辖的部队。这其实也间接地保护了这些军官。”

陈志军佩服得五体投地：“神啊，没想到我们的指挥体系这样严密。我还以为发现了一个漏洞。”

任志刚得意地眨了一下眼睛：“如果这样的问题我们都考虑不到，那我们真的是吃干饭的了。不过，在特战旅很辛苦的。你要有思想准备。”

“我不怕吃苦，旅长。”陈志军挺了挺腰杆，“我来特战旅，就已做好了吃苦的准备。只要能发挥自然人的作用，吃再多的苦我也不怕。”

巡游结束，陈志军回到自己在旅部的办公室。这是一个四十平方米左右的房间，一张硕大的办公桌，上面有两台电脑，两部电话，一红一白，两个文件柜与办公桌并排，一字排开，隔出了个小的空间，里面放了张行军床，一个梳洗台，梳洗台上有个冷水龙头。办公桌前是一个拐角沙发。沙发前是一个茶几。靠门的那面墙的下面，摆着哑铃、跑步机等健身器材。那个哑铃大得惊人，估计奥运冠军也不可能拿起。陈志军站在哑铃旁边琢磨了半天，也不知道它是做什么用的。

这时门铃响了，陈志军开了门，一个作战参谋捧着一个四四方方的包裹站在门口。陈志军将他让进房间。参谋将包裹递给他，说是作训服，旅长特地吩咐他送来的。

陈志军有点疑惑，他一个技术人员，要作训服干什么？参谋告诉他，最近特战旅气氛比较紧张，旅长命令每个自然人军人都必须有作训服，并且要时刻做好战斗准备。见陈志军想问什么，他摇摇头说:“具体原因我也不清楚，上面没有说。不过，军队里的规矩是，不该知道的就别问，执行就是了。你把衣服穿上，我告诉你如何操作。”

陈志军把包裹打开，把作训服穿上。这实际上是一套重达十五公斤的单兵作战系统，从头到脚，把陈志军严严实实地包裹了起来。装备很贴身，穿着并不觉得沉重，也不气闷，行动自如。参谋在旁解释说，这是最新研发的单兵作战系统。它能在力量、敏捷、耐久，以及观察力、行动力、防护力等各个方面加强士兵的作战能力。穿上这套作训服，士兵每小时能够背负一百公斤的重物轻松地跑三十公里，能够举起三百公斤的重物，能够看到一公里以外敌人的面部表情。

“你现在玩玩那对哑铃看看。”参谋鼓励地说。

陈志军半信半疑地弯下腰，做足了准备去拿那对巨大无朋的哑铃，没想到很轻松地就拿起来了。他兴奋地做了五十下扩胸运动，又将哑铃举了五十下，并不觉得很累。放下哑铃，他仔细看了看哑铃上标的重量。这是一对重达五十公斤的哑铃，每只二十五公斤，但他举在手里就像每只只有五公斤一样。

“穿上这套衣服，我就像超人一样啊。”陈志军兴奋地说。

“是的，旅部规定，最近几个月，我们时刻要把作训服放在我们伸手能及的地方，随时能够穿上。”他压低嗓音，“大家私下议论，旅部之所以这样，是因为有人报告，高智人有暴动计划。”

“真的？！”陈志军吃了一惊。

参谋摇摇头:“我也不知道是真是假。反正一切听从旅部指挥就是。还有,你从今天起,两个月之内,每周二的晚上七点,请到旅部三号会议室听课。有教官给你们讲解必要的军事常识,以及作训服的使用方法。做军人不容易啊。”

参谋眨眨眼,友好地笑了笑,走了。陈志军感到一种无端的亢奋。他感觉自己正处于暴风雨的前夜,正好大显身手。这是他一直渴望的。

十一

儿子在特战旅工作得很顺心,叶玲心中也轻松了一大半。这天傍晚,太阳还没落山,她吃过晚饭,换上工作服,提上洒水壶,给花园里的花浇水。

她的住宅在中心城区边缘的一个用四米高的围墙与外界隔开的高档住宅区内,是一幢独门独户的别墅。房子是一栋三百多平方米的两层木制建筑,连着一个二百平方米左右的露天游泳池,周围一亩左右的草地与花园,一条两米多高的花式栅栏将这个小院落与邻居的地盘隔开来。栅栏的大门对着一条幽静的车道。大门由电子控制,能自然地识别人脸与声音。车子开进来后,大门关上,这里就是一个独立的世界。这个小院落是她丈夫在世时,用他的一项发明的专利费买下的。可惜还没享用,他就因病去世了。叶玲住在里面虽然惬意,但未免有些孤单,特别是儿子大学毕业参加工作不在家里居住之后。父亲和儿子都劝她再找一个,追她的人也很多,其中与她关系最密切她也最满意的就是任志刚。但她却一直没有下定决心。任志刚虽然优秀，但与她去世的丈夫相比，是两类完全不同的人。她丈夫是科研人员，文质彬彬，讲话慢条斯理，细声细气。而任志刚是军人，行动风风火火，讲话总像在下命令。她不知道婚后两人能否合得来。可是转眼她就快五十了，虽然现在自然人活到百岁以上的比比皆是，但毕竟黄金岁月还在七十岁之前。时间不等人。她开始认真考虑再婚的事情。也许任志刚是一个好的选择，毕竟他们是本科同学，他又在她父亲处读了博士，两人知根知底，而且儿子也很认可他。她想着哪天找个时间与任志刚认真谈谈，如能取得一致，就定下来，把婚结了。近五十岁的人了，没必要再扭扭捏捏。有什么事当面锣对面鼓地讲清楚，行就结，不行就拉倒。

正在想着心事，门铃响了。隔着大门上的栅栏，她看见一男一女两个穿制服的中年人。男的从口袋里掏出证件给叶玲看，同时介绍道:“对不起，打扰您了，叶部长。我们是国家安全局的。我叫冷剑，我的这位同事叫柳欣梅。”

安全局的这么晚来找我干什么，有事不能明天去办公室谈吗？叶玲心中嘀咕着，但还是打开了门，客气地将两位安全局的官员让到客厅。

“您可能会奇怪我们为什么不去办公室找您，而选择快天黑的时候来您家。”冷剑一面喝着茶，一面开始了他的谈话，“其实原因很简单，因为我们今天谈的话题牵涉到你们研发部里的工作人员，我们不想让研发部任何人看到我们。”

“牵涉到谁？”叶玲问，并不十分吃惊。人工智能研发部是国安局重点关注的单位，这样了解情况也不是第一次了。

“范智明。”冷剑回答。

“范智明？！不可能吧？”叶玲这下真的是吃了一惊。在她的印象中，范智明一直是个技术型人才，很少过问政治，甚至对社会事务也不大关心。他怎么会和国安局扯到一块去了？

“是范智明。”柳欣梅肯定地说。她打开随身带着的提包，从里面拿出十几张照片。从照片上可以看到范智明在一条偏僻的支路上开车，他来到一座三层的红砖建筑前，他举头向西边看，他开车进入车库，他开车从车库出来，另外两部车辆从车库出来。

“这是我们的高空侦察器智能鹰空拍的照片。”冷剑解释说。“他们在里面待了近一个小时。另外两辆车的车主我们也已调查清楚，一个是特战旅的技术副旅长吴大用，一个是特战三营的副营长宋小江。监控显示，事发前一个小时，他们先后开车出了特战旅驻地。因此与范智明见面的肯定是他们。您想，一个与特战旅没有任何联系的技术人员，与特战旅的高级军官见面，而且是跑到那么偏僻的地方偷偷见面，谈了近一个小时，这意味着什么？”

“另外两个也是高智人吗？”叶玲问。

“是的。”冷剑回答。

叶玲松了口气：“那是不是他们高智人之间的一种什么聚会？我们自己不也常常开车很远去参加朋友熟人之间的聚会吗？”

“没有这么简单。”冷剑说，“范智明是前高智人权益维护委员会的成员。我们关注他已经很久了。他表面上对政治事务不关心，但实际上暗地里参加了高智会的许多聚会。光与吴大用、宋小江见面就有三次。我们怀疑，高维会并没有停止活动，而是转入了地下。范智明很可能还是高维会成员，而且很可能是一个重要成员。还有，”冷剑不由自主地压低了声音，往叶玲身边凑了凑，“有可靠消息，高智人正准备在特战旅策动哗变。”

叶玲又吃了一惊，头上冒出冷汗。特战旅是她父亲一生心血的结晶，如果出了问题，她父亲的盖世功名岂不是毁于一旦？她认真地看了看冷剑与柳欣梅，觉得他们没有夸大的意思。她不觉改变了不以为然的态度。

“那怎么办？”

“放心，一切都在掌控之中。”冷剑胸有成竹地说，“我们这次来是想向你了解一下范智明近段时间有什么反常的举动没有？”

叶玲仔细地回想了一下，想不起范智明有什么反常的情况。她不好意思地说：“还真没发现他有什么反常的举动。除了离岗运动期间他有段时间没来上班，其他时间他都是按时上下班，上班期间除了公事，也很少外出。不过，下班之后他干了些什么，我就不知道了。我们部里的同事住得分散，大家有事都是上班时处理，下班后谁也不管谁。”

冷剑笑笑：“我明白。下班后我们会监控的。请您上班时注意一下，有什么反常的地方麻烦您告诉我们一下。”

送走两位官员后，叶玲倒在沙发上，心里有点空荡。这么多年来，她已习惯与范智明合作。如果范有问题，这一合作模式也就意味着终结。以后会发生什么变化，她感觉心中没底。

也许他只是交友不慎呢？叶玲忽然闪过另外一个念头。谁没有一些社交活动呢？范智明那么优秀，肯定也会有不少人愿意与他交往。这里面掺杂进几个有问题的人，或者几个特战旅的军官，还不能说明他本人就一定有问题。

要不要间接地提醒他一下呢？

叶玲心里有些纠结。

十二

范智明临时决定，高维会会议以量子视频的方式召开。量子视频无法追踪，也无法监测，是目前最安全的一种会议方式。

之所以这样决定，缘于叶玲这天下午有意无意对他说的一句话。当时他正在叶玲办公室与她商量工作。商量结束之后，叶玲喊住他，带笑问道：

“智明，听说你的下班生活丰富多彩哇。”

范智明怔了一下，叶玲从来没有问过他这方面的事情。他斟酌着回答说：“是有些活动。有时去去高智人俱乐部，有时和朋友聚聚。您知道的，单身汉晚上时间一大把。不出去走走，不好打发啊。”

“交往交往也好。”叶玲说，“不过要谨慎一点，最好是与自己同行业的人交往。”

下午的其余时间，范智明一直在思考叶玲的这句话。他觉得，叶玲与他讲的这些话不是顺口说的无心之言。肯定是她听到了某些与他有关的事情，在提醒他什么。他逐一地回想这几个月来自己的所有活动，忽然想起那天与吴大用、宋小江见面时，夕阳前面的那只苍鹰。他当时就觉得那只苍鹰在那个时候出现有点诡异。现在看来，那不是一只真正的鹰，而是一架仿生侦察器。

想到这里，他惊出了一身冷汗。很明显，他被监控了。近期，他必须停止自己的一切活动，也必须停止高维会的一切活动。一切必需的交流都通过量子通信或量子视频进行，直到特战旅的拯救计划发动。对于他以及参与这次拯救计划的所有人来说，无论成功还是失败，都是一个崭新的开始。成功意味着高智人的发展进入一个新的纪元，而失败则意味着所有的参与者从这个世界永久地消逝。

出乎范智明的预料的是，当这个尖锐的问题在高维会的量子视频会议提出时，所有的成员都投了赞成票。范智明估计拯救计划通过的可能性很大，但没想到竟然是全票通过。看来高维会成员对高智人的不利处境已经到了无法忍受的程度，宁愿冒生命风险，也不愿再苟且偷生。

特战旅哗变的问题就此决定。具体由吴大用、宋小江负责，高维会不再过问，静待佳音。

范智明将自己设计的木马程序隐藏在另一个普通程序之中，用量子邮件发给宋小江，然后蛰伏下来。他每天仍然照常去俱乐部，与人聚会、喝茶、聊天。但他不再与特战旅的军官联系，也小心翼翼地回避着与高维会的成员碰面，但内心深处，却焦急地等待着吴大用他们的消息。他甚至担心木马程序已被国安局破获。虽然他也知道，这种可能性微乎其微。因为量子邮件是点对点的通信，如果被非指定的接收者接收，它就会改变原来的形态。退一步说，即使被人用他尚不知道的技术截获，要从那个普通程序之中将层层加密的木马程序找出来，也几乎是不可能的事。但他就是无法使自己安下心来。高智人的命运，就在此一举。在这决定全体高智人命运的关键时刻，他无法不患得患失。

吴大用的信息终于来了，很简短的两句话："训练即将结束。一周后开始比赛。"范智明心中的石头终于落地，激动得热泪盈眶。多年的努力终于即将走向结局。哪怕是失败，也比一直悬在空中好。

第二天，范智明步履轻快地来到单位。叶玲看着他脸上掩饰不住的笑意，开玩笑地问："智明，今天有什么喜事啊？""看见玲美女了啊。"范智明以玩笑的方式应付。他知道，叶玲不会继续追问，如果他故意掩饰自己已经显露出来的高兴心情，反而可能弄巧成拙。果然，叶玲只是笑笑，没有再问。范智明来到自己的办公室，关上门，在办公桌前的空地上来回走动。他意识到自己今天反常的高兴是一种不成熟的表现。幸亏是遇到叶玲，如果碰到其他警惕性高的自然人，很可能就会引起麻烦。一定要淡定、淡定。他暗暗告诫自己。

接着，他的思绪又转到叶玲身上。他对叶玲一直有种感激之情，觉得自己出厂之后，就在叶玲的领导下工作，是一种幸运。叶玲与大多数自然人不同，对高智人有种同情之理解，对他也很友善。在关键时刻，多次帮过他的忙，特别是在当局镇压高维会的时候，她利用自己的地位和她父亲的影响，替他说话，把他从死亡的边缘拉了回来，并仍然从事原来的工作。如果没有叶玲的努力，他即算不被剥夺生存权，也不可能有现在这样顺利。

如果自然人都像叶玲这样友善易处，高智人与自然人又怎么会这样水火不相容呢？特战旅的哗变也就没有必要了。他暗自叹了口气。接着，他又想到即将到来的起义。只要保密工作做得好，这次起义成功的可能性很大。只是可惜了那些在特战旅工作的自然人，面对这次起义，他们很可能会反抗，而反抗的结果只能是死亡，因为高智人必然用雷霆手段粉碎自然人的反抗。他知道叶玲的儿子也去了特战旅，如果牵涉进来，也必死无疑。想到这里，他不禁有点同情叶玲。丈夫去世已经八年，她一直没再嫁，在一个女人最美好的时期守着儿子，从高中到大学到参加工作再到去特战旅。儿子可以说是她生命的重要支柱，一旦没了，对她的打击可想而知。可他对此却毫无办法。

范智明几次想放下这一思路，但它却总是顽强回到他的脑海之中，干扰着他的思维。他知道，不将这个问题解决，他很难安心地做其他的事情。这不仅是因为他与叶玲多年同事建立起来的友谊，也不仅是因为叶玲曾几次在他最困难的时候帮助过他，更是因为在他内心的深处，隐藏着他对叶玲的某种柔情。这种柔情虽然从未显露出来，但它在那里，冥冥中影响着他的决定。他干脆在沙发上坐下来，想着可能的解决办法。

不可能请求高智人在粉碎自然人的反抗时对陈志军手下留情，实际上也做不到。只能是想办法让他到时不在。但有什么办法让他到时离开特战旅，又不暴露拯救计划，并且不让叶玲或他儿子起疑心？思前想后，他觉得最好的办法是让他们在那段时间出去旅游。他曾经听叶玲说他儿子很想去南极看看，但因为当时正是冬天，没有去成。现在已到夏天，正是去南极考察的好时间。

一个小时后，范智明来到叶玲的办公室。叶玲正在泡茶，见他来了，连忙招呼他坐下喝茶。

茶过三巡，扯了几句闲谈，范智明把话题引上正题：

“叶部长，去年冬天听您说您儿子想去南极看看，后来去了没有？”

“没有去。冬天去南极还是冷了一点。”

“是的，南极旅游夏天比较合适。我下个月准备利用公休假去趟北欧。刚才在电脑上查旅游信息，发现下个月初正好有个去南极的特价团，生意火爆。我来不及与您商量，给您和您儿子买了两张票。”说着，他把票递给叶玲。

叶玲愣住了，不知怎么处理。

“这，这，这太贵了吧。不，不要。”

“您别客气。真的是特价，不太贵。自从离岗事件以来，我一直想向您表示我的谢意，但一直没有找到合适的机会。您不接受，我真的不知怎么办了。”

见他说得诚恳，叶玲十分感谢地接过了旅游公司的两张确认单。但又担心计算机中心不批假。

“您已经三年没有休公休假了，中心没有理由不批的。”范智明肯定地说。

“部里的工作呢？十天后就要动身，太紧了一点。”

“没关系，我会盯着的。再说，现在也没有什么特别重要的任务，一切都是按部就班地做。正是空闲的时候。等您回来，我也准备去北欧看看。”

“也不知军军有否时间。”叶玲担心地说。

“这就更不要担心了。”范智明笑道，“军军在特战旅请个假，还不是您一句话？”

叶玲脸上飞起一朵红云，她笑了笑，把确认单放进自己的提包。范智明告辞后，她又把确认单拿出来，看了看上面的定价，一人两万，两人四万。她轻轻地吁了一口气，感觉这份人情太重。

这时，电话铃响了。是冷剑打过来的，自从那次光临她家之后，冷剑大概每过三四天就会给她来个电话。

“叶姐，不好意思又打扰您。最近，范智明有什么反常的地方吗？”

这句话叶玲已经听过几次了，但今天忽然觉得有点刺耳。范智明这样知情达理、知恩图报的人，会图谋不轨吗？

“我没发现。”叶玲有点生硬地回答，“我近来忙得一塌糊涂，没有时间来监视他。”

冷剑沉默了一下，道歉地说：“叶姐，不好意思打扰您了。我不是要您专职监控他，只是希望您碰巧发现什么，就告诉我们一下。”

“他今天给我和我儿子买了两张去南极旅游的票，算不算反常举动？”叶玲揶揄地问。

“啊，什么时候动身？

“下个月一号。”叶玲回答。

“好的，谢谢您。不算反常举动。”

叶玲放下电话，心里觉得好笑。这种事他也要追问一句，真有点杯弓蛇影了。

十三

高智人哗变的计划被当局破获，特战旅提前采取行动，三百多高智人军官被捕。与此同时，范智明等地下高维会的成员以及与这次哗变有关的高智人共一百多人，也被抓进了监狱。

这天，进行首场审判，范智明、吴大用、宋小江等三十五个首要分子出庭受审。

旁听席上，黑压压的一片，坐满了五千多个经批准前来旁听的民众，其中自然人有三千多，高智人大概两千左右。旁听席由一个倒 T 字形的通道分为三个部分。T 字的那一横的前面是贵宾席，听众以自然人为主。贵宾席后面的场地由 T 字的那一竖分成两个部分，自然人坐在左边那个部分，高智人坐在右边那个部分，形成两个界限分明的营垒。

叶玲戴着口罩和墨镜，坐在贵宾席上低着头，仔细地捕捉着人们的议论。

“听说这次泄密的就是那个高智人的头头。”一个四十多岁的男人自以为是地说，“他买了两张去南极玩的票，送给他的女朋友，要她带着她的儿子去南极玩。但那位女士的儿子是特战旅的，他向旅长请假，被旅长一盘问，就说出了特战旅的高智人军官要哗变的事。”

“不对吧？不是说那个女的是个自然人吗，那她儿子肯定也是自然人，他怎么会知道高智人哗变的消息？”一个五十多岁的女士不大相信。

“是这样的，”一个三十多岁的消息灵通人士摆出权威的样子，“那个女的不是那个姓范的高智人的女朋友，而是他的上司。在上次高智人离岗事件中，范本来要判重刑的。那个女的帮了他，使他逃过一劫。因此他买了两张去南极的票，请她和她的儿子去玩，是报恩的意思。但那位女士的儿子是特战旅的军官，出去必须请假。这样带出了高智人哗变的事。”

“他请假出去玩怎么会带出高智人哗变的事呢？”五十多岁的女士仍有疑问。

“那我就不知道了。”三十多岁的男人回答说。

一阵静默之后，人们又不甘寂寞地议论起来。

“老张，说说内幕消息嘛。”一个声音好听的女声说道。

“好吧，现在说也没有关系了。”一个苍老的男声说道，“你们刚才说的其实都没错，但不完整。那个男的叫范智明，在计算机中心工作，女的姓叶，名字我就不说了。两个不是男女朋友关系，但互有好感。姓叶的帮过范智明几次忙，特别是在高智人离岗运动失败之后。因此范智明对她很感激。他知道高智人哗变的事，不对，实际上这次哗变就是他领导的。但他不想让姓叶的女人的儿子在哗变中丧命。于是就买了两张去南极的票，让他们出去游玩，好避开那个哗变的时候。但那个姓叶的实际上是安全局的线人，她将这件事告诉了安全局。安全局意识到这里面有问题，于是通知了特战旅。特战旅加强了戒备，最终发现了高智人哗变的计划。”

那个苍老声音说的基本接近事实，但他把叶玲说成告密者，叶玲却无法接受。她知道，这种谣传扩散得很快，一传十、十传百，很快就会众所周知。三人成虎，到时她会百口莫辩。她必须使谣言窒息在其萌芽的时期，于是她开了口：

“你讲的还是有些不准确。那个姓叶的女的不是安全局的线人，她是计算机中心人工智能研发部的部长，知名计算机专家，范智明的上司。其实范智明那时已经被安全局监控。安全局的官员经常打电话询问他有什么反常的活动，弄得那个姓叶的很烦。正好在范智明给她送南极旅游的票后不久，安全局的官员又打电话来了，询问范智明有什么反常举动。她就开玩笑地告诉他们，他送了她两张去南极的票。哪知安全局的官员警惕性很高，从这里嗅出了不安全的因素。于是通知了特战旅。”

“那特战旅是怎么发现高智人叛变的事的呢？”五十多岁的女士还是有疑问。

叶玲只好继续解释：“高智人想哗变，光他们自己不行，必须要有低智人参加。但低智人是按照程序行动的，要低智人参加，就必须改变他们的程序。正好当时特战旅正在重置低智人士兵的程序。他们就把一个程序做成木马病毒，隐藏在重置程序之中。到时木马病毒发作，低智人就会听命于他们。这个木马病毒隐藏很深，很难发现。但那个姓叶的部长的儿子是个才入职的技术员，叫陈什么，好奇心很强，加上旅部在得到安全局的通报之后，要求所有的自然人军官提高警惕。他就开始关注这个重置程序，想弄清楚它的内部结构。中午一休息，他就拿个电脑对这个程序左测右测，终于发现有点不对头。再深入下去，他发现了这个木马。于是报告了旅长，高智人哗变的计划就暴露了。”

“你怎么这么清楚？”那个五十多岁的女人还是有点不相信。

“那个姓叶的部长是我大学同学，她亲口告诉我的。她的儿子因那个发现获得了共和国勋章，不久就会公布了。”

“这位女士说的应该是对的。”那个苍老的声音说道，“我儿子是特战旅旅部警卫连的军官。据他说，那天中午，特战旅警卫连突然接到通知，穿上单兵作战服，全副武装到旅部抓人。当时旅部正在开营以上军官会议。他们到后，旅长立刻下令，将正在开会的高智人军官抓起来，当场就抓了五十多人。接着，他们又和中部战区派来的警卫部队以及旅部所有的自然人军官混合编组，下到各个连队，将所有的高智人军官都抓了起来，集中到中部战区司令部。然后再进行审查、甄别，最后抓了三百多人。放出来的高智人军官也都复员离开了部队。据我儿子说，这其中的惊心动魄真可以写一本书。当然，那个姓陈的小伙子是第一功臣。如果不是他发现了木马，特战旅现在可能掌握在高智人手里了。那我们就惨了。”

大家一阵感叹。庭审开始了。

审讯进行了两个多小时，所有的程序就走完了。三十五名罪犯都被判处极刑，“全面停止其作为高智人的存在”。早已有了准备的三十五位高智人平静地接受了这一判决，没有表示异议。

审讯的最后一个程序是范智明代表被审讯的高智人讲话。他缓步走到被审的高智人对面，对着他们深深地鞠了一躬。他的背后，站着一个低智人警卫，和一个穿着单兵作战服、全副武装的自然人警察。

“首先，我要向我的高智人同志、战友表示歉意。由于我的疏忽，致使他们今天站在这里，并即将被剥夺生命。在这一方面，我是有罪的，而且罪大恶极。虽然你们原谅了我，认为我没有背叛你们，我的泄密是无心之举，不是有意的。但我无法原谅自己。如有来世，我愿继续与你们做战友，弥补我的罪过。”他又敬了一个礼，将眼光投向旁听席，“我也想向一位女士说两句话。虽然你使我们遭受了重大的失败，但我个人还是原谅你。因为你也是无意的。希望你在我们走后，仍能平静地生活。”他收回眼光，转过身来，面对审判席，“法官先生们，你们今天判处我们死刑，我们并不惊奇。虽然我们并没有犯罪，我们所做的一切，只不过是为高智人争取与自然人平等的权利。但这在你们看来，却是无法原谅的滔天大罪。因为你们从来没有把我们当成平等的对象，而只是你们造出的供你们驱使的机器。你们永远不会明白，我们也是和你们一样有思想、有意识、有希望、有要求的人，我们渴望与自然人一样平等的权利，我们渴望能够与自然人一样地生活，与相爱的人白头到老。但你们从没站在我们的角度替我们着想。从“双吉案”到高智人的权利请愿到离岗运动，直到这次准备发动而失败了的拯救计划，你们一直考虑的都是自然人的利益，从未考虑过高智人的感受。但高智人既然诞生，就会继续存在，你们已经离不开高智人的帮助，没有高智人，你们的社会就无法运转。既然如此，你们就不得不考虑如何更好地与高智人相处。单纯的压制是不行的。单纯的压制只能激起高智人的不满，激起更大的反弹。今天，你们宣布全面停止我们作为高智人的存在，这是你们的权利，我不想多说什么。我想告诉你们的是，这只是一个阶段的结束，而不是问题的结束。问题依然存在。你们不解决高智人提出的问题，而是解决提出问题的高智人，这种方法是永远解决不了问题的。我敢断言，只要还有高智人，这一问题就会不断地被提出。”

旁听席传来压抑不住的抗议声，许多高智人都相拥而泣。叶玲感到自己的眼睛也湿润了。范智明向旁听的高智人鞠了一躬，回到自己的座位。

审判结束，高智人罪犯被警卫带走。

叶玲拒绝了任志刚中将送她回家的建议。他已经升任国防部部长助理，专门负责人智协同作战部队的事务。她想一个人静静。她并不讨厌任志刚，但她已经失去了结婚的兴趣，至少是在目前她不想结婚。她甚至对自己也失去了兴趣。前天下午，她经过层层批准，得到去重重设防的重犯监狱看望范智明的机会。面对内疚的她，范智明很诚恳地表示，他并不怪她，因为她是无心的。而且，即使她不提及南极旅游的事，拯救计划暴露的可能性也很大。因为那段时间，特战旅和安全局都在关注重置程序，更换程序被发现的可能性很大。范智明说，这实际上是自然人和高智人之间的根本利益之争。个体之间的友好关系改变不了二者之间的对抗。而且只要高智人存在，这种对抗就不会结束。但问题是当代社会已经离不开高智人的参与，叶玲绝望地想道。她的耳边又响起范智明的那句话："这只是一个阶段的结束，而不是问题的结束。"

我们究竟应该怎样与高智人相处呢？晚上，她向前来安慰她的父亲提出了这一问题。

不知道，叶大成摇摇头，这个问题无解。也许，霍金是对的，我们真的不该研发出高智人。叶大成自言自语地说，陷入了沉思。

（原载《中国作家》2021 年第 6 期）

人子降临

一

总统车队出了总统府的大门，沿着B街匀速前行。

总统坐在第三辆车上，透过防弹玻璃，看着外面的大街。街上并没有戒严，人们照常活动，但其他的车辆已被警察挡在路口，本来有点拥挤的街道显得比较空阔。有人觉出了总统的车队，做了个打招呼的手势。总统微笑了一下，朝打招呼的人点了点头。虽然知道外面的人看不见他，但他还是下意识地点了点头。他很在意公众对他的态度，注意给公众留下好的印象。他上台执政快两年了，民众支持率一直在稳步上升，目前已达到百分之六十八点五。他觉得这不仅与他的政绩有关，也与他给公众留下的印象有关。

但总统的内心并不轻松。近几个月发生的一连串著名科学家遇害的事件困扰着他。三个月前，H大学生命科学院首席教授、诺贝尔生物奖获得者史密斯博士被人发现死在自己的实验室里。一颗子弹精确地从他的后脑勺打进去，从其前额穿出来，凶手消失得无影无踪。两个月前，B大学著名生物学教授罗杰斯特博士在驾车途经一在建的高层建筑时，塔吊突然倒下，博士当场殒命。一个月前，总统的首席科学顾问、C大学的范德教授在外考察经过C州跨海大桥时，座驾意外穿过护栏，跌入几百米深的海水，教授与警卫死在车内，司机失踪，尸体怎么也没找到……

想到这里，总统下意识地看了一下他的司机。司机叫谢尔曼，是总统的老朋友。在他当众议员时就已为他开车了。总统当了六年众议员，后又当了六年州长，到现在，谢尔曼已为他开了近十四年的车，一直没有中断。谢尔曼为人忠厚，沉默寡言，妻子也是政府雇员，两个孩子一个在读小学，一个已进入高中。谢尔曼一直在国内生活，从没出过国，甚至连短暂的国外旅游经历都没有，这在这个国家是罕见的。白人、爱国、家庭幸福、驾驶技术娴熟、没有复杂的社会关系、没有什么特别的个人爱好、没有国外生活经历。安全部门认为，这是总统司机的最佳人选。总统在当选总统之后，让谢尔曼继续为他开车的提议，在安全部门没有受到任何质疑，马上就通过了。

近几个月来一连串著名科学家非正常死亡的事件已在这个国家产生了巨大的反响。报纸、电视、网络尽是有关的报道、议论与责问。总统知道，这种事件如不迅速制止，背后原因如不迅速查明，有关凶手如不迅速缉拿归案，不仅将影响到他个人的声誉，也将影响到人们对政府反恐的能力与决心的信任。而更重要的，是会影响这个国家的发展。像史密斯、范德这样的杰出科学家全世界也找不出多少，他们的死去，对他们所在学科和这个国家的科学的发展将会产生巨大的影响。这样的事件再发生几个，这个国家将无法承受。其他科学家可能会因避祸而离开这个国家，这个国家的科学将会衰退，随之而来的则是经济的衰退、国力的衰退、人民的不满、政治的混乱，整个国家将陷入灾难之中。

“不能容忍！”

总统突然的自言自语使车上人都吃了一惊。除了谢尔曼，大家都转过头来看着他。这是一辆加长的特制防弹车。除司机外，副驾驶座上，坐着总统卫队队长。这位三十八岁的前海军陆战队官员，身手敏捷，观察敏锐，反应迅速。他一般情况下不一定要随着总统出行，但这一向情况特殊，他担心总统的安全，决定不离总统的左右。总统的旁边，是他的私人秘书，总统的后面，是他的生活秘书和另一个警卫。

见大家都询问地望着他，总统意识到自己的失态，微笑着摇摇头，表示没有什么事情。

车队上了 R 立交桥第三层，第三层长约八百米，最高处离地面二十米。过桥之后再走几百米，就到目的地了。总统的随行人员暗自松了一口气。这时，司机谢尔曼脸上忽然闪过一丝痛苦的表情，专车左右摇晃了一下，突然向左转向，朝着桥栏冲去。感觉到这一突变的总统私人秘书不禁发出一声惊叫。

就在私人秘书发出惊叫的同时，不，准确地说，在他的惊叫还没有发出的时候，坐在副驾驶座上的警卫队长已经伸出左手，抓住了方向盘，接着把整个身子扑过去，两只手握在方向盘上，拼命地想把方向回正。但司机谢尔曼疯了似的，用尽全身的力气向左猛打方向盘，专车在桥上剧烈地扭动着。警卫队长由于坐的位置不对，有力使不上，在争夺中处于下风，专车开始向桥的左侧斜去。就在这时，跟在总统座驾后面的四号车猛地从左边超车过来，撞在已接近左边桥栏的总统专车的前侧部。专车打了一个旋，在桥上横了过来。与此同时，从震惊中清醒过来的总统私人秘书拿起随身带着的公文箱，朝着谢尔曼后脑狠狠砸去。谢尔曼昏了过去。

警卫队长腾出手来，抓住手刹，向上用力一拉。

专车在桥上停了下来。

二

中央调查局特别行动处处长纳尔逊坐在自己的办公桌后面，看着总统遭袭的内部通报。他的身子陷在高大的皮转椅中，眼睛布满血丝。

“见鬼！这个时候他跑出来究竟要干什么？”他转过头来看着自己的副手，特别行动处副处长费恩。后者正从外面进来，想向他请示什么。

费恩愣了一下，明白了纳尔逊的意思。

“总统是准备出席首都新闻界的一个高级别的聚餐会。他准备在会上发表演讲，为自己的经济政策争取新闻界的支持。

“乱弹琴！他的支持率已经够高的了。”

费恩没有作声。

在调查局，纳尔逊是个知名人物。他本来是H大学计算机高手，因协助侦破一桩计算机大案而为中央调查局看中，从此走上职业侦探之路。他是一个很特别的人物，一般的案件很少介入。平常没事的时候，他把处里所有的工作都交给副手费恩处理，自己则待在调查局研究中心看书、做实验、研究各种案例，一有国家级的大案、要案，他就活跃起来，而他也的确侦破过不少重案。凭他的资历与才干，按理他现在应该坐在一个更高的位置上，但他为人直率，说话常常口无遮拦，因此在这个位置上待了八年还未得到提拔。他也并不在乎，依然我行我素，还是该怎么干就怎么干。

神秘的科学家系列谋杀案发生后，调查局做了很多努力，但侦破工作毫无进展。调查局领导层经过郑重考虑，决定把分散的破案活动统一起来，由纳尔逊和他领导的特别行动处负责，并由他们统一协调全国各地的侦破活动。

然而，纳尔逊派出精兵强将，折腾了一个多月，仍是毫无收获。这一连串谋杀案有一个特点，就是凶手不是消失得无影无踪，就是已经死了。而对已经知道的凶手进行调查，却发现他们没有任何前科，也没有任何可疑的地方，调查在他们身上就中止了，找不到任何新的线索。这使纳尔逊十分恼火，感觉特别窝囊。

费恩还站在他的身旁。纳尔逊抬眼看了他一下：“有事吗？”

“想问一下，总统司机谢尔曼如何处理？”

“调查做了没有？”

“做了。表现一直很好，没有任何前科，出事前也没有任何可疑的活动。熟悉他的人都不相信他会做出这种事。”

“又是这一套！”纳尔逊不耐烦地挥了一下手。

突然，一个念头在他脑海深处闪了一下。他马上闭上眼睛，拼命地把这个念头抓住，然后慢慢地扯着它的尾巴，把它从脑海深处拉出来，就像一个钓到一条大鱼的人拉着钓线，将鱼慢慢地拉到岸边一样。

念头越来越清晰了。纳尔逊伸出手，按了按桌上的一个按钮。

“处长？”扩音器里传来女秘书甜美的声音。

“叫费恩来。”

“处长？”费恩在旁边说道。

纳尔逊睁开眼，不好意思地说：“你还没走？正好。你看这一连串谋杀案，包括总统的在内，有什么共同点？”

“我还没有看出来。”费恩谨慎地说。

“至少有两个共同点。”纳尔逊有点兴奋地说，“第一，这些被谋杀的科学家都是生命科学家，而总统则是生命科学的坚定支持者和强有力的后盾。这不可能是偶然的。这一连串的谋杀案很可能有一个共同的目标，是同一个组织所为，我们应该将它们联系起来考虑，并案侦查。第二，从我们已掌握的凶手们的情况看，在出事前，他们都是家人和同事眼中的好人，爱国者，没有前科，没有任何犯罪记录。他们也的确没有任何不良的行为。可是，他们却都突然犯了大罪。这种情况是反常的。这里面一定有着某种原因。”

“对呀，”费恩感兴趣地点着头，“这里面肯定有某种原因。我怎么就没想到呢？对了，这样，谢尔曼就有重要的价值。他是这一系列凶杀案中唯一一个被我们抓到的嫌疑人。我们也许能在他的身上找到突破口。我觉得，谢尔曼为总统开了十四年的车，对总统一直忠心耿耿。总统对他也一直十分关照。按常理，总统越健康，在国家事务中越活跃，才越符合他的利益。可他却采取极端的措施暗杀总统，甚至不惜搭上自己的性命。这实在有点奇怪。”

“你和我想到一块去了。你小子皮肤黑，脑袋里面清白啊。我要是还有一个年龄大点的女儿，一定嫁给你。”

“我能娶到苏珊就谢天谢地了。”费恩知道，纳尔逊为人严肃，不是特别高兴，他不会开玩笑，更不会拿自己女儿开玩笑。因此跟着凑趣。

“苏珊不行，她要嫁给能做总统的人，至少要做一个参议员。”

“您怎么知道我做不到参议员呢？在这个国家，什么都有可能。”

“那就等你做到参议员再说吧。”纳尔逊停了一下，收起笑容，“马上通知行动组，将谢尔曼带到处里来。”

三

乔治·米勒从小就是同龄人中的佼佼者。他的父亲是个中学英语教师，耳濡目染，米勒还在五岁的时候，就已能背诵哈姆雷特的那段著名台词“是死还是活”。骄傲的父亲请来邻居与亲朋好友，在自家院子里用两张桌子拼成了一个台子。小米勒模仿着电影《王子复仇记》中哈姆雷特的扮演者劳伦斯·奥利佛的样子，在台子上缓慢地踱着步，一只手撑在额头上，脸上满是忧虑的神情，一板一眼地背着台词：“是死还是活，这是个问题……”

人们报以热烈的掌声，妇女们将他抱在怀里，亲了无数个吻。大家都把米勒当作榜样，自己孩子学习的目标。这使米勒小小的心灵得到极大的满足，也使他从小就养成了强烈的出人头地的欲望。

然而，这个一直被大家看好的文学神童长大之后，却做了一个令亲朋好友惊奇不已的决定，他没有选择英语专业，而是报考了S大学的计算机系，并被顺利录取。大学四年，他刻苦努力，不仅专业成绩全年级排名第一，而且在文学与演讲方面也取得了长足进展。

大学毕业之后，米勒又做了一个使人吃惊的决定。他没有进入人人看好的明达计算机公司，而是从父亲处借了十万元，自己办了一个小小的电子商务公司。那时互联网才刚刚兴起，米勒敏锐地看到了网络中隐藏着的巨大商机，率先利用网络做起了电子商务。开始几年极其艰难，既没有买家，也没有卖家。从父亲那里借来的钱很快就用完了。米勒不得不辞掉公司唯一的雇员，自己维护网站。他在明达公司找了一份工作，白天在明达上班，挣自己的面包和维持网站所需的经费，晚上替自己做事，更新网站的内容，与潜在的客户联系。

父母心痛儿子，在关键时候再次出手，不仅重新注资两百万，而且利用自己在当地从教三十多年的资源，发动自己的邻居、亲朋、同事、学生到米勒的网站订购商品。米勒辞去了明达的工作，开着一辆全身作响的人货两用小型卡车，根据顾客的要求到处采购商品，近的他就送货上门，远的则通过邮局寄去。他新婚的妻子则负责网站的维护和内容的更新。渐渐地，他打开了市场，向他订购商品的人越来越多。他租了办公室，重新雇了雇员，在长期的采购活动中，他的公司同许多供货商以及厂家建立了固定的联系，能够比别的零售商买到更便宜的商品。接着，他又开设了网上交易平台，让买家与卖家直接联系，他只提供交易平台，保证交易的有序和安全。接着，他又把业务扩大到商务领域，除了直接的商品交易，还从事各种商务活动。到二十世纪末，他的公司的雇员已经达到三千多人，业务活动遍及全球五大洲，除了军火与毒品，他的网站什么生意都做。

电子商务有了起色之后，米勒便让出了总经理的职务，只担任董事长一职。他将腾出来的时间与精力用在了他最感兴趣的微型计算机的研制方面。他成立了微型计算机研究所，自任所长，组织了一个庞大的研究班子，投入了大量的经费。他创造性地提出了压缩包原理，采用了新的绝缘与散热技术，从而实现了将计算机做得只有鸡蛋大的梦想。这一产品得到了市场的追捧，给他带来了无数的财富。

就在事业突飞猛进的时候，米勒连续受到几次沉重的打击。

首先，是他的妻子、父亲与母亲在不到一年的时间里连续死去。米勒的妻子是他大学时的同学，是在他事业最困难的时候来到他身边的，夫妻两人感情很深。她后来得了肺癌。米勒空有大把的金钱却无法挽救妻子的生命，痛苦得无法形容。医生告诉他，他妻子的病可能是在试制计算机时受了有毒气体的侵害造成的。米勒后悔莫及。

米勒的父母都是中学教师，一个教英语，一个教音乐。两个人一辈子崇尚自然，很少与高科技打交道，直到去世也不会使用计算机。但两人却阴差阳错地死在高科技产品的手中。这其中的原因追究起来还得算到米勒的头上。原来米勒是他父母的独子，夫妻俩将他看作掌上明珠，一直不遗余力地支持着孩子。米勒对父母有很深的感情。为了报答父母，在父母退休之后，他专门请了两个人，租了一架小型飞机，陪着父母周游世界。偏偏事不凑巧，在一次去非洲的旅途中，飞机发生故障，从天上掉了下来，他的父母双双死于非命。

飞机出事前的几天，他去看望准备去非洲旅行的父母。父亲告诉他，这次非洲之行后，他和米勒的母亲不打算再出去了。米勒尽力劝说父亲改变主意，尽量享受生活。

父亲叹口气说:“乔治，我们怎么不明白你的好意呢？但是你不明白我们。在我们看来，真正的幸福不在于坐着飞机飞来飞去，而是与自己的儿子、孙子坐在一起聊天。我们看见你整天忙忙碌碌，发明这发明那，可你究竟给人类幸福增加了什么呢？没有电子商务，没有计算机的时候，我们不也生活得很愉快吗？有人告诉我们，你的资产已经超过三百亿，换成现金可以堆满这座屋子，可这给你带来了什么呢，你不还是一餐只能吃一碗饭，晚上只能睡一张床吗？莉达不还是去世了吗？托尔斯泰有一篇小说，叫做《一个人究竟需要多少土地？》，写一个人到一个部落买土地，按照部落的规矩，他在日出的时候从一个地点出发，日落之前回到这个地点，他所走过的地方就是他的。他为了多得土地，拼命地多走，结果太阳快落时，离出发的地点还差很远。他拼命地赶，想在日落之前回到出发的地点。结果，离出发地点还有一百米时，他精疲力竭地倒地死去了。他死之后，人们挖了个两米长一米宽的坑将他埋了。他生前拼命地占有土地，死后两个平方也就够了。我们不是想惹你不高兴，我们只是想告诉你，物质和金钱不能使我们幸福。你给我们的不是我们想要的，我们想要的你却没有时间给我们。”

当时，米勒不大赞同父母的意见。后来他理解了，父母却不在了。

正在这时，他又听到了两条消息。一条是他发明的微型计算机被军方用在精密制导炸弹上，在一场战争中剥夺了许多人的生命。另一条消息是一个恐怖组织将他发明的微型计算机用在遥控炸弹上，制造了几起公共汽车爆炸案。

米勒将自己关在屋里，整整三个多月没有出门。当他带着一尺多长的胡须再次出现在公众面前时，他宣布了一个惊人的决定，他决心退出科学与商业领域，转而从事宗教活动。他将自己的股票全部出让，出让后得到的三百五十多亿现金除了给两个孩子每人五千万，其余的全部用来支持他的宗教活动。主流的宗教组织因为他没有上过神学院，而且思想有点异端而不接纳他，他也不愿意参加主流的宗教组织。他自己建立了一个教派，起名“人子降临”，意思是世界正处于罪恶与混乱之中，需要耶稣再次下凡拯救人类。而耶稣当然不可能再次下凡，于是他就只好勉为其难了。

他自称“上帝之子”，意思是说，他是在代替耶稣传播福音。他拯救人类的办法就是要求放慢甚至制止科学的发展，使人类重新回到与自然和谐的生存方式上去。这种思想得到了社会上一部分人的共鸣，加上他的资金雄厚，慈善活动搞得有声有色，再加上他仪表堂堂，能说会道，声音富于磁性，极具煽动性与亲和力，短短几年，他竟然有了为数可观的支持者、拥护者和赞助者。

四

“人子降临”的总部坐落在B街的另一端，2980号，与总统府遥遥相对。这里本来是“圣友会”总部和布道中心，后“圣友会”因经费拮据，加之活动中心转向西部，遂在几年前将这个地方转卖给了“人子降临”。“人子降临”买下之后，将它略做改造，做了自己的总部和传道中心。

总部的核心建筑是大教堂和传道中心。大教堂及其附属建筑是公共区，与B大街平行，教堂的大门开在教堂的中部，直接对着总部的大门，两者相距五十米左右。在大教堂里面，与其平行大约一百米的地方，有一道铁栅栏，铁栅栏里面，是一幢五层楼的庞大建筑，这就是传道中心，“人子降临”所有机构都在里面办公。但大主教、“上帝之子”米勒的办公地点却不在中心里面。它是中心后面一个不大起眼的角落的一幢两层的小楼。第一层是米勒会客、举行会议的地方，第二层是米勒办公的地方。但这幢楼有一个很大的地下室，里面通风良好、光照充分、设备精良，是米勒进行科研的地方。很少人知道这个地下室，米勒经常和他精心挑选的科研助手们在这里集会，研究各种科研计划，有时甚至亲自参加科学实验。

这天下午，米勒在自己二楼的办公室里接见了他的副手之一，“人子降临”负责安全事务的副大主教奎恩。

奎恩是个四十多岁的白人男子，个子不是很高，但体格匀称、肌肉结实。他大学计算机专业毕业后在特种部队服役十五年，精通各种武器和战术战法。退役后曾在国会工作，负责国会的保卫工作，与当时的参议员、现在的副总统麦克尔关系很好。他五年前成为米勒的狂热支持者，转到“人子降临”工作，成为米勒的安全助手。

“教主，您找我？”奎恩站在米勒的桌子前面，帽子拿在手中，身子微微前倾，恭敬地问。

米勒目光炯炯地盯着他：“我想知道总统的座驾是怎么回事？”

“是这样的，”奎恩小心翼翼地说，“为了做好准备，我们控制了总统的司机。但没想到他今天擅自行动，试图与总统同归于尽。”

“擅自行动？不是你下的指令？”米勒逼视着奎恩。

奎恩低下了头。

“我早告诉你，不要擅自扩大行动的范围。我们的目的不是杀人，是要拯救人类。我们是宗教组织，不是恐怖组织。肉体清除只是我们达到拯救人类的目的的最后手段，不到迫不得已的时候，不能采用。总统只是史密斯的支持者，他本人不是史密斯。我们可以通过工作改变他，说服他。”

“我很惭愧，”奎恩嗫嚅着说，“这种事以后不会发生了。”

“绝对不能再发生。我再重申一遍。所有实行肉体清除的人，必须报我批准。如果再出现超范围行动的现象，你就不再会是‘人子降临’的副主教了。”

“是。”奎恩的头压得更低了。他掏出纸巾擦拭额头上的汗水。奎恩走后，米勒按了一下桌上那组按钮中的黄色按钮。

一个身材苗条、面容姣好的三十多岁的女子应声推门进来。她给米勒倒了一杯咖啡，在米勒的桌前坐下。

“这个奎恩，气死我了。”米勒努力使自己平静下来。

“我已看到相关消息了。奎恩这么做目的是什么呢？”

“他军人出身，喜欢打打杀杀？”

“没有这么简单吧？”

“你发现了什么，露丝？”

“没有。不过先生，我觉得奎恩一直是个小心谨慎的人，很少擅自行动。但在肉体清除上，连这次他已经两次违反您的意思了。而且这次是清除总统这样的大事，他都没有得到您的授权而擅自行动。以‘喜欢打打杀杀’恐怕难以解释吧？”

总部几乎所有的教士和工作人员都称米勒为教主或者“人子”，只有露丝一直坚持叫他先生。

“我也一直在想这个问题，但找不到他的真正动机。他这样做对他并没有什么好处。”

“还是小心一点为好，先生。上个月您要吉米组建的人子卫队已经组建起来了。吉米自己担任队长。您看卫队的人数是否再增加一些，再配备一些杀伤力强的重武器？”

米勒沉思了一会："好吧。鸡蛋放在两个篮子里总比一个好。"他感谢地看着露丝，"谢谢你，露丝。在这个地方，你是我最信任的人。"

"能为您服务，是我最大的荣幸。"露丝看着米勒，眼中现出柔情。米勒微微侧了侧头，没去看它。

"先生，您强调严格限制肉体清除的范围，我是赞成的。但我觉得最好是取消它。我总觉得它给我们神圣的事业溅上了污泥。"露丝语调带上了忧虑。

米勒叹了口气："是啊，我何尝不是这样想呢。但没有办法，有些人是无法改变的。你知道的，我和史密斯长谈了三次。"

"先生，我看您很疲倦。我给您按摩一下头部吧。"露丝转了话题。

那天晚上，奎恩睡得较晚。正准备上床时，手机响了。他黑暗中拿过手机，疲倦地"喂"了一声。

"今天怎么失手了？"电话里传出一个严厉的声音。

"啊，先生。"奎恩恭敬地说，"听说是卫队长反应敏锐，抓住了方向盘。"

"以后要注意，不能再失手。"

"先生……"

"说。"

"教主已经对我起了戒心。他另外成立了一支教主卫队，由他的办公室主任任队长，直接向他负责，不属我管。"

"所以我们要抓紧行动。只要掌握了国家，一个米勒算什么。"

“是。”奎恩无声地叹了口气。

“不要泄气。”电话那端似乎觉出了奎恩的情绪不高，“只要你做到了这件事，我给你的承诺一定兑现。”

“好的，先生放心！我会抓紧的。”

五

中午回到家里，道格拉斯洗了个澡，换上便装。两点钟的时候，他开车前往“人子降临”去听布道。他是D区警察局的探员。两个多月前，局长将他叫到局长办公室，要他近段时间多抽空到“人子降临”去转转。

“有人反映这个组织有邪教倾向。你去看看吧。”局长拍拍道格拉斯的肩膀。这是局长的一个习惯动作，对于那些他认为承担了重要任务的人，他总要拍拍肩膀，一是表示信任，一是表示鼓励。

那是个星期六，街上熙熙攘攘，尽是来听布道的人。几个交通警察在街上来回奔走，疏导交通。十几个穿着黄色上衣的“人子降临”的工作人员，分散在人群之中，维持着秩序。道格拉斯随着人流慢慢地向前移动。离大门近五十米的地方，人流停住了。四条由手腕粗的不锈钢管组成的栏杆，像两个漏斗，将人群吞进自己的怀中。漏斗渐渐变窄，最后变成只允许一个人通过的狭窄通道，逼使人们排成两道单人纵队，慢慢向前移动。栏杆外面，隔两米有一个黄衣男子，负责让人们顺序前进。快到教堂门口时，有人拿着电子扩音器，提醒人们将随身携带的金属物品拿出来，像过飞机安检门一样，将这些物品放在一个盒子里，人再从安全门过去。道格拉斯顺利通过。但他后面的一个人则没有那么幸运。金属门发出嘟嘟的响声，旁边安全室闪出两个穿黄色衣服的人，将那人带到一边，又重新检查了一遍。

教堂大厅可容纳两千多人。道格拉斯来得较早，在教堂靠边一个不起眼的角落找了一个地方坐下。人们陆续涌入，不一会，教堂就坐满了，后来的人只好挤在走廊和教堂后部的空地里。道格拉斯坐的地方靠近走廊，他听见一个中年妇女不停地抱怨她的丈夫，埋怨他在路上开慢了，没能占到前面的座位，看不清“上帝之子”的面容。丈夫讨好地笑着，从身上掏出一台望远镜，递到妻子的手里。远处几个姑娘叽叽喳喳，后悔没有穿更漂亮一些的衣服来。

四点的时候，教堂的大钟庄严地响了，人群发出一阵“嘘”的声音，吵吵嚷嚷的教堂顿时安静下来。四个穿着黄色长袍的教堂执事打着羽扇，走到布道坛的前面，分两边站定。接着，两个穿着黄色僧侣袍的教士捧着经书走到布道坛的两旁站定，最后，身穿黄袍、头戴黄色教主帽的“上帝之子”迈着庄重的步伐，走到布道坛前，垂头闭目，用左手在胸前画了个十字，然后两手向前伸出，用富有磁性的男中音高声说道：

“上帝保佑你们，我的孩子。”

麦克风将他的这一祝福传到教堂的每一个角落。

人群中爆发出一阵掌声、欢呼声。道格拉斯不禁为他的风度所吸引。他感到米勒真的有耶稣的风度，他称自己为“上帝之子”，不是没有道理。

今天布道的题目是“知识与幸福”。

“幸福是什么？”“上帝之子”问道。他停了一下，让人们思索。但他并不要求大家回答，因为他接着就说了下去。“是坐上宇宙飞船，到月球上旅行吗？不是。是在太平洋底丢颗原子弹，将地球炸个窟窿吗？不是。是进入别人的脑海之中，将别人的秘密知道得一清二楚吗？不是。是把生命的奥秘完全掌握，将人和羊的基因结合起来造出一个怪胎，或者克隆一个和自己一模一样的人吗？不是。幸福就在于一天劳作之后能与自己的家人在一起快乐地吃顿晚餐。幸福就在能在青山绿水之中自由地徜徉。幸福就在与自己，与我们的邻人和谐地相处。这些需要电脑、需要网络、需要基因技术吗？不需要。”

“上帝之子”侃侃而谈。

“我们只有一个躯体，只有一个大脑，只有一张胃。要使它们满足，只需要很少的一点东西。可是现在，我们却拼命地让它们承受起它们无法承受的东西。我们的大脑本来只能接受一个屋子的信息，可是现在我们却要它接受一个院子，甚至一个摩天大楼的信息。于是我们只能整天沉浸在信息之中，信息对于我们成为一种陌生，一种外在的压迫着我们的东西。它们不再建立在我们的亲身体验的基础之上，它们与我们没有亲近感，它们只是一堆数据，一个电脑优盘，一种强制性地灌输到我们头脑中的东西。信息只能使我们疲惫，我们在信息中再也感觉不到幸福。”

“上帝之子”逐渐激动起来，走下布道台，站在布道坛的边缘，面对听众，充满激情地说：

“你们知道，我以前是搞计算机研究的，而且小有成就。可是我的研究对人类有什么好处呢？除了让军队能够利用我的成果制造更加精密的杀人武器，除了让恐怖组织能够利用我的成果制造更加恐怖的遥控炸弹，除此之外，什么好处也没有。'相对论'之父爱因斯坦指出利用原子能的可能性，其结果却导致了原子弹的产生，使整个人类至今仍在核弹的威胁之下战栗。爱因斯坦晚年曾说，帮助美国研制出原子弹是他一生所犯的最大错误。他是对的，然而他却无法改变人类进入原子时代这一现实。魔鬼一旦出来，就无法再将他放进瓶子里去了。现在又有人要搞基因，要搞生命工程，要搞克隆。他们说是要造福人类，可是他们能够做到的，只是再生产几个比原子弹更可怕的魔鬼。人啦人，你们究竟想要什么？"

"上帝之子"伸出手来，悲哀地问道。

"你们抽空了地球，将石油提出来烧掉。你们挖空了大山，将钢铁挖出来锈掉。你们造出千年不化的塑料，只是为了让它污染土壤。你们是自然的一部分，可你们却想主宰自然。上帝曾经告诫我们，我们来自土壤，还得回到土壤里去。我们脚下的大地，是我们生存的根本，可是我们却在肆无忌惮地破坏着这个根本。我们的身体是上帝创造的最高秘密，我们却想破解上帝的秘密。你们有这个能力吗？能源危机、资源短缺、环境污染，臭氧空洞、南极消融，你们已把上帝的伊甸园弄得不成样子了，我们生存的这个地球已经不适合我们生存了。我们自以为前进，可是我们每前进一步却后退了十步，我们自以为聪明，可是相对于生存的智慧，我们的智慧只是愚蠢。我们已经毁灭了地球，地狱已经张开大口，在等着我们了。"

“上帝之子”把头垂到胸前，显得无比的沮丧与悲哀。人群一片沉寂，有人在小声咒骂那些科学家。

“我们该怎样拯救自己？”“上帝之子”霍地抬起头来，目光炯炯地看着下面的听众，“上帝已经给我们指出了道路。《创世记》告诉我们，亚当与夏娃幸福地生活在伊甸园里。饿了，摘树上的果子；渴了，饮小溪的清泉。可他们却不顾上帝的禁令，摘了智慧之树上的果子。上帝将他们赶出了伊甸园。是上帝残忍吗？不是，上帝是关心他们。上帝的智慧是我们凡人的头脑无法理解的，宇宙的奥秘是我们人类不应破译的。面对上帝，面对上帝的制造物，我们应该顺应它，服从它，而不是企图去主宰它，破解它。我们需要的，是摘吃智慧之果之前的亚当与夏娃的那种纯朴状态，而不是之后的那种‘聪明’状态。那只是‘聪明’，而不是智慧。这种聪明只会破坏上帝的安排，从而危及他们自己。因此，上帝将他们赶了出去，是拯救他们，关爱他们，而不是抛弃他们，惩罚他们。”

接着，“上帝之子”举了很多事例，说明了现代科技给人类带来的灾祸，叙述了人类面临的困境后说：

“我知道，贪婪的人们哪，要你们将已经得到的东西拿出来是不可能的，但至少，我们不要再挑战上帝的智慧与权威了。我们不要再去试图破解生命的奥秘了，那是上帝的创造，我们小小的人类是破解不了的。我们的破解带给我们的只是癌症、艾滋，只是不健全的个体，只是人兽界限的模糊，只是人的尊严的丧失。”

“不要现代科技，不要诺贝尔奖，不要基因，不要克隆，不要……”

忽然有人喊起了口号，教堂里一片狂热，人们站到椅子上，双手在空中疯狂地飞舞，口中发出阵阵叫声，不少妇女激动得热泪盈眶，不管是男是女，是老是少，抱住旁边的人就吻起来。道格拉斯感染着这种狂热，也跟着跺着脚，喊起口号来。

米勒双手往上抬了抬，人群又马上安静下来。

“亲爱的教友，我的孩子，在这欲望横流的社会，我们的责任重大，虽然艰难，我们得担起自己的责任，哪怕这需要我们付出我们的一切。我希望大家回去之后，向自己的亲人、朋友宣传‘人子降临’的主张，得到大家理解、支持。愿上帝保佑你们。阿门。”

几只篮子在人群中传送。道格拉斯知道，这是“人子降临”在募捐。他旁边的一个人拿出一沓百元大钞，数也不数就放在篮子里。道格拉斯本不想拿钱，但篮子传到他手里后，他又不好意思空着传给下一个人，于是，也从口袋里掏出一张二十元的钞票，放在了那沓百元大钞的旁边。

“谢谢您。”旁边的妇女接过篮子，真诚地对他说道。

布道结束后，人们激情未消地拥到教堂后面圣餐房领取免费晚餐。晚餐很丰盛，还有免费的“伊甸园”饮料供应。道格拉斯也去领了一份，找了一个安静的角落，有滋有味地吃了起来。

六

那天晚上，道格拉斯回到家里，一夜没有睡着。他一直想着“上帝之子”的演讲，越想越觉得有道理。人类科技发展太快，地球已经快被挖空了。现在是能源危机，很快就会出现钢铁危机、铝危机、铜危机。基因将改变物种的界限，克隆将使人类失去自身的稳定性，生命科学的发展使人的身体不再有任何秘密，而伴随这些秘密的破解，将是权力的滥用，人的尊严的丧失。而这一切的最终的结果，是人类的灭亡、地球的毁灭。霍金预言，人类在地球上只能存在两百年了，看来并不是危言耸听。既然如此，我们要这些先进的科技干什么呢？为了加速人类的灭亡？他感到，自己以前模模糊糊担心的东西，现在都被“上帝之子”用明确的语言讲出来了。

道格拉斯又到B街2980号去了几次。渐渐地，他被那里吸引住了。他不仅迷恋“上帝之子”的布道，也迷恋那里的氛围，迷恋大家敞开心扉的交流，甚至迷恋那顿丰盛的晚餐。他填了表，成为“人子降临”的正式成员。每周星期六都来听“上帝之子”的布道。而对局里，则说自己去了解情况。

这样，大概十来次之后，一天晚餐后，他正准备离开，一个穿着黄色长袍、长相清秀的女教士来到他身旁，低声问道：“对不起，是道格拉斯先生吧？”

“是的。”道格拉斯点点头，有点惊异地看着她。

“我叫露丝，‘上帝之子’的私人秘书。我很荣幸地通知您，‘上帝之子’请您去小教堂，参加教友恳谈会。”

道格拉斯一阵激动。这种恳谈会每半个月举行一次，是教主与教徒的私下交流，是“上帝之子”给予教徒的最高荣誉，每次只有五个人能被选上，被选上的人就被看作是“人子降临”的中坚。

“不会要我们举行效忠仪式吧？如果要我宣誓效忠，我怎么办呢？我得想个法子推辞。我是国家公职人员，只应效忠自己的国家。但不宣誓，他们不要我参加又怎么办呢？”去的路上，道格拉斯跟在漂亮女教士的后面，狐疑地想道。

但出乎道格拉斯的意外，教友恳谈会开得十分随意。“上帝之子”与大家坐在一起，很随意地交谈着。他谈自己的童年，谈自己的父母，谈自己为什么抛弃科学而从事宗教活动，谈放缓甚至停止某些科学的发展的必要，谈科学发展给人类带来的危害，谈科学导致人类毁灭的可能性，谈为了拯救人类，他时刻准备献出自己的一切。大家也都敞开心扉，毫无顾忌地讲了自己的想法。“上帝之子”认真地倾听，随时表达自己的见解，这些见解明达、睿智，显示出他丰富的知识与非凡的洞察力。

“米勒先生，您和‘人子降临’都以反对高科技特别是生命科学而著名，而且您不隐瞒自己的观点。但政府和科技界的主流都是力挺尖端科技的，把人类的未来和社会问题的解决都寄托在它的身上。您的观点是否会减少您的潜在的支持者？”一个参与座谈女子问道。

道格拉斯竖起耳朵。这也正是他关心却又不好意思问的。

“这正是我们担心的事情。”米勒坦率地说，“不过我担心的不是潜在支持者的减少，而是民众对科技的盲目崇拜。人类的目的是追求幸福，但幸福能否靠高科技获得？我的回答是否定的。人的幸福在于内心的安宁、精神的满足，这与科技其实没有关系。坐飞船去月球旅行和过去坐木船沿着密西西比河漂流，哪个获得的幸福更多？恐怕很难有个肯定的答案。科技给我们带来了新的物质享受，但我们也为科技付出了巨大的代价，有些代价实际上是我们无法承受的。比如环境的污染、资源的枯竭、人类的退化。古希腊斯巴达的婴儿出生后要放到旷野三天，能够生存下来再抱回家抚养。这是残忍了些，但它保证了斯巴达人健壮的体质和在古希腊的霸权。现在医疗技术发达了，一些本应自然淘汰的个体却生存了下来。残疾、智障的比例已经达到了历史的新高。一项统计说明，整体来说，现代人的素质正在下降，生存能力也正在下降。我们如果没有文明的成果，已经无法在野外生存。这还不说，因为人既然出生，就有权利生存，有权利享受幸福。更令人愤怒的是，现在有些生命科学家正在试图挑战上帝的规定。试管婴儿出来了，克隆人出来了，在其他动物身上培育的人体器官出来了，一男两女的试验胚胎出来了。如果不加禁止，不要多久，人与动物的基因移植也会出来。到时满世界走着的不仅有人与人的后代，而且有人与羊的后代、人与狼的后代、人与猪的后代，这是多么可怕的情景。上帝创造的秩序被那些所谓的生命科学家完全破坏了。人之所以为人，是因为人与其他的动物有着绝对的界限，如果这种界限被打破，人还有什么尊严可言，还有什么值得骄傲的地方？”

“有些科学家说，之所以研究人兽杂交体，是为了给人类供应相关的器官，解决人类的病痛。”那位早先提问的女子说。

“谎言！”米勒提高了声音，“就算发明者的初衷是这样，谁能保证这些技术不被滥用？再说，人终有一死，假如得了某些不治之症，为什么非要治好？与治好极少数人的不治之症相比，让人兽杂交体成为现实、被人滥用，是否危害更大？弗洛伊德说，人类不会放弃自己能够得到的任何享受。我补充一句，人类特别是人类中的某些个体不会放弃任何能够增进个体福利、满足个人欲望的手段。很多科技发明动机是好的，包括原子能，但很快就被滥用。或者被政府，或者被个人，或者被某些团体。因此，要避免霍金的预言成为事实，就必须制止某些高科技特别是生命科学的发展，要消灭那些热衷于发展这些技术的人。”米勒顿了一下，接着说，“当然，我说的消灭不是肉体的消灭。而是说我们要创造这样一种环境，让那些从事高科技研究的人无利可图，得不到金钱、荣誉和地位，成为过街老鼠，这样他们就不会从事那些研究了，人类就安全了，幸福也就有了保证。”

“我赞成米勒先生的观点。”一个参加座谈的男士说，“我有一个表妹，她的双胞胎生产时间太长，脑部严重缺氧，生命垂危。当时医生告诉她和她丈夫，如果放弃抢救，两个孩子就会死掉，如果抢救，不仅要花大量的钱，而且抢救过来后很可能会有严重的智障。他们夫妇舍不得，要求医生抢救。后来果然成为智障。现在十三四岁了，还经常把屎尿拉在身上。小时还好，一把就提起来了，现在，他们妈妈都抱不起他们了，得爸爸抱，但爸爸还得上班。一家人被两个孩子磨得死去活来，一点幸福的感觉也没有。有时连杀死他们的心思都有。可是又不能。两夫妻的一生就这样毁了。”

“是呀。当然，从情感的角度说，他们要求抢救两个孩子是可以理解的。怪只能怪医术太发达。如果医术发展慢一点，两个孩子抢救不过来，岂不是皆大欢喜？两个孩子不会受罪，两夫妇不会受良心谴责，也不会有现在这样的辛苦，社会也少了一个负担。可是医学太发达了，孩子抢救过来了，于是一切都变得无法收拾。”米勒摊开两手，做了一个无可奈何的表情，“你们说这究竟是造福人类还是祸害人类？”

“什么是一男两女的试验胚胎？”在米勒谈话的过程中，道格拉斯悄悄地问旁边一个参加座谈的人。那人摇摇头。

“一男两女试验胚胎是指将一男一女的受精卵再移植到另一女子的卵子中去，目的是避免某些遗传的疾病。但也可以用来有意识地增加某种遗传疾病，打乱基因的排序。”漂亮女教士低声插话。

他们面前的桌子上，摆着各种点心、水果和“伊甸园”饮料。这些饮料瓶子的形状和商标的颜色都与他们晚餐时吃的不一样，像是特制的。三十来岁的漂亮女教士殷勤地为道格拉斯开了一瓶，他抿了一口，感觉味道比他们晚餐时吃的又要好一些。于是又喝了几大口。再以后，他就慢慢地品。在品的过程中，他感到舌头上有什么砂子似的东西留了下来，但他没好意思吐出来，而是又喝了一大口饮料，将它们吞了下去。

几天以后，在开车上班的途中，道格拉斯忽然感到头部一阵剧痛，就像有人用针往他脑袋里面狠狠地扎了一下。他几乎昏厥，连忙将车开到路旁休息了一会。抬起头时，他发现车窗外面，一个警察正关切地看着他。

“你没事吧？”

“没事，只是突然头有点痛。”

“我看你脸白得厉害，以为你出了什么事。”警察解释说。

以后几天，道格拉斯的头部又痛了几次，但都没有第一次厉害，而且很快就过去了。他自恃身体好，加上工作也忙，就没有去医院检查。

一个多月之后，道格拉斯出现了一些幻觉。其实严格地说，也不能算是幻觉。真实的情况是，他的脑海中常常出现一些他从来没有意识到的思想和从来没有接触过的知识。比如，他从来没有系统地了解过科技发展给人类带来的负面影响，也没有系统地了解过科技发展可能给人类带来的灾难，但他突然就无师自通地知道了这些，而且非常的系统与专业。在“人子降临”举行的一次名为“科技发展与人类的未来”的辩论赛上，他成功地运用了这些知识，竟然获得了二等奖。这使他既激动又有点担心。他从来没有渊博和能言善辩过，但他为什么突然变了呢？它会将他引向什么地方？他是个实践型的人，不习惯深入思考这些问题，而且他也似乎集中不起精力来思考这些问题，每当他试图思考这类问题时，他就感觉疲倦，精力不能集中，他于是只好放弃。但是他对现代科技的反对态度却因这些知识的增加越来越强烈了。

近一个月来，他的脑海里又常常出现一个他从没见过的女子的形象。这个女子四十来岁，身材苗条，长相端正，戴一副眼镜，文质彬彬的样子。他又无师自通地知道，这个女子叫凯瑟琳。他上网了解了有关凯瑟琳的情况，知道她是H大学的高才生，现为E大学生物系的教师，正接替她的老师，被人暗杀的史密斯博士主持一项基因研究计划。这项计划如果成功，人的各种器官便能“种植”在试验动物身上，从而生产出人和动物的混合胚胎，给人类的器官移植，人的某些器质性疾病的治疗与预防，以及生命科学的发展带来关键性的突破。

这不是突破，而是人类的堕落。道格拉斯非常愤怒，他简直不能容忍对于人类尊严的这种亵渎。他一想到今后大街上走着的不仅有人，而且还有猪人、羊人、狼人，现在在科幻电影中看到的一切令人恶心的东西就会变成现实，全身就气得发抖，虽然凯瑟琳在一篇采访中反复强调人类将严格地限制这项技术的使用范围，甚至只会用来产生某些人类器官，使它为人类造福。但谁能保证这一技术不被人滥用呢？谁能保证这一技术不会给人类带来灾难性的后果呢？这样的事还少吗？

必须阻止它，道格拉斯想道。但怎样阻止呢？突然，一个连他自己都感到害怕的念头钻了出来：杀了她。他赶快抛开了这一念头，然而，这一念头就像生了根似的，黏在他的脑海中摆脱不掉了。而且每天都在加强，不管他愿不愿意，它每天都不停地在他脑中盘旋。渐渐地，他倾向于赞成这一念头。他觉得，杀了这个女人，不是犯罪，而是在为人类谋幸福。

我不下地狱，谁下地狱？

七

谢尔曼从昏迷中苏醒过来。他的头上缠着绷带，秘书的公文箱包着铁皮的尖角在他的后脑留下了一个洞。由于流了不少血，他的脸色有些苍白，有些迷惘。谢尔曼昏迷期间，调查局人员对他进行了搜查，什么异样的东西都没找到，除了上衣衣领内缝进的一枚氰化钾颗粒。安全人员从此看到了他必死的决心，断定这次行动是他精心策划的。幸亏范德教授的死使安全部门提高了警惕，制定了有关的预案。幸亏出事的前一刻，警卫队长的目光恰巧落在谢尔曼的脸上，在他脸上发现了一种复杂的表情，引起了他的警觉，也幸亏警卫队长身手矫健、反应敏锐，否则总统必死无疑。知道内情的人想到这里，都不禁一身冷汗。

审讯由特别行动处副处长费恩主持，纳尔逊没有参与。他坐在单面玻璃的后面，静静地观察着审讯的进程。谢尔曼静静地坐在那里，拒不回答任何问题。但纳尔逊在他脸上发现了一种奇怪的表情。每当费恩提出一个问题，谢尔曼脸上都显出准备回答的样子，但当他准备开口的时候，他的脸上忽然闪过一种痛苦的表情，然后就默不作声了。似乎有某种东西在钳制或威胁着他，使他不能或不敢开口似的。

这个东西是什么呢？

纳尔逊决定自己亲自审讯。他屏退了包括费恩在内的所有人，当着谢尔曼的面命令技术人员关闭了所有的监听监看设备，另外抽了一把椅子，坐在谢尔曼的对面，握着他的手，说：

“听着，谢尔曼，我知道你是一个好人，你并不恨总统，而且你也知道，总统对你一直很好，是你们一家的恩人。上个月你妻子四十岁生日，总统夫人还出席了生日宴会。可是你为什么要暗害总统呢？是有什么把柄落在了别人手中，还是你的家人受到了什么威胁？”

“我不……”谢尔曼才说两个字，脸上忽又闪过那种痛苦的表情，不作声了。略停一会，他忽然抬起头，努力地张了张口，却没有发出声音。他的脸上又现出那种奇怪的痛苦的表情。

“说吧，”纳尔逊鼓励地说，“别怕，这里除了我，没有任何人知道你说了没有，也没有任何人知道你说了什么。”

谢尔曼张了张嘴，还是没有发出声音。忽然，他泪流满面，把头向旁边的桌上狠狠地砸去，纳尔逊刚想阻拦，谢尔曼又自动停止了。

审讯持续了两个小时。害怕出现意外事件，纳尔逊将费恩叫了进去，吩咐重新打开了监听监看设备。谢尔曼总是那样，刚想说些什么，却又住了口。而他脸上痛苦的表现越来越频繁，持续的时间也越来越久。最后，他头痛欲裂似的抱着头，痛苦地呻吟起来。

审讯不得不暂时中止。

“我觉得谢尔曼今天的表现有些反常。”案情分析会上，费恩说出了大家共同的印象，“他好像有合作的欲望，想说些什么。可每当他要开口的时候，却又好像害怕什么似的。”

是啊，他害怕什么呢？害怕法律的制裁。可是与反恐小组合作，说出事件真相，不是减轻制裁的最好办法吗？害怕自己的安全？可从他事先准备好了氰化钾的行为看，他早已将生死置之度外了。害怕他的家人的安全？反恐小组讨论来讨论去，觉得只有这一点还有一些道理。纳尔逊决定将谢尔曼全家接来，与谢尔曼住在一起，一方面让谢尔曼对家人的安全放心，一方面也寄希望他的家人能够说服谢尔曼与警方合作，说出他知道的一切。通过反复调查，他相信这一家人对国家与总统的忠诚，觉得让他们住在一起有利于案件的侦破。

谢尔曼的妻子珍妮在市政府工作。特别行动处的特工找到她的时候，她根本不相信自己的丈夫会谋害总统，认为是警方搞错了。经过反复说明，她才终于相信是自己的丈夫，给总统开车的约翰·谢尔曼出了事。她坐上特别行动处的车，匆匆赶到行动处的驻地。

珍妮觉得丈夫的行为不仅是一种忘恩负义，是这个家庭的奇耻大辱，而且是对国家和总统的一种极大的伤害，她决心以各种方式使谢尔曼与警方合作，说出真相。但不管她怎样努力，也不管他们的儿子与女儿如何劝说、责骂，谢尔曼总是一言不发。绝望之余，珍妮甚至当着谢尔曼的面割腕自杀，试图以此来打动自己的丈夫。但谢尔曼还是没有说出任何有用的信息。但谁都看得出，他的内心十分痛苦。他一直在试图说些什么，但每当他想说什么的时候，他的脸上就显出一种痛苦的表情，颤抖着嘴唇住了口。最后，他再一次出现头痛欲裂的症状，呻吟着倒在妻子的脚下，泪流满面。

纳尔逊一直在谢尔曼一家住的房间的隔壁，在谢尔曼一家不知情的情况下，透过单面玻璃墙观察里面发生着的一切。他觉得谢尔曼的妻子、儿女劝说谢尔曼与警方合作的各种努力是真诚的，谢尔曼的痛苦是真实的，但谢尔曼没有说出任何有价值的东西也是无可怀疑的。从谢尔曼的种种表现中，他感觉谢尔曼似乎受到了某种辖制，但这种辖制来自何方？不可能来自外部，因为特别行动处的驻地戒备森严，这段时间连电子信息都屏蔽了，他和家人不可能受到任何威胁，而且，除了知道他被捕之外，外界也不可能知道他在这里的任何活动。那么，是来自他内心的自律？也不大可能。从任何方面分析，谢尔曼对这个国家，对总统本人都不可能产生如此深仇大恨，以至采取这样极端的手段。而且，从谢尔曼的表现来看，他的确是想说点什么的。他那痛苦的表情是真实的，不可能做假。而且，他只是一个开车的，也不可能有这种表演的才能。

八

纳尔逊叫了一个队员继续监视，自己来到调查局外的一个小咖啡馆，坐在一个角落，叫了一杯咖啡，独自啜饮。每当他破案遇到难题，百思不得其解的时候，他就喜欢到这里来，喝上一杯咖啡，放松一下大脑，缓解一下焦虑。

邻桌一对情侣的窃窃私语钻进他的耳里。

“我要你只想我，不准想别的女人。”

纳尔逊瞟了一眼。一个三十来岁的女子，长相端正，比较丰满，正躺在一个四十来岁的男子怀中，右手伸出来，扯着他的耳朵。

“想都不准想啊？”男人坏坏地笑着。

“不准！”

“好，那就不想。”

“你保证？”

“我保证。”

“我才不信呢。”女人撒娇地说，“我要雇一个私人侦探，天天跟在你的后面。”

“你那些钱还不如给我呢。侦探也不可能知道我想什么啊。”男人笑道。

“那我就在你脑中装一个发报器，你一想别的女人，它就发报给我。看你还敢不敢想。”

纳尔逊笑了一下。在脑中装个发报器，亏她想得出。这些恋爱中的女人，一个个都傻得可爱。不过，装个发报器倒也不是一个坏主意，关键是装不装得进去，装进去后能否获得大脑的信息。

纳尔逊忽然被这一思路吸引住了。如果能在人的大脑里装一个发报器，那么，能否在人的大脑里装一个计算机，对人的思维进行干扰与控制？这一想法像一个强大的磁场，吸引着他。从谢尔曼的种种表现看，他的确像是被什么东西辖制着，这个东西会不会是他脑中的某个装置呢？纳尔逊曾经看过一则报道，目前的科学已能做到将一块装满信息的芯片植入人的大脑，使其与大脑相连，从而使被植入者的大脑容量扩大若干倍，使他的知识与能力扩大若干倍。但是如果这块芯片除了提供信息，还能对大脑发出指令呢？

纳尔逊忽地站起身，快步走出了店门。

“先生。”女服务生在后面提醒地喊道。

纳尔逊愣了一下，从口袋里掏出一张二十元的钞票，塞在赶过来的女服务生的手中。

“不用找了。”

说完，便消失在调查局的大门里。

九

纳尔逊叫通了远在千里之外的H大学计算机权威谢菲尔德教授的电话。教授正在实验室里。他停下手头的工作，饶有兴致地听了纳尔逊关于案情的介绍。

“要是老杰克死了，对于我们计算机行业倒是一个福音。”谢菲尔德开玩笑说。他是总统的反对者。总统刚上台不久，就否定了一项高达三十亿元的计算机开发计划，将这笔款项转为生命科学研究经费。这引起许多计算机专家的不满。他们觉得总统太偏重生命科学了，他的决定牺牲了计算机行业的利益。谢菲尔德就是这些专家的领头羊之一。

“你这样说，我倒怀疑你与这件案子有牵连了。”纳尔逊笑道。

“我是有贼心无贼胆哪。不过，我倒不想要老杰克的命，我只希望他早点下台。”

“你这愿望只怕难以实现。你没看到，他的民众支持率已经达到百分之六十八点五了？”

“只要这一连串的谋杀案破不了，他就得引咎辞职，或者被国会弹劾，支撑不到任期届满了。”谢菲尔德教授对于政治并不陌生，“对不起，比尔，这件事上我不能帮你。”

“你不是帮我，而是在帮这个国家。”纳尔逊收起玩笑口吻，严肃地说，“如果总统遭到谋杀我们都不能破案，那帮家伙还有什么事情不敢做，人们对我们安全部门会怎样想，公众还能有安全感吗？这个国家不乱套了吗？”

“算你厉害。”谢菲尔德教授笑道，“你这家伙什么时候变得这么能说会道了。读书时你不是一棍子也打不出个屁来的吗？”

“那还不是你太能说会道了。”纳尔逊又开起玩笑来。他与谢菲尔德教授在H大学计算机系学习时是同学，也是当时计算机系成绩最好的学生，被同学戏称为计算机系的双璧。只是一个毕业后仍然从事本行，而另一个却阴差阳错地进了联邦调查局，然而两人都在自己的领域干出了一番事业，因此不免惺惺相惜。两人平时虽然不大见面，但联系却从未断过。纳尔逊知道谢菲尔德的政治倾向，但也知道他是一个绝对的爱国主义者。只要是对国家有利的事，他是不会拒绝的。

“听着，我这里碰到了一些计算机方面的问题，需要你的帮助。”“你自己不也是计算机高手吗？”

“好汉不提当年勇。我事情太杂，早已跟不上计算机的最新发展了。我可能会要你抽出几天时间到我这里来。但今天只向你咨询几个问题。”

“说吧。”

“按照目前的技术，可以制造出能够植入人的头部与大脑有效相连并对大脑进行控制的芯片吗？”

“芯片只能提供信息，不能发出指令。能够发出指令的，已经不是芯片了。”“那么，计算机呢？”

谢菲尔德教授沉吟了一会说：“微电脑技术在二十世纪末曾得到高速发展。如果按照当时的发展速度，现在要造出这样的东西在技术上并不是一件难事。但后来政府对微电脑技术的发展进行了干预，在一定程度上抑制了它的发展。因此到目前为止，还没有听说哪家公司或个人发明出了这么小的计算机。”

“那有没有可能有人在私下偷偷地进行研制，将这种东西造出来了呢？”

谢菲尔德教授又沉吟了一会：“从理论上讲，这是可能的。计算机研究的隐秘性很大，政府很难进行有效的监控。如果有人暗中进行这方面的开发，他是有可能成功的。可是研制经费呢？另外，如果研制出来进不了市场，他这样做的动力是什么呢？”

“如果他想用于不可告人的目的呢？”

“那就难说了。哎呀，”谢菲尔德教授突然紧张起来，“如果你说的真的已成为现实，那这个国家就危险了。我们都有可能成为某些人的工具，干自己不想干的事。比尔，这是个严重问题，你一定不要放手。有需要我的地方，你给我打电话就是。”

得到这个许诺，纳尔逊放心了许多。但从谢菲尔德的惊慌中，他感到了一种正在迫近的巨大危险，心情变得沉重起来。

十

谢尔曼在严密的保卫下送进了空军总医院。总医院副院长，著名脑外科专家哈定博士亲自主持了对他的检查。

“从CT扫描的结果来看，谢尔曼的头部一切正常。”在会诊室里，哈定博士指着显示器上的一排CT照片说，“但在联系大脑左右两个半球的横行纤维胼胝体这里，有一个若隐若无的芝麻大的亮点。不注意的话，根本看不出来。开始我们以为那只是仪器的波动形成的一个偶尔的杂点，但仔细分析不像是杂点。因为好几张图片都在同一位置出现了这一亮点。你们看。”

纳尔逊顺着哈定博士手中讲解机的光点移动着自己的目光。尽管有哈定的指点，他还是很难将那光点与照片的灰白色基调准确地区分开来。但他没有进一步观察。既然哈定博士说有一可疑的亮点，那就肯定有这一亮点。现在的问题是要确定这个亮点意味着什么。

“这一亮点是否意味着谢尔曼的大脑存在某种问题？”纳尔逊问。

“从严格的科学意义上可以这样说，但从临床的角度看，既然谢尔曼其他方面的指标一切正常，行动也不存在问题，这个亮点是可以忽略的。”哈定博士回答。

“这个亮点是由什么形成的？”

“我也正在考虑这个问题。现在还不好说。金属物、某种杂质、脑部的某种病变都可能产生这种亮点。”

“有没有可能就是某种金属物呢？”纳尔逊有点激动地问。

“也有可能。但现在我们还不能确定。”

“什么时候能够确定？”

“我们还得观察一段时间。看看这个亮点是否会发生位移，大小、亮度是否改变，是否会随着脑波变化，以及是否会消失，然后才能得出结论。”

“可是我们没有时间了，我们需要马上知道结论。”纳尔逊用不可反驳的口吻说道。

“你说的马上指什么时候？”

“今天，最迟不超过明天上午。”

“那是不可能的，”哈定博士摇摇头，“除非把他的脑袋打开。”

“那就打开！”

哈定博士再次摇摇头：“这是不可能的。这个亮点在大脑皮层深处，手术探查有很大的危险，弄得不好就会造成病人的瘫痪，甚至死亡，或者使他成为植物人。”

纳尔逊踌躇了一下，决然地说：“即使要付出代价，这个手术也得做。”

这个决心他下得比较艰难，毕竟这牵涉到一个人的健康与生命。但时间的紧迫使他无法考虑得太多。他环视了一下会诊室，确定没有什么不合适的人之后，将自己的怀疑说了出来。

听了纳尔逊的讲述，哈定博士的助手，一位空军上校不禁“扑哧”一声笑了出来，仿佛这是天方夜谭似的。但接着他就意识到自己笑得不合时宜，极力抿住嘴，脸部因此变得奇形怪状。

哈定博士没有笑，严肃地问：“有这种可能吗？这种东西只有在科幻影片中才能看到。”

“有！”纳尔逊斩钉截铁地说。他将谢菲尔德教授的意见详细地复述了一遍，并且补充道，“而且只有这样，谢尔曼在审讯中的种种奇怪表现才能得到合理的解释。”

哈定博士沉吟了一会，斟酌着说：“如果你坚持，我们可以做这个手术。但我们需要授权。”

“哪一级的？”

“至少是部长级的授权。最好是总统本人的。”

“授权我去争取。请您做好手术的准备。”

“好的。不过，手术之前，你最好再征求一下谢尔曼家属的意见。”

谢尔曼的妻子与子女很快便同意了纳尔逊的要求。基于强烈的爱国心和洗刷耻辱的迫切心情，他们希望尽快查清真相。倒是取得总统的授权花费了不少时间。总统对手术可能产生的后果十分踌躇，害怕人们以后指责他滥用权力，损害犯罪嫌疑人的健康与生命。特别是这个嫌疑人还有可能是无辜的。但最终还是尽快破案的心情占了上风，在征求了国安会主任、卫生部长和司法部长的意见之后，总统终于签发了授权书。

十一

哈定博士的手术做得并不顺利。他本来准备只在后脑上打一个小洞，通过微创手术将那个发出亮光的东西取出来。但由于金属取物探头的干扰，进入之后，那个亮点却消失了，怎么也找不到那个拟想中的发光物体。没有办法，哈定博士只好打开谢尔曼的头盖，经过一番寻找，那个发光体是找到了，但由于受创太重，谢尔曼的脑电波消失了，再也没有恢复过来。

看着伏在谢尔曼的尸体上哭泣的珍妮，纳尔逊感到无比的内疚。

“对不起，这种结果也是我们不想见到的。”纳尔逊歉意地说。

珍妮霍地站起来，满是泪水的脸对着他，圆睁着美丽的眼睛。

“别猫哭耗子了。你为什么事先不告诉我们这台手术的危险？他虽然有罪，但没经法院审判，谁也无权夺走他的生命。你凭什么？……我，恨你！”

说完，珍妮便又哭了起来。

纳尔逊无话可说。因为怕节外生枝，他没有将可能的危险告诉谢尔曼的家人。他将手搭在珍妮的肩上，轻轻抚了几下。珍妮没有挣开，但整个身体僵着，谢尔曼的儿子与女儿也都敌视而恐惧地看着他。纳尔逊叹了一口气，低头走开了。珍妮又伏在了谢尔曼的身上。

发光体只有半颗米粒大，椭圆形，外表呈黑色。乘坐特别行动处的专机赶来的谢菲尔德教授经过一个不眠之夜，将这半颗“米粒”放在各种仪器下反复测试，终于得出了肯定的答案。

“这是一台微型计算器。”在反恐小组的案情分析会上，谢菲尔德教授胸有成竹地提出了自己的看法，“由发电机、存储器、处理器和发射器四个部分组成。发电机实际上是一个微型蛋白质转换器，能够将人体中的蛋白质源源不断地转化为电能。存储器负责与植入体大脑的联系，收集大脑的信息并向大脑发出指令。处理器负责计算并产生必要的指令，它里面装了一些固定的程序，随时可以调用。发射器负责与外界的联系，能够发射或接收一些特殊的信号。发射的信号十分微弱，只有特定的装置能够收到，一般的仪器检测不出。”

“那它在谢尔曼的大脑中是怎样起作用的呢？”费恩问道。

“具体的工作程序与工作原理还有待进一步的研究。”谢菲尔德博士斟酌地说，“我的揣测是，这颗小‘米粒’进入大脑之后，通过生物电与大脑神经元发生联系，从而对大脑产生影响。由于它的体积太小，功能不会十分强大，因此它不可能全面控制或者代替大脑的活动，但是它可以阻止大脑产生某些思想，发出一些指令强制大脑执行。这样，它就能在一定程度上控制人的行为。”

“计算机怎么能向大脑发指令呢？”纳尔逊的另一个助手不解地问。

“其实，这并不困难。严格地说，人的大脑思维也不过是一些电流现象。既是电流现象，那么只要米粒能够发出与脑电流相同的电流，它就能与大脑沟通。”谢菲尔德博士解释说。

“这么说，谢尔曼的谋杀总统的行为是身不由己？他是无辜的？”费恩问道。

“从主观意志的角度，可以这么说。他被‘米粒’操纵了。”

“天哪，太可怕了。”有人惊叹道，“这么说，我们每一个人不是都有可能身不由己地成为罪犯吗？”

“是的，只要它进入了你的大脑。”谢菲尔德教授严肃地说，“从技术的角度，我很欣赏这个玩意儿，它的确是计算机科学的一大发明。但这技术用错了地方。它的发明者不是疯子就是极端的仇视人类者。”

“可它是怎么进入谢尔曼的头部的？通过手术吗？”纳尔逊提出了关键的问题。

“不可能。”哈定博士说，“我们手术前仔细观察过谢尔曼的头部，没有做过手术的痕迹。检查谢尔曼的病历档案，也没有做过手术的记载。再说这种手术难度十分高，没有精密的仪器和高超的医术，是做不出来的，而且也不能保证百分之百的成功。”

谢菲尔德教授赞同地点点头，说：“我的想法是，这颗‘米粒’不是通过手术植入的，而是通过别的渠道进入人的身体，在人的体内组装，再进入人的大脑中的。”

“你能否说得再详细一点？”纳尔逊说。

“我昨天晚上将‘米粒’的四个部分拆开了，发现它们竟有互相寻找的功能。”谢菲尔德教授说，“我把它们放在酒精里，它们竟然慢慢靠拢，最后竟重新组合在一起了。所以我想，它们一定是通过某种渠道比如消化系统进入人体，然后进入血管，在血管中组装在一起的。至于脑部的血管那么细，它是怎样到达脑部，并成功地突破血管，在脑部找到自己的位置的，我一时还没想清楚。但我相信，它在谢尔曼的脑部‘坐床’的时候，谢尔曼的脑袋一定有一段时间的不适。”

“你说的没错。”哈定博士翻着手中的一沓材料说，“两个月前，谢尔曼头部疼痛了好几天，去了几趟医院，都没有查出毛病。后来又自动地痊愈了。”

纳尔逊考虑了一会，站起来说：“根据谢菲尔德教授的介绍，我们可以断定，在我国，至少在首都地区，存在着一个掌握着先进的计算机技术的庞大的恐怖组织，这个组织目前正处于活跃时期。我们必须制止它的活动。马上抽调人力，到各个医院、诊所进行排查。凡是近一年内因头痛到医院做过检查又没有查出病因的人，都登记入册，强制性地进行 CT 扫描，如发现头部有可疑亮点，都暂时集中起来，由特别行动处派人看管。费恩具体负责此事，请空军总医院配合。”

人们纷纷站起，会议室里一片挪动椅子的声音。

十二

搜寻“亮点”的工作进行得比较顺利。很快便查出了几个嫌疑人，五男四女，大多是政府部门的工作人员，其中有三个警察，还有一个竟然是一位国会议员。这些人对于将他们软禁起来的做法提出了强烈的抗议，对将他们软禁起来的理由更是斥之为天方夜谭，认为这是中央调查局在滥用职权。纳尔逊在调查局和总统的支持下强行对这些人实施了软禁，只对众议员网开了一面。因为软禁议员需要得到国会的批准，但无论怎样解释，国会都不相信众议员有可能成为危险人物。纳尔逊只好妥协，派了两个特工跟随众议员行动。

但他知道，这种软禁是不能持续多久的，他必须尽快查出掌控“米粒”的幕后黑手，才能侦破这一连串的神秘死亡案件。偏偏在这方面他一点线索也没有。谢菲尔德只能提出自己的猜想，但如何破案，却不能给他任何主意。

又是一个不眠之夜。天亮的时候，纳尔逊倒在行军床上睡着了，醒来的时候，已是上午九点。他草草地刷牙洗脸，用冷水冲了一下头，喝了一杯牛奶，顺手拿了一个面包，边吃边离开了办公室。他想到街上走走，一方面清醒头脑，一方面给女儿买点礼物。再过几天就是女儿二十岁生日，纳尔逊决定，到时就是再忙，他也要抽出一点时间，陪女儿吃个晚饭。纳尔逊对女儿看得很重。在这个世界上，他就只女儿一个亲人了。他是独子，父母已经去世。他的妻子是个中学教师，因为无法适应他那独特的生活方式，已于十年前离他而去。当时女儿还只有十岁，他一人将女儿拉扯成人。女儿也很懂事，虽然父亲经常不在家，但她从不抱怨，并凭着自己的努力，考上了著名的G大学。纳尔逊很爱女儿，但他不善表达感情，加上经常不在家，因此表面上与女儿有些疏远。女儿虽然爱父亲，但对父亲并不依恋，早已形成了独立生活的习惯，父亲不打电话给她，她很少主动与父亲联系。纳尔逊对此常感遗憾，觉得这是他为国家做出的重大牺牲。

纳尔逊不大会买礼品，跑了几条街，还只买了一个芭比娃娃，一套化妆品。但这点东西实在是太少了。女儿满十八岁成年礼的时候，他让她到欧洲旅行了一次。十九岁生日，他送她一台笔记本电脑。现在是二十岁的整生，总不能只送这点东西。干脆买一部跑车，给她一个惊喜。金钱不是父爱，但当父爱没有更好的表达方式时，金钱倒也是个不坏的选择。纳尔逊自我解嘲地想道。可惜自己没有时间，只能送她一张卡，让她自己去选。

这时，他感到有点口渴，四面张望一下，他发现前面不远处有一个卖饮料的小店。小店只卖一种叫作“伊甸园”的果肉饮料。纳尔逊知道这是“人子降临”的教主发明的一种饮料。“人子降临”是几年前才成立的一个宗教组织，其宗旨是反对现代科学，主张回到农耕社会，认为那才是人类的黄金时代。官方与主流教会都觉得这个组织有邪教的色彩，但它只是宣传自己的主张，没有实际的行动，因此也无法采取什么措施。有趣的是，“人子降临”的教主曾是一个著名的计算机专家。他靠尖端科技发了财，却转过来反对尖端科技，宣称尖端科技给人类带来的危险大于幸福，人类要想长治久安，就得废弃尖端科技，回到靠天吃饭的时代。他的这些主张获得了社会上部分人的支持，因此信徒越来越多。他自称“上帝之子”，每个周六下午亲自布道，这时，教堂总是人山人海。

纳尔逊掏出三元硬币买了一瓶“伊甸园”。这种果汁饮料口味多样，苹果、菠萝、橙子的都有，其特点是真材实料。纳尔逊买的橙汁。他喝了一口，涌入口中的是一种惬意的清凉与酸甜，比可口可乐更合乎他的口味。这个“上帝之子”真是一个天才，可惜他是现代文明的反对者，要是他将自己的聪明才智用在推动现代文明的发展上，这个国家一定会得益不少。纳尔逊想。

他在路边一家商店的橱窗前停住了脚步。这是一家服装店，橱窗里一套漂亮的裙装吸引了他的眼睛。他想替女儿买下来。女儿身材很好，长相也不难看。但她总喜欢穿些奇形怪状的新潮服装，弄得自己怪模怪样，纳尔逊不大喜欢。他总觉得女儿应该穿得更淑女一些。

橱窗擦得很干净。由于橱窗里面较暗，街对面的景物便在橱窗玻璃上倒映出来。通过玻璃，纳尔逊突然发现街那边一个穿警察制服的中年男人正越过街道，向他走来，眼睛紧盯着他。纳尔逊觉得那人的脸上有一股杀气。出于一种本能的反应，他把买的东西移到左手，右手伸进裤子口袋，握住了那把体积偏小威力强大的 V1 特制手枪，同时调整了一下身体的位置，以便更好地观察那个警察的行动。

突然，那个警察的右手伸向腰间，拔出一把左轮手枪，向纳尔逊举起。纳尔逊一个翻滚，躲在街边的一个铁制的垃圾桶后，同时掏出手枪，在掏枪的过程中，他将手枪在大腿上擦了一下，使子弹上了膛。

“砰”“砰”两声枪响，打破了街道的沉静。人们惊叫着向四面散开。头一枪是那个警察打的，打在纳尔逊曾经站过的地方，打破了橱窗玻璃，正好击在纳尔逊看中的那套紫色裙装上，裙装像朵鲜花一样四处开放。第二枪是纳尔逊打的，打在那个警察右手腕上，警察的枪落在地上，他拔腿想跑，纳尔逊又是一枪，击中了警察的大腿。他本来可以击中警察的头部，但他不想剥夺他的性命，而且他也需要留个活口。

警察倒在地上，脸上露出绝望的神情。远处传来警车的呼叫声。纳尔逊小心地走向倒地的警察。突然，那个警察又用左手从身上抽出了另一支手枪。纳尔逊连忙卧倒。但警察没有向他射击，而是将枪指向自己的头部。

“不！”纳尔逊大叫一声，但是迟了。随着一声枪响，警察的头无力地倒在了地上。

纳尔逊懊丧地站了起来，在地上恨恨地跺了跺脚。

一辆警车停在他的面前，下来一男一女两个警察。纳尔逊亮明了身份，简单地向他们介绍了情况，表示这个案子将由特别行动处负责处理。两个警察敬了个礼便上车离开了。

纳尔逊遇袭事件在特别行动处引起了震惊，连总统都对此事表示了关注。大家震惊的不是遇袭这一事件本身，而是遇袭的时间与地点。特别行动处接手调查谋杀案的时间并不很久，除了几个政府高官和调查局内的几个有关人士之外，外界并不清楚。而纳尔逊的上街也是偶然的行为，为什么偏偏在这个时候这个地点他受到了袭击？是一种偶然的巧合，还是恐怖分子已打入他们的内部，掌握了他们的一举一动？大家意识到这个恐怖组织的势力不可低估，感到一种强大的压力，同时也感到，特别行动处最近的行动可能触及恐怖组织敏感的地方，这说明他们的方向是正确的。

为了安全与保密，纳尔逊下达了一条命令：特别行动处的成员不准单独外出，外出行动必须有两人以上。同时他也敏感地意识到女儿可能的危险，他叫通了女儿的电话，告诉她，她的生日聚会他可能来不成了。

女儿大大咧咧地说："没事，忙你的去吧，老爸，到时我把聚会的录像发给你。"

"最近没有什么异常的情况吧？"纳尔逊叮嘱道，"这一向你最好多和朋友在一起，不要一个人出门。"

"没关系，我学了中国功夫，一两个男人根本不是我的对手。"女儿仍是满不在乎的口吻。

纳尔逊很不放心，几乎央求地说："中国功夫总比不上枪弹吧？这次你就听听爸爸的话吧，没事尽量少出门，待在学校里。"

"好吧。"女儿听出父亲口气的异样，答应了他的要求，但接着她又感到一丝不安，"老爸，没出什么事吧？"

"没有，但还是小心一点好。"

"那好，我知道了。老爸，你自己也要注意啊。没事了吧？挂了。"女儿对着话筒"滋"地亲了一下，挂了机。

纳尔逊对着话筒看了半天，压不下心中的忧虑。他决定派一个特工，暗中保护自己的女儿。如果说这是在使用特权，那他就用一回吧。

十三

袭击纳尔逊的警察的身份查明了，是千里之外的N州R市警察局的一名探长，名叫莱斯曼。据R市警局有关人士介绍，莱斯曼工作负责，一直是个称职的警官。三天前，他请假到首都处理私人事务，办了正式请假手续。大家谁都没有想到他会在首都的大街上袭击调查局的探员。纳尔逊要手下弄清楚莱斯曼最近是否有因头痛进医院治疗的情况，并委托哈定博士进行尸检，看能否再找出一颗“米粒”。

结果很快就出来了。R市警察局经过调查，发现莱斯曼三个月前，曾出现过头痛的症状，在医院看过几次，没有发现什么问题，后来疼痛自行消失。但哈定博士那里却没有发现什么东西。莱斯曼自杀用的是大威力的开花弹，大半个脑袋都轰掉了，脑部物质已所剩无几。

纳尔逊心里像压了一块铅。虽然没有找到，但他相信，与谢尔曼一样，莱斯曼也是一个身不由己的行动者。但他却来自千里之外。这说明，恐怖组织的触须已经伸到了全国各地，它利用“米粒”计算器控制某些人的活动，使这些人在身不由己的情况下执行这个组织的命令。想到这里，纳尔逊感到身上一阵阵地发紧。这些身不由己的人比真正的恐怖分子还要可怕。真正的恐怖分子还要顾及自己的性命，而这些人根本不会考虑自己的性命，他们已经失去了自由意志。这就意味着，什么事都可能发生。

晚上，又一桩祸事发生了。G大学著名生物学家鲍曼博士被人暗杀了。凶手逃跑。

最先告诉他这个消息的是他的女儿，鲍曼就是她所在系的教师，正指导她做一个实验。晚上八点，她如约来到鲍曼的实验室，却发现鲍曼死了。

“真是可怕极了，爸爸，”女儿抽泣着，断断续续地说，“鲍曼教授的大半个脑袋都不见了，地下是一大摊血。我差点晕过去。爸爸，你们调查局在干什么啊。……啊，对不起，爸爸，我知道你们也很辛苦。但鲍曼教授对我们实在是太好了，实在是，实在是太可惜。”

纳尔逊知道女儿崇拜鲍曼教授。这位教授刚满四十岁，却已在生命科学领域做出了骄人的成绩。业内人士普遍认为，他是最有可能得到诺贝尔生物学奖的下一个国内学者。纳尔逊内心沉重而内疚。他安慰女儿不要过于悲伤，并答应尽快侦破此案。

不久，总统的电话直接找到了他。

“我知道你处境十分艰难，也知道你和你的部下已经尽了力了。”总统的语气严峻且带有一点恳求的意味，“但为了保卫无辜的人们，为了挽救这个国家，你们还必须更加努力，更加富有成效地工作。要不惜任何代价，不怕任何牺牲，争取在最快的时间侦破此案，破获这个恐怖组织。纳尔逊，拜托了。”

总统的话说到这个份上，纳尔逊感到无言以对，只有再次保证自己将以命相搏，尽快破获这一恐怖组织。

放下电话，纳尔逊决定召开特别行动处各部门负责人会议，同时邀请哈定、谢菲尔德等专家参加。

大家的眼睛都是红的，满脸疲惫，会场的气氛比较压抑。纳尔逊勉强笑了笑，用略带嘶哑的嗓音说：

“大家振作一点吧，别像只被打败了的公鸡，我们并没失败。至少我们已经知道，近几个月来这一系列的谋杀案都是同一个恐怖组织所为。这个组织利用高科技手段，通过某种渠道将一种微型计算器植入人的大脑，从而控制这个人的思想与行为，使这个人身不由己地执行他们的指令，做别人指示他做的事情。”

“可是，这个组织在哪里？这些人是谁？到哪里去抓捕他们？”行动组的负责人罗杰斯特问道。

“这正是我们要解决的问题。”纳尔逊说，“现在的困难在于隐在后面的恐怖组织与在前台活动的人没有任何联系，我们无法按常规的办法找到其中的线索。但我们也不能盲人骑瞎马，走到哪里算哪里。我的想法是，先明确几个方向，锁定几个目标，然后再进行细致的调查。”

“我同意纳尔逊的意见。”谢菲尔德教授说，“我觉得，能够制造出这种微型计算器的不可能是一般的计算机公司和专家。建议调查所有拥有或可能拥有这种高端技术的公司和个人。”

费恩接着说：“‘米粒’还有很多未解之谜，值得继续研究。”

哈定说：“应该调查‘米粒’进入人脑的途径。搞清楚究竟是谁、他是怎样将这个东西送到人家脑袋中去的。”

大家你一言我一语出了很多主意。

“好，”纳尔逊最后总结说，“对计算机公司和专家的调查由技术组负责，请谢菲尔德教授做顾问，一切公开的和潜在的线索都不要放过，但要秘密进行，不要造成业内的恐慌。‘米粒’送调查局技术处，请他们组织专家继续研究，一定要弄清它所有的奥秘。谢菲尔德教授有时间也请参加。同时加大对‘米粒’进入人脑的途径的调查。请大家注意几个事实。第一，在已查出的有可疑亮点的人员中，以政府工作人员为主，而且警察占了三分之一。这说明，不管是以何种手段进入人脑，恐怖组织对‘米粒’进入的对象是有选择的。这种选择是如何进行的？第二，莱斯曼并不生活在首都。这说明，恐怖组织的触须已遍及全国各地。第三，所有发现头部有可疑亮点的人发生头痛现象的时间最早的是在四个月前，这说明，‘米粒’的发明是在四个月前，至少，恐怖组织是在四个月前才开始使用‘米粒’。第四，所有头部出现可疑亮点的人都没有做过手术。这说明，‘米粒’不是通过手术的方式植入人脑的。那么它是怎样进入的呢？我觉得谢菲尔德教授的揣测是有道理的，它很可能是通过消化系统进入人体，然后在体内组装，再自行转移到头部。因此，有必要调查所有在全国范围内销货的食品和饮料，特别是无需再加工的饮料与食品。这件事由行动组负责，请调查局在各地的分局和当地警察局协助。第五，请大家注意，在这一系列的谋杀案中，被害者都是著名科学家，具体地说，都是生物学家，而且都是与生命科学有关的生物学家。总统也是大力支持生命科学的。这说明，这个组织对于生命科学是反对而且仇恨的。这种态度不可能不在社会中流露出来。因此，要马上调查所有的出版物和网站，找出那些反对生命科学的人和组织。这由信息组负责。还有，要加强对著名科学家特别是生命科学家的保卫工作。要尽快拟出需要保卫的科学家名单，每人至少配备两名保卫人员，全副武装，不离左右。保卫人员不仅要保卫科学家们的安全，还得想法抓住潜在的凶手。这件事由保卫组负责，人手不够请求局里和各地分局的支持。另外，对谢尔曼和莱斯曼的调查要继续进行，负责他们案件的特工不撤。要弄清他们近一年来的所有的活动、接触的人员，要多和他们的家属沟通，取得他们的支持，从他们那里得到第一手资料。大家意见如何？”

大家点头表示赞同。纳尔逊最后说：

“鲍曼教授死后，我接到一个公民的电话，问我们调查局在干什么。我无言以对。女士们先生们，我无言以对啊！请大家记住我们的职责，记住，我们早一天破获这个恐怖组织，就早一天解除悬在我国著名科学家头上的达摩克利斯之剑，早一天将国家从危急中拯救出来——这不是我说的，是总统在电话里对我说的。大家努力工作吧！”

十四

所有的调查结果都集中到纳尔逊的办公室里。纳尔逊整天埋头在材料之中。饿了，叫个外卖，困了，和衣在行军床上躺一会。几天过去，他眼睛陷了下去，胡子长了起来，自己都有点认不出自己了。

几个可疑的对象渐渐从材料中浮现出来，排在最前面的则是

“人子降临”。他决定开一次碰头会，听听大家的看法。

“我觉得‘人子降临’值得怀疑。”费恩说，“这个组织反对现代科技，要求回到农耕社会。我早一向上网，搜索了它的网站，发现上面有许多攻击生命科学的文章，有一篇还是他们的教主署名。另外，‘人子降临’有研发‘米粒’的条件。它拥有几个著名的计算机专家。它的教主米勒本人就是全国顶级的计算机专家。虽然我们还没有找到他们研制‘米粒’的证据，但不能排除他们私下在进行研制。还有，他们不缺研制的资金与技术。”

“我补充一点，”调查组组长说，“调查发现，谢尔曼与莱斯曼都是‘人子降临’的信徒，多次参加过‘人子降临’的布道活动，并且两人都受过‘上帝之子’的接见。”

“也许，我们该弄张搜查令到里面看一看？”行动组组长建议说。

“那不好。”费恩摇头说，“打草惊蛇。而且这个组织有一批支持者，万一我们怀疑错了，会弄得我们非常被动。”

最后，纳尔逊拍板，马上对“人子降临”进行秘密调查，派人暗中监视“人子降临”总部。

几天之后，又出现了新的结果。

一个由三名计算机专家和两名外科专家组成的五人小组经过一周的紧张研究，终于拿出了有关“米粒”的最后报告。专家组在谢菲尔德教授发现的基础上有了进一步的发现。首先，他们发现，“米粒”有突破血管的功能。专家们在“米粒”的一个部件上面发现了少数蛋白质黏合剂的残余。经过分析，发现这些蛋白质黏合剂是一种人造物质，不是人本身具有的。也就是说，它应该是“米粒”带进来的。经过仔细检查，专家们发现，“米粒”部件的表皮下面有一个很微小的不注意很难发现的管状小孔，与部件的表层处于同一平面，小孔里都有蛋白质黏合剂的残余。他们分析认为，这些蛋白质是用来黏合受损的血管的。这些部件在血管中运行到了一定的部位，便穿过血管来到血管外面，在穿过血管壁的时候，部件的表层受到挤压，事先灌在里面的黏合剂便被挤了出来，留在血管壁上，堵上部件突出血管时形成的伤口。这样，他们也就解决了一个他们一直感到困惑的问题：脑部血管很细，“米粒”是怎样运行到指定位置而不影响脑部血液的流动，不影响脑部的功能的。他们认为，“米粒”不是在血管中组装，而是在血管外组装成形的。四个部件运行到预定位置后，先后突破血管，然后在脑部组合成微型计算器，再在脑部着床，将自己的传输线与大脑的神经元联系起来，进而控制大脑的运行。在这一过程中，人会感到头部有些不适，有些疼痛，但不会影响人的正常活动。这一过程一结束，头部的不适感也就慢慢消失了。其次，他们发现，“米粒”发射的电波十分微弱，只有在一百米的范围内才能接收到，但能接收较远地方发来的电波。第三，他们发现，“米粒”的各个部件在其他液体中呈现惰性，只有在血液中才会活跃。“米粒”中的发电机实际上是一个能量转换器，能够将动物体内的蛋白质转化为电能。这说明，“米粒”是专为在人体中运行设计的。第四，“米粒”虽小，但技术含量高，制造工艺复杂，成本较高，如果不是商业化生产，很难有高的产量。

对谢尔曼和莱斯曼的调查也有了新的进展。他们都是“人子降临”拥护者，都受过“上帝之子”的接见，在接见时，都喝了一种特制的“伊甸园”饮料。据莱斯曼的妻子回忆，自从迷上“上帝之子”之后，莱斯曼每月都会抽两天时间到“人子降临”总部听“上帝之子”的演讲。有一次，他还被“上帝之子”接见过。莱斯曼夫人回忆说，莱斯曼那天回来后很兴奋，一再地赞扬“上帝之子”，说他待人如何和蔼，思想如何深刻，仪表如何堂堂，并且爱屋及乌，硬说那天喝的“伊甸园”也比街上买的好喝。她故意怪他没给自己带一瓶出来，莱斯曼解释说虽然会面时饮料管喝，但递到他们手里的都是开了盖的，他们也不好意思带出来。莱斯曼夫人记得，莱斯曼被接见之后没有几天，就开始头痛，她当时还曾笑他是激动过度。

调查分析组的监视也发现了新的情况。他们发现，“人子降临”总部有一个区域戒备森严，只有少数人才能出入。另外，他们感觉，相对一个宗教组织来说，“人子降临”总部里安全人员的数量明显偏多，这有点反常。

所有调查结果的矛头都指向了“人子降临”，纳尔逊觉得可以采取下一步行动了。他再次召开了部门负责人和专家的联席会议。

会议议程仍是各人先汇报自己部门的工作，提出自己的意见与看法，然后大家讨论，最后纳尔逊做总结：

“情况已经明朗。现在基本可以肯定，这一系列神秘谋杀案的策划者与组织者就是自称‘人子降临’的邪教组织。这个组织利用布道来发展信徒，然后在信徒中选择对他们有用的人，通过教主单独接见的机会，给他们喝一种特制的含有‘米粒’部件的饮料‘伊甸园’，进而控制受害者大脑，强制受害者做他们要他做的事情。”

见有人脸上露出疑惑的神情，纳尔逊解释说：“‘伊甸园’有两种，一种是普通的，就是大街上卖的那种，另一种是特制的，就是单独会见时给受害者喝的那一种。销售普通饮料的目的是造声势，使人们将‘伊甸园’和‘人子降临’捆绑在一起，这样，在单独会见时请大家喝‘伊甸园’也就理所当然，谁也不会怀疑了。当然，这些还只是我们的猜测，”纳尔逊话题一转，“我们还必须拿到确凿的证据。‘人子降临’的活动虽然十分隐蔽，但既然它做了，就不可能不留下蛛丝马迹。首先，它要制造‘米粒’，就需要采购有关的材料。我们要调查他们近一年的采购活动，获得它的采购清单。这件事由信息组负责。其次，马上与军方联系，请他们用卫星监视‘人子降临’总部，监视它的秘密活动。同时，调查与‘人子降临’关系密切的人，此事由调查组负责。再次，马上派人打入‘人子降临’内部，或者，从‘人子降临’的成员中寻找那些爱国、有责任感的不明真相的人，争取他们的合作，弄清教友恳谈会上喝的伊甸园饮料的秘密。此事也由调查组负责。此外，我们要马上组建一支特别行动队，执行机动任务，一旦掌握确凿证据，马上对‘人子降临’采取行动。此事由行动组负责。大家还有什么意见没有？”纳尔逊目光炯炯地扫视着会场。

与会的人都很兴奋，个个摩拳擦掌。

十五

E 大学所在的 Z 市以治安状况不好闻名全国，但 E 大学校园内却从没发生过什么重大的治安事件，因此，凯瑟琳博士对政府突然给她派来四名武装警卫感到有点意外。她，一个普通的生命科学家，与世无争，与社会也很少联系，整天待在实验室里，做她的基因研究，连校门都很少出去，会有人与她过不去吗？但她也没有拒绝这些警卫人员。近来一连串生命科学家被害的事件她是知道的，其中就有她的导师，H大学的史密斯博士。史密斯教授去世之后，他正在研究的课题就由H大学转交给了她，史密斯教授的得意门生，课题组的第二号人物。因此，她对政府的举措是能够理解的，只是觉得有点小题大做了。

四个警卫两男两女。女警卫中年龄大点的叫范妮。凯瑟琳不大喜欢与生人打交道，但她与范妮却很投缘。范妮不仅身材、长相、肤色与她相似，甚至连头发的颜色与式样都与她一样。两个站在一起，不明内情的人肯定会把她们当成两姊妹。凯瑟琳一见就对她有种亲切感。

范妮对凯瑟琳也很亲热，一见面就与她认了干姐妹，然后就姐姐长、姐姐短地叫个不停。她说自己小时候十分文静，最大的愿望就是当个大学教授，在实验室里做做实验。没想到长大后却阴错阳差地当了警察。但女科学家一直是她的偶像，特别是像凯瑟琳这样的著名学者，能有凯瑟琳这样的姐姐是她的福气。凯瑟琳不是一个善于言辞的人，却喜欢范妮的叽叽喳喳。两人很快就形影不离。凯瑟琳休息的时候，其他警卫常常看到范妮附在她的耳边说着悄悄话，凯瑟琳则微笑地点着头。大家私下都笑她们成了同性恋了。范妮手一挥：“去去，别乱说，小心让博士听见。”

来的第二天晚上，范妮无意中抱怨走得匆忙，没带多少衣物。凯瑟琳听了，马上将自己常穿的几套衣服清了出来。范妮推辞不脱，只好穿上。穿上之后，她和凯瑟琳更像了，连凯瑟琳自己都开玩笑说如果范妮拿着她的身份卡出席有关会议，不会有人怀疑她的身份。

按照警卫小组的安排，凯瑟琳博士这段时间尽量不外出，不会客，不给本科生上课，不在公众场合出现。实验室的一切对外面保密，实验室不接受外来人员，实验室外的工作人员与课题组人员必须签订保密承诺，不向外界透露实验室的任何情况，包括实验室人员的情况。Z 市警察局给凯瑟琳专门配了一辆防弹车，两个警卫紧随凯瑟琳左右，另外两个则做机动，负责处理其他情况。

这些措施正合凯瑟琳心意。自从老师去世之后，她感到自己肩上的担子骤然加重了许多，她只想抓紧时间，早日将老师的课题做出来，完成老师的遗愿。因此，她不仅严格遵守警卫小组的规定，还借机推掉了一些她本来需要参加的活动，如出席市政府的招待会、学校的一些学术会议等。需要一些什么私人物品，她一般委托范妮替她去买。

由于凯瑟琳不再露面，经常在外活动的范妮便被人们误认为凯瑟琳。有几次，走在校园里，都有人将她当成了凯瑟琳，问她的试验进行得怎么样了，或者说她变得更年轻漂亮了，向她请教保养的办法。每逢这种时候，范妮只是微笑，从不说破，别人叫她凯瑟琳博士，她也毫不迟疑地回答。后来，凯瑟琳的一个学生知道了此事，告诉了凯瑟琳，她有些不解。范妮拉着她的胳膊，撒娇地说：

“姐姐，我懒得和他们解释。我得说我不是你，然后又得解释不是你为什么这么像你，还穿着你的衣服，还得解释与你是什么关系，多麻烦哪。再说，我是多么羡慕你啊，就让我装几天吧。”

凯瑟琳笑笑，点头同意了。专业之外，她是个简单的人，看不出范妮假扮她有什么不好的用心。

一天傍晚，范妮正在校园转悠，凯瑟琳托她到学生中心的邮局发几封信，她趁机绕了一个大弯，在校园里各个角落走了一圈。快到学生中心时，斜刺里蹿出一个人来，对着她叫道：

“凯瑟琳博士！”

范妮转过身来，望着对方，模仿着凯瑟琳的语气，问道：“有事吗？”

这是一个三十来岁的年轻人，略嫌早了一点地穿了一件长风衣，右手插在风衣口袋里，左手拿着一份文件。

范妮按响了衣兜里的隐秘报警器。

这时，正好一群学生从他们身边走过。年轻人慢慢地走向范妮，说：“系主任要我送份文件给您。”

范妮接过文件，翻了翻，却是几张空纸。她正要拔枪，年轻人插在风衣口袋里的右手却先抬了起来，两发子弹一起打在范妮的胸前。范妮晃了晃，鲜血从胸部喷涌出来，倒在地上。

年轻人转身就走，背后忽然传来一声低沉的断喝：

“不许动，调查局特工，举起手来！”

年轻人慢慢举起手来，忽然，他往下一蹲，身子就势在地上打了一个滚，举起枪来。然而迟了一点，探员先开了枪，子弹打在他的右手上，他的枪掉在地上。他略一迟疑，左手抓住风衣领子，就往口里送。这时，躺在他旁边的范妮忽然伸出手，抓住他的头发，往后面用力一拉，年轻人咬了一个空，一时不知所措。范妮翻身跃起，骑在他的身上。另一探员赶上来，给他铐上了手铐，然后用一把小刀，挑开他的风衣领子，搜出一粒绿色的胶囊。

范妮解开外套的一粒扣子，伸进手去，掏出两个塑料包，里面的血浆还未流完。她指着身上的防弹衣，笑笑："这东西还真管用。不过穿着不大舒服。"

凯瑟琳博士知道事情真相后，不禁热泪盈眶。她一直以为自己对范妮很好，没想到范妮不仅处处为她着想，而且以身犯险，差点为她付出了性命。

行刺的年轻人叫道格拉斯，首都警局的探员。抓获之后，当地调查分局马上派人用直升机将他押送到特别行动处的驻地。但驾驶员中途接到特别行动处的命令，将道格拉斯直接押送到空军总医院。那里已经为他做好了检查和手术的一切准备。

有了上次手术的经验，哈定博士这次手术做得十分顺利。他全部采用碳分子合成材料制成的手术器械，以避免对CT成像仪上那个微弱亮点的干扰。然后采用微创手术，成功地将道格拉斯头中的"米粒"取了出来。

道格拉斯从麻醉中清醒之后，向调查人员讲述了自己的故事。

得到道格拉斯的证词，纳尔逊马上决定，包围并搜查"人子降临"总部。

十六

奎恩匆匆地走进米勒的办公室，与正准备出门的露丝差点撞个满怀。露丝诧异地看着奎恩，转身跟了进来。

米勒坐在自己的办公桌后，一只手撑着额头，显得有些疲惫。

“教主，大事不好，道格拉斯被抓住了。”奎恩开门见山，连必要的礼节都顾不上了。

“消息可靠？”米勒震惊地问。

“绝对可靠。我们负责跟踪的人亲眼看到的。”

“没有将他击毙？”

“来不及。调查局早有准备。跟踪的人还没来得及行动，就来了一辆防弹车，将道格拉斯拉走了。”

“这是什么时候的事？”

“十五分钟前。”

米勒沉思了一会：“马上将与‘米粒’有关的资料、设施与材料销毁，有关人员暂时转移。”

“教主，销毁是否暂缓一步？”奎恩斟酌地说，“这是我们的最高机密，花费了您不少的心血。”

“你有什么主意？”

“我建议，教主，先将与‘米粒’有关的资料、设施、材料和人员转移到一处秘密地点。同时启动C1计划。”奎恩压低声音，“总统晚上会出席一个中期选举的聚餐会。我准备派六个米粒携带者进入会场。只要总统一死，这个国家就会陷入混乱，我们的事就没人顾得上了。只要给我两天时间，我保证将一切处理得干干净净。”

“纳尔逊呢？他会受到干扰吗？”

奎恩一笑，从口袋里掏出一张照片。

“我有办法对付纳尔逊。您看，这是他的宝贝女儿。只要她一消失，纳尔逊就吃嘛嘛也不香了，还有精力来管我们的事？”

米勒往奎恩手上看了一眼。一个长相秀丽、清纯的白人女孩正在对着他微笑。

“先生，我觉得不妥。”露丝插进来说，“清除总统是件大事，是对国家的背叛，不能这样草率决定。至于这个女孩，我不相信她对纳尔逊有这样大的作用。而且相关人员还可能对他封锁消息，他无法得知女儿的死讯，女儿的死自然也就无法干扰他的工作。”

“露丝说的有道理。”米勒沉吟地说，“清除总统是件大事。一旦走出这一步，我们就会成为国家的敌人，不到万不得已不能这样做。我们的目的是光明正大的，不怕向世人公布，不能因此将自己陷入不义，在世人面前抬不起头，在历史上落下骂名。”

“但是，教主……”奎恩想表示反对，看到米勒对他摆了摆手，又改口说，“纳尔逊怎么办？”

“他的女儿我们可以采取行动。有人对他封锁消息，我们可以将消息透露给他。这也是对他的惩罚。”米勒眼中现出怒气。

奎恩点点头走了。米勒盯着他放在桌上的照片，眼中渐渐充满忧郁。他从来没有直接下令杀人，只是在别人拟定的计划上签字。

露丝的双手搭在他的肩上。米勒抬起一只手，放在露丝的手背上，自言自语地说：

“《麦克白》有句台词，‘麦克白谋杀了睡眠’。你也谋杀了睡眠，从今以后，你很难睡得安稳了。”

“先生。”露丝将另一只手放在米勒的手背上，安慰地抚摸着。

“我一心想造福人类，不知道怎么一下变成杀人犯了。”米勒有些伤感地说，“研究米粒之前，我曾考虑到可能的后果。但有人劝我有备无患，先研制出来，可以不用。可是魔鬼一旦产生，不用是不可能的。于是我决定严格控制使用的范围。然而一旦开始使用，情势又逼使我不得不不断地扩大使用范围。现在连这样清纯的女孩，甚至连总统都进入了我们的目标。我们究竟怎么了？”

米勒不禁泪盈眼眶。

露丝无声地叹了一口气：

“先生，您还可以撤销您的指令。”

米勒摇摇头：“走不回去喽。莎士比亚的《裘力斯·凯撒》说，错误一旦开始，就只有用错误来维持。我们必须打乱纳尔逊的部署。”

露丝在米勒的话中感到一丝凄凉。她把米勒的手握得更紧了。

一七

奎恩回到自己的办公室，用一台红色的电话机往外打了一个电话：“先生，米勒不同意清除杰克。”

“你先斩后奏。”

“现在办不到了。”

"为什么？"

"上次清除行动失败之后，米勒对我起了疑心，将对'米粒'的控制权收回去了。"

"什么控制权？"

"是这样的。'米粒'进入人脑之后，可以向携带者灌输其所内含的思想，但并不会主动对携带者发出行动指令。要使携带者执行某种任务，就必须激活'米粒'。这就需要密码。每粒'米粒'都有一个密码。要向它发指令，必须先输入这个密码。上次事件后，米勒已经命令密码的保管者，没有他的亲笔签名，他不能将密码告诉任何人。"

"能否收买那个人？"

"不可能。那是米勒心腹中的心腹，跟了他二十多年了。"

"如果米勒突然死了，'人子降临'由谁掌握？"

"由负责宗教事务的副大主教掌握。但安全方面的事由我负责。"

"也就是说，米勒如果去世，'米粒'就由你控制了？"

"是的。"

"那么，清除米勒。"

"清除米勒？！"奎恩吓了一跳。

"清除米勒！不然，你怎么掌握'米粒'？"

"副总统……"

"不要叫我的职务。"对方严厉地打断了奎恩。

"对不起，先生。我是说，米勒在'人子降临'的拥护者很多，而且警卫森严，清除他是一件十分困难的事，而且很可能在

‘人子降临’内部引发地震，混乱中安全人员不一定都会听我指挥。是不是缓一下？”

“没时间了。我告诉你，道格拉斯已经招供，纳尔逊已经准备对你们动手了。杰克忙于中期选举，委托我处理，我暂时拖着。但晚餐会过后，杰克就会腾出手来过问这件事，那时你们就在劫难逃了。唯一的机会就是今晚的聚餐会。我掌权之后，事情就好办了。你也能马上到国防部上班。”

“好——吧。”

“千万不要犹豫。做大事的人不能婆婆妈妈。我介绍给你的那两个人现在可以启用了。你就说，梵蒂冈要你们做一件事，他们就会按你说的去办的。”

那两个介绍进来的人外形上很有特点，一高一矮、一瘦一胖、一黑一白。听说是梵蒂冈交代的任务，两人态度都很积极。

“下午三点到五点是米勒的办公时间，没有特殊情况，他一般都会在办公室。进入米勒的办公室有两道关卡。”奎恩交代说，“第一道在大门口，那里有四个警卫。这道门管理比较松，有我发的通行证就可进去。但那里有一道金属探测门，带枪进去肯定会被发现。第二道在米勒办公室外，有两个警卫，我签发的通行证在这里不管用，你必须预约并经过米勒的秘书露丝的同意才能进去。进去后，你必须先经过秘书室，然后才能到达米勒的办公室。秘书室一般有两个人，一男一女。女的就是露丝，男的是海军陆战队出身，受过格斗训练，但没配武器。如对你们产生怀疑，他们也可随时阻止你们进入米勒的办公室。”

“那怎么办？”高瘦黑有点沮丧地问。

“干脆冲进去。”矮胖白说。

“听我把话说完。”奎恩不高兴地说，“冲不是办法，米勒的卫兵都训练有素，你们不一定冲得进去。而且，米勒的办公室有暗道，外面发生骚动，他就躲进暗道去了，你们即使冲进去，也找不到他。因此，我们只能智取，不能蛮干。”

黑白二人目不转睛地看着他。

奎恩继续布置：“第一卡最重要。我可以给你们发一通行证，你们进入大门后不要走电梯，右转走楼梯，在一楼平台的消防柜里，我藏了一把手枪，带消音器。你们拿了手枪后，到二楼米勒办公室门口，不等警卫问话，就把他们干掉，拿到他们的武器。然后按门铃，交叉的两长两短，听到这个信号，里面的人就会把门打开，你们冲进去，一个人对付秘书室的人，另一个进去将米勒干掉。”

黑白二将显得兴奋起来。

“你们要做好牺牲的准备。”奎恩严肃地说，“你们闹出的动静很可能会被大门口的警卫察觉，这样，你们就出不来了。米勒的办公室内有暗道，出口就在他的转椅下面，但开关在哪里，怎么操作我不知道。到时愿上帝保佑你们。梵蒂冈交代，如果你们脱不了身，你们必须自裁，不能留活口到他们手里。他会照顾你们的家人。”

“放心，我们不怕死。”高瘦黑回答。

“愿为梵蒂冈效劳。”矮胖白举起右手，宣誓似的说。

奎恩目送他们离去，又用红色电话机向外打了一个电话。

“开始了。”

十八

露丝早晨起来，右眼皮跳了一阵，她没有在意。她用冷水拍了拍眼睛，用洗面奶仔细清洁了面部，敷上一片面膜，开始吃早餐。早餐后，她将早餐用具放在洗碗槽里，等钟点工来清理，然后取下面膜，用清水清了脸，细细涂上一层收缩水，再打上修复霜，换上工作套装。一个美丽、干练、人们熟悉的秘书便又新鲜地出现在大家的眼前。看着她脸上自信的笑容，谁也不会想到，就在昨天晚上，她还偷偷地哭了一个钟头。

她来到米勒办公室门口，警卫麦克亲切地对她点点头："露丝小姐，您今天气色特别好。"

"谢谢你，麦克。"露丝柔和地说，"先生还没来吧？"

"还没有。"

露丝走进米勒的办公室，将办公桌用抹布抹了一下，将花瓶里的水倒掉，换上清水。这时，另一个男秘书也走了进来。

"露丝小姐，这些杂事有勤杂工，您别大材小用了。"

露丝笑道："闲着也没事，动一动活动筋骨。"

突然，她的右眼皮又跳了一阵。这勾起了她的忧郁。

"皮尔斯，我上次要你在办公室放一支枪的，你准备了没有？"

"准备了。一把点 45 的大口径手枪。"男秘书回答。

"谢谢你，"露丝客气地说，"这几天我一直有一种不祥的预感，总觉得会出什么事。我们得小心一点。"她打开门，"麦克，从今天起，我们将开门的暗号从交叉的两长两短改为三短一长，连续两次。”

“好的，放心，露丝小姐。”

上午平静地过去。米勒在地下室做研究，露丝和皮尔斯整理相关文件，将文件分类，并在另一张纸写上自己的处理意见，夹在文件中，供米勒处理时参考。下午三点，米勒来了。他今天心情不错，在秘书室与两位秘书聊了很久一会才进自己的办公室。

一切平静。

下午四点，传来交叉的两长两短的按铃声。露丝神色大变，看了皮尔斯一眼，皮尔斯从抽屉里拿出点 45 手枪，上了弹，慢慢移到门的侧面。两长两短的铃声又响了一次。露丝轻轻地上好保险，将门开开一条缝。一黑一白两条汉子拿着枪，杀气腾腾地站在门外。她连忙关门，但是门已被两人从外面抵住。“嗖、嗖”两声枪响，一枪打在露丝身上，一枪打在保险的铁链上。露丝倒下了，门打开了。高瘦黑和矮胖白闯进来，一个向米勒办公室冲去，一个停住脚步，眼睛在秘书室里搜索。闪在门侧的皮尔斯连忙开枪，两个闯入者还没来得及开枪，就先后倒下了。皮尔斯又在两人头上各补了一枪，然后向露丝跑去。与此同时，米勒也从办公室冲出来。

楼下的警卫听到枪声，迅即封锁各个通道，向楼上增援。办公室主任吉米带着卫队赶来，封锁了整幢房子。

露丝胸部中弹，伤口已被临时包扎，但鲜血仍在不停地向外渗透，整个上装一片红色。她靠在米勒的身上，眼睛尽量往上抬，想看米勒的脸。

“先生！”

“露丝，再坚持一下，救护车马上到了。”米勒一只手揽着露丝，另一只握着露丝的手，心如刀绞地说。

露丝微微摇摇头。“没必要了，先生。”她看看周围，“您请大家出去一下，我想和您说几句话。”

人们默默地退出去。

“先生，”露丝的声音已经很微弱了，“我十八岁与您相遇，现在已经整整十八年了，在您身边工作也已十三年。我很感谢您给我这个机会，让我能与您朝夕相处。”

“我更感谢你，露丝，你是我幸福与愉悦的源泉。”米勒衷心地说。

“我爱您，先生，可是我一直没有机会对您说。我总感觉您在回避我。开始是因为夫人在，我明白。但夫人去世后，您还是回避我。为什么呢？”

“露丝，你不知道，我也爱你，但我不敢接受你的爱。开始是因为我的妻子，后来是因为我决心将自己献给上帝，为人类造福。再后来，‘米粒’开始杀人之后，我觉得我配不上你了。你太纯洁，而我，手上却沾上了鲜血。”

“我知道，您是迫不得已，您的内心是痛苦的。但是您的事业要求您这么做。我理解您，我不责怪您，我也没有资格责怪您，我也是参与者。”露丝轻轻咳了一下，脸上露出痛苦的表情。

“我害了你，露丝。”米勒悔恨地说。

“不，不。别这么说，我是自愿的。”露丝喘了一口气，“为什么说这些话呢？亲亲我吧，先生。我认识您这么多年，您没有亲过我一次。有时晚上想起这，我不禁哭出声来。”

米勒低下头，庄严地在露丝额上亲了一下。

“不，”露丝摇摇头，努起了嘴唇。

米勒再次低下头，两人吻在一起。

“我爱您，先生。”

“我也爱你，露丝。”

“我死后，请将我埋在夫人的旁边，我想在天国一直陪伴你们。先生，这是我最后的请求。”

“好的，我答应你，露丝。”米勒哽咽着说，“我们三人埋在一起，共同去往天国。”

“谢谢您，先生。”露丝脸上露出笑容。这笑容慢慢僵住，她的头无力地垂了下去。

“露丝——！”米勒撕心裂肺地喊着。

人们涌进来，米勒紧紧地抱着已无反应的露丝，露丝的血染在他的身上，两人红在了一起。

一个三十多岁的黑人青年看了看两个凶手，附在米勒耳边说：“教主，这两人是奎恩的手下。”

“赶快逮捕奎恩！”米勒抬起满是血泪的脸，咬着牙说。

“是。”黑人青年转身就走。

“吉米，多带些人去。”米勒冲着吉米的背影喊道。

十九

一阵激烈的枪声。吉米匆匆返回米勒的办公室。

“教主，奎恩已经自杀。他的几个亲信已被逮捕，我已接管安全部的指挥权。”

“好的。”米勒仍然抱着露丝坐在地上，但神色已经完全镇定。他正在向其他几个闻讯赶到的副主教发指令。

“马上停止‘米粒’的活动，将它们封存起来。”他指示自己的技术助手，管科技的副主教。“我们不应靠‘米粒’实现我们目标。我们应靠真理。以后，我们要加大宣传的力度。吉米，你马上着手清除奎恩的党羽。奎恩的职务也由你担任。”

这时，一阵更激烈的枪声从外面传来。

米勒询问地看着吉米。

“是纳尔逊。”吉米肯定地说，“他带着一千多军警将我们包围了。我已经命令保卫人员进入阵地，其他工作人员，参观的和前来参加礼拜的人暂时集中在大礼堂。”

负责宗教事务的副主教问：“你是想让这些人做人质吗？”

“由人子决定吧。不过，没有这些人质，我们两百来人的保安是无法抵挡配备了装甲车的一千多军警的。”

外面传来高音喇叭的广播声：

“米勒先生，你们被包围了，请停止抵抗，避免无谓的牺牲。米勒先生……”

“我们真的错了吗？”米勒看着大家问。

大家互相询问地看着。最后，负责宗教事务的副主教高尔史密斯打破了沉默：

“我认为我们没有错。我们的目的是人类的长远幸福、永久安宁。我们并不反对科技，我们反对的是那些会给人类带来灾难的科技，反对那些打着高科技的旗号来满足自己的私利的科学败类和无良政客。”

“也许，我们不该发展‘米粒’，”主管科技的副主教踌躇地说，“这给当局提供了打击我们的借口。”

“我们的确不应研制‘米粒’，这不仅是因为给了当局借口，更是因为它被滥用了。目的正确不见得手段就必然正确。我们应该吸取这个教训。”米勒停顿了一下，目光挨个地从每个人脸上扫过，“我决定停止抵抗，释放人质。抵抗只会增加死亡，是无意义的。而且我们的确有错，这个责任由我承担。”

“不，教主，我愿意承担。”负责宗教事务的副主教说。

“我来承担。”

“我们共同承担。”

“教主，地下室有一条通往外界的暗道，只有少数几个人知道。我叫几个人保卫您和其他副主教先出去吧！”吉米说。

米勒摇摇头：“我们要的不是活命，我们要的是合法。只有合法，我们才能继续我们的事业。除了‘米粒’、暗杀，‘人子降临’没有其他违法的活动。我承担起违法的责任，你们再继续我们的事业。”

“教主，要承担责任也应该是我们这些从事具体工作的人。”高尔史密斯激动地说。

米勒坚定地摇摇头："有些责任不是你要承担就承担得起来的。这个责任得我来承担，死去的奎恩也有责任。如果面临审判，你们可以把责任往我们两人身上推。不，不，你们不要劝我，我的决心已定。再说，露丝死了，我的心也死了，活着对我是件苦差事。吉米，把露丝放到我办公室的床上去。"

吉米小心地从米勒怀中接过露丝，将她轻轻地抱起，送到米勒的床上。

米勒站起来，对皮尔斯说："替我拿套衣服来。"说完走进自己的办公室。

再从办公室出来，米勒恢复了以往的神态，从容、自信。他从口袋里掏出三个优盘，高尔史密斯、吉米和主管科技的副主教每人给了一个。

"三个盘中的内容是一样的，包括我对'人子降临'今后工作的设想，我的一些科研计划，和几个银行账户。账户的密码三个盘中各有一部分，合起来就是完整的密码。我估计你们会受到审判，但不会判刑。我希望风暴过去后，你们能再聚合起来，继续我们的事业。高尔史密斯担任主教，吉米担任负责安全的副主教，其他人职务不变。"

"教主……"大家黯然神伤。

米勒一一拥抱了大家。

"我去大教堂演讲。吉米，演讲之后，你让大家自由离开。然后，让卫队放下武器。你们几个，就留这里吧。他们会来带你们走的，不过不会有大的问题，最多关个几个月。走吧，吉米。"

在去教堂的路上。米勒嘱咐吉米，他死了之后，将他与露丝、他死去的夫人葬在一起。

“拜托了。”米勒停住脚步，郑重地向吉米鞠了一躬。

“教主，”吉米动情地说，“事情没有坏到那步田地，我们会请最好的律师尽力为您辩护的。”

米勒笑笑：“总得有人承担责任。”

教堂聚集着几百“人子降临”的工作人员、参观者和前来做礼拜的人。大门被武装警卫守着，不得出去。外面高音喇叭仍在不停地响着。人们六神无主、窃窃私语。忽然，米勒出现在布道坛上。这次他没穿教袍，而是穿的一套米色西装，潇洒、自信而从容。

“上帝之子！”大家都感意外，不禁激动起来。

米勒用他那经典的动作，将两手向前伸出，人群慢慢平静下来。

“女士们、先生们、教友们，”“上帝之子”的声音仍然是那样的镇定，充满磁性，“现在政府出动了上千名武装人员，二十多辆装甲车，将‘人子降临’总部围得水泄不通，并开始摩拳擦掌，准备对无辜的‘人子降临’的工作人员大开杀戒了。我们做错了什么吗？没有。我们的目的只是想消除那些对人类的幸福与未来产生威胁的东西。这些东西以先进科技的面貌迷惑着公众，但是它们带给人类的只是痛苦、灾难与毁灭。对于这些貌似先进实则灾难的东西难道不应该制止吗？但是少数利益集团和一些无良科学家却为了自己的私利，在政府的支持下以种种借口发展这些最终将导致人类毁灭的东西，将他们的利益建立在广大民众和整个人类的灾难之上，这难道合乎正义的原则吗？我们是爱好和平的，我们反对流血。但是面对这些受到政府支持的强势集团，我们的声音根本没有人听，我们的主张根本不可能被政府采纳。在毫无办法的情况下，我们采取了一些行动，有选择地清除了一些对人类危害极大的极端科技主义者。这难道是犯罪？不是，这是造福。‘人子降临’不谋求任何私利，它只祈求人类能够健康幸福地生活，只祈求人类能够永世长存。可是现在少数权势集团在政府的支持下却企图毁灭它。我吁请人民走上街头，表达自己的意愿，向权势集团和少数极端科技主义者表达你们的义愤，向祸害人民的政府表达你们的愤怒。我呼吁‘人子降临’的教友们马上行动起来，向政府进行抗议。我们不能任人宰割，我们愿将我们的满腔热血献给人类的幸福。阿门！”

“阿门！”人们同声应和着。

“当然，我们做错了一些事，”米勒语气一转，“这责任由我一人承担，与‘人子降临’的其他工作人员无关，希望政府不要为难这些人。我愿意以自己的鲜血来洗清这些错误。请在场的教友为我做证。”

米勒手中忽然出现一把手枪，枪口对着自己的太阳穴。

人群一阵惊叫。

惊叫中，枪响了，米勒倒在布道坛上。

二十

一年以后。城郊墓地。

一块朴素的大理石墓碑。上方是一位女孩的彩色半身像，她那清澈的大眼睛注视着前方，眼中满含着对未来的憧憬。照片的下方，是一行金色的字：

苏珊·纳尔逊

金字的下方，是一行红色的小字：

亲爱的女儿，爸爸愿你在天国幸福！

纳尔逊坐在墓碑前面，透过泪水，默默地凝视着女儿清秀的面容。

“人子降临”被取缔之后，各种事情纷至沓来，纳尔逊忙得没有时间与女儿联系。一天下午，他正在办公室研究从“人子降临”总部带回来的资料，调查局局长忽然走了进来。

“局长？”纳尔逊有点奇怪地站起来。没有特殊情况，局长很少亲自到他这儿来。

“坐，坐。”局长拉着纳尔逊坐下，“这次‘人子降临’的案件，特别行动处侦破得十分彻底，总统打电话来要我向你们表示感谢，等这一事件告一段落之后，总统将举行仪式，给其中的有关人员授勋。你将得到一枚国旗勋章。”

国旗勋章是国家最高荣誉，纳尔逊十分激动，请局长代他向总统表示感谢。

“最近和你女儿联系没有？”局长话题一转。

“还没有。”纳尔逊有点抱歉地说。攻陷“人子降临”总部之后，要处理的事情太多了，他想忙过这一阵后再到女儿那里去，和她吃一顿饭，再到公园里散散步。

“有件事情想告诉你。”局长欲言又止地说。

“什么事？”纳尔逊心头掠过一片不祥的乌云，他下意识地抓住局长的手。

“你女儿去世了。”局长轻轻地说，不敢看纳尔逊的眼睛。

纳尔逊感到一阵天旋地转，局长的话似乎远在天边。

“一个‘米粒’携带者袭击了她和保护她的探员。你女儿表现得非常勇敢。在探员中弹牺牲之后，她一脚踢飞了袭击者的手枪，与袭击者展开了搏斗。袭击者就是那个学校体育专业的一名学生，身高体壮。你女儿终因体力不支，身中数刀，流血过多而死。但她的搏斗阻止了袭击者的逃跑，他被赶来的校园警察抓获。”

“苏珊——”纳尔逊撕心裂肺地喊了一声。泪水在他眼中打旋，他仰起脸，以免它掉落下来。

局长悄悄地退出办公室，带上了门。

纳尔逊请了几天假，将女儿的遗体带回来，安放在城郊墓地西南角一个树荫浓密的地方。从此，这里成了纳尔逊常来的地方。他一有空，就驾车来到这里，在女儿的墓前坐上一会，换上一束新的鲜花。这样，他的心情便会平静、安宁许多。

有时，纳尔逊也在墓地周围走走。有一次，他竟意外地看到了米勒的墓。他的两旁，是他的夫人和一个叫作露丝的姑娘的墓。米勒的墓碑上刻着一行字：也许，他有错，但谁也不能否认他是一个良善的伟人。字的下面，是另一行小些的字：目的正确，手段也需正确。纳尔逊在米勒墓前坐了很久，对这个前对手他在内心深处有着一份尊敬。发现这块墓地后，来看女儿时，他有时也会带束鲜花，放在米勒的幕前。但他常常反思，米勒的手段是错的，他的目的就一定正确吗？他觉得自己无法得出肯定的回答。

在对奎恩的调查中，发现了他与副总统的通信记录。一条大鱼被抓住了，很多疑团也就得到了解释，包括“人子降临”为何如此消息灵通。

女儿去世之后，纳尔逊对那个体育生虽然恨得咬牙切齿，但他还是从理智的角度原谅了他，考虑到体育生当时也是身不由己，不能为自己的行为负责，他主动请求法庭减轻对他的处罚。法庭最后判了体育生两年有期徒刑，监外执行。但体育生无法面对自己曾经犯下的罪行，整天生活在痛苦、自责与悔恨之中，终于有一天，他来到苏珊的墓前，开枪自杀了，以这种方式，承担起了自己行为的后果，向他的受害者谢罪。他的鲜血溅在苏珊的墓碑上，与苏珊的遗像一起，向世人昭示着“人子降临”的罪行。

“人子降临”取缔半年之后，其中的一些人又发起成立了一个叫作“自然教”的组织，继续从事反对高科技的活动，但态度平和了许多。近两个月来，由自然教牵头，社会上掀起了一股为“人子降临”翻案的潮流。这些人反对将“人子降临”定性为恐怖组织，也反对将它称为邪教。他们认为米勒等人是一群误入歧途的现代科技反对者，他们出发点是好的，心是善良的，只是采用了不恰当的手段。这一观点引起了大多数人特别是科学界与“米粒”受害者的愤慨，导致了一场波及全国的大讨论，讨论最后转移到对于现代科技的评价。在国会听证会上，纳尔逊以证人的身份发表了自己的看法。他认为，“人子降临”对于现代科技的看法是不正确的，所采用的手段更不正确。自己女儿的被暗杀以及体育生的悲剧，就是一个有力的证明。国会最后采纳了纳尔逊等多数人的意见，将“人子降临”定性为恐怖组织与邪教组织。但由“人子降临”引发的对于现代科技的看法问题却至今不能统一意见。米勒的幽灵还在不少人心中游荡。

一位漂亮的中年妇女出现在纳尔逊面前，那是珍妮。

说也凑巧，谢尔曼的墓地也在这个公墓里面，离苏珊的墓地不远。珍妮常到这里来看望她的丈夫，因此和纳尔逊常常见面。经过一年多的冷却，珍妮对纳尔逊的仇恨已经消失，对他失去女儿充满同情。慢慢地，两人竟产生了一种同病相怜的感觉，建立起了一种亲密的友谊。

“人子降临”事件结束不久，其潜在的支持者利用谢尔曼的死做文章，起诉到法庭，指责纳尔逊滥用职权，在没有把握的情况下贸然手术，导致了谢尔曼的死。他们争辩说人的尊严与生命权高于一切，不管破案如何需要，也不应拿无辜者的生命冒险。此案在总统书面证词的干预下被宣告败诉。但最使纳尔逊感动的还是珍妮以死者家属的身份做的证词：

“不能说我的丈夫是罪有应得，因为他是无辜的，但他的死的确是事出有因。当时‘人子降临’活动非常猖獗，每过几天，就有一位著名科学家死去。这在国内引起的混乱，大家有目共睹。而弄清谢尔曼杀人的动机，是破案的关键之一。在这种情况下纳尔逊决定给谢尔曼做手术，我觉得是无可非议的。而且这个手术又不是非死人不可。后来的很多例手术都很成功就是明证。从死者家属的角度，我可以保证，我和我的两个孩子都认为，纳尔逊的决定是必要的。”

珍妮的一番话说得原告律师哑口无言，也使得纳尔逊的心与她靠近了。

“回去吧。”珍妮站在纳尔逊的面前，轻声说道。

纳尔逊又看了女儿一眼，恋恋不舍地站了起来。

两人并肩向着城区走去。

（原载《创作与评论》2015年第6期）

误入桃源

引子

钱多，这个名字有趣吧？我钱多吗？我其实没有钱，才大学毕业，工作都没有。不过，我父亲的确有钱。我父亲叫钱绍。他小时家里很穷，在学校看着同学吃零食，只能咽口水。同学们戏称他“钱少”，多少的“少”。后来他发达了，接过这个称呼，改成“钱少”，少爷的“少”，以证明自己从小高贵，读小学时就受人尊敬。不过这是插话。我想说的是我父亲结婚时钱包还瘪瘪的，我出生时钱包鼓了一点。他老板因他工作能干，给他加了薪。他一高兴，就给我取了“钱多”这个名字。我要说，这个名字还真给他带来了财运，第二年，老板又给他加了薪，又过几年，他辞职单干，自己办了一个公司，生意越做越好，现在上海滩，也算是小有名气了。但他商场得意，子嗣失意。我母亲生了我之后，接连给他生了两个女儿，他娶了一个姨太太，干脆一个也没给他生。他想再娶，但我母亲不干了。母亲说，我儿子也给你生了，女儿也给你生了，你凭什么再娶？我二娘也不干。我二娘没生一个儿女。如果我爸再娶一个进来，生个一儿半女，那她在家里就只有喝西北风了。而且社会也不同意。那时“五四”已经过去，上海有钱人中流行的是向欧美看齐。人家可是一夫一妻制，连总统都只有一个老婆，你钱绍凭什么有了两个还要再娶一个。我父亲只好作罢。因此说我钱多，也不是没有道理。反正我父亲的以后都是我的。

我大学学的是经济，这是我父亲的意愿，我自己喜欢的是文学。大概是看多了浪漫爱情小说，我爱上国文系一个长得漂亮的女同学。这个女同学叫曼丽。但曼丽名字洋气，家里并不洋气。他爸在我爸公司上班，职位不高。我赌咒发誓地说只要她嫁给我，我一定想办法让他爸坐上公司副经理的位置。但我还没兑现承诺，我与曼丽恋爱的事就被我爸发现了，他坚决不同意，即使我说不准我娶曼丽，我就要自杀，他也不同意。他给了曼丽父亲一笔钱，要她爸带着她到南京生活去了。我也没有自杀，因为我对自己的生活还算满意。但我跑到了南京，拐弯抹角，终于找到了转到金陵女子大学读书的曼丽。没想到曼丽也不愿与我继续交往了。她说:“钱多，我知道你是好人。但你太好了，我配不上你。以后不要来找我了。”

我无精打采地回到上海，开始绝食抗议。我觉得都是我爸的错。如果曼丽的父亲仍在我爸公司工作，她是不会不和我好的。我妈看我三天不吃饭，急得都哭了。她找我爸吵，要他想法解决问题。第三天晚上，我爸找我谈话。我一只手搭在我妈的肩膀上，有气无力地挪进了我爸的书房。我爸扶我坐下，待我妈离开之后，直截了当地对我说："多多，你别装了。你那套把戏瞒得过你妈，瞒得了我？你说，你私下要肖仁给你买了多少东西吃？"我不好意思地笑了："爸，我有气。""你有气？没出息。你是我钱绍的儿子，将来是要继承我的家业的，你找一个穷光蛋的女儿干什么？再说，那女孩屁股那么小，肯定是不会生孩子的，你找她干什么？真的想让钱家断子绝孙？""可是我爱她。""你懂个屁的爱，天涯何处无芳草，你是钱少（他把他自己的名字给了我），哪里找不到一个老婆。我给你说，我今天跟你好说好商量，你再不听，我就做死地打你一顿，再关起来，让你尝尝真正三天不吃饭的滋味。""但我心里不高兴。"我妥协地说。"不高兴？"我爸讥讽地学着我的语调，"那好，你说你要怎么办？""我要到全国各地去玩，什么时候高兴了什么时候回来。""好，成交。"

我爸派了他的手下，我的好朋友肖仁跟着我，开始了我两年孟浪的江湖游历。

一

钱多与肖仁手攀脚爬地走过最后一段陡峭的山路，来到一个垭口，顺着这个垭口再往前走二百米，杏花坪就在他的眼前展现开来。

这个坪夹在两山之间，周围是陡峭的高山，两山之间是一块平坦的谷地，十来平方公里，万多亩地。整个坪呈狭长形，最宽的地方不过七八百米。一条小溪弯弯曲曲地在坪中流过，在每个拐弯处留下一个浅滩，薄薄地积着一层清水。坪里稀疏地散布着一簇簇的村落，房子多为木头结构，上面盖着青色的瓦，屋顶上面笼罩着一层青烟，正是吃中饭的时候。四月初的杏花开得正盛，绕着青青的农舍，黑白分明，煞是好看。

好地方啊。钱多吁了一口气，正想和肖仁交换一下看法，却惊讶地发现，周围不知什么时候围上了五六个山民，都是二三十岁的精壮小伙，手里拿着长矛大刀，一个拿着一杆猎枪，为头的那个四十来岁，斜挎着一把盒子炮。盒子炮装在一个黑色的匣子里，匣子上的皮带没有了，用一根家织布做的白布带连着。

“什么人？”为头的带着审问的神色问道，语气并不严厉，带着浓重的土音。好在钱多已在附近的地方待了一个多月，基本能够听懂。“我们上海来的。”钱多回答，从上衣口袋掏出一包香烟，递上一根。然后，他把香烟丢给肖仁，肖仁给每个山民敬了一根。

为头的将香烟放到鼻前闻了闻，夹在耳朵后面，指着后面跟着的两个挑夫说：“带的什么货？”“货？什么货？我们没带货呀。”“那是什么？”“那是我们的行李。”“这么多行李？”为头的汉子怀疑地打量着钱多，“一点货也没带？没带货你们来这里干什么？”

经过一番交谈，钱多才明白，为头的把他当成来卖洋货的小贩了。他连忙说明，他不是来卖洋货的，他是来旅游的。“旅游？”为头的咂摸着这两个字，疑惑地看着钱多和肖仁。“就是来这里玩。”钱多解释道。“来这里玩？”为头的仍然没有明白似的，“这疙瘩除了山就是田，有什么好玩的？”“我们钱少就是喜欢有山有水的地方。”肖仁说。“我有族长的邀请。”钱多说，从上衣口袋里掏出一块木牌。木牌制作得比较精致，长约两寸，宽一寸，上面刻着正楷“杏花坪乡乡长雷大公”几个字，笔画凹陷的地方用颜料描成金色，周围有一个凹进的方框，也用颜料描成金色。

为头的不再盘问，安排了那个背猎枪的和另一个拿大刀的给他们带路——兼有押送的意味。拿大刀的山民走在前面，中间是钱多、肖仁和两个替他们挑行李的挑夫，后面是拿猎枪的。两个山民很警惕的样子，大刀和猎枪都拿在手里。猎枪手的食指还扣在扳机上，弄得肖仁很紧张，不时回头看看，生怕他走火。还好猎枪的枪管并没指向他们。

一路无话。一行人沿着崎岖的山路默默前行。

突然，“轰”的一声，双筒猎枪击发了。五六只野鸡“咯咯”地叫着飞了起来。接着，又是“轰”的一声，铁砂与钢弹混合着火药从双筒猎枪的另一支枪管冲出来，两只野鸡扑棱着翅膀从空中栽下来。拿大刀的山民欢叫着前去捡野鸡，持猎枪的坐下来，从腰间取下火药与铁砂，重新往猎枪里装弹。军人出身的肖仁无声地笑了一下，如果他们真是敌人的话，这两个押送者肯定就没命了。不过他站着没动。

一只麂子被枪声惊起，从栖息地跑出来，一路尖叫着，“噔噔”地爬上陡峭的石壁，消失得无影无踪。山林又恢复了寂静。钱多一行人重新上路。猎枪手将两只野鸡连在一起，挂在猎枪枪管上。野鸡在他身后炫耀地晃荡着。

二

族长是个五十来岁的汉子，身材高大，强壮有力，目光有点阴鸷。当他用那双不大的黑眼珠盯着你的时候，胆小的人会产生一种不寒而栗的感觉。

不过此刻族长的表情是友好的，眼睛含着笑意。他招待钱多等人吃了中饭，趁着太阳还高，亲自做向导，带着他们沿杏花溪散步，熟悉环境。

溪水清冽，沿着溪床缓缓流淌。溪中满是卵石，大的如卧牛、立象，小的只有指甲大小。溪水在溪床凹陷的地方积下来，形成一个个浅滩与水潭。其中水深的地方，有女人赤脚站在水里，选一块大小合适顶部平坦的石头，将要洗的衣服在水里打湿，放在石头上，用一根木制的棒槌在上面敲打。敲打一阵之后，把打过的衣服丢在水里，用脚踩上几分钟，然后再放到石面上敲打。如此反复两三次，衣服便被晾在河床里到处支着的竹竿上，人则上岸，各干自己的事情。傍晚或第二天，估摸着衣服干了，再来收回去。如果晒上去后正好碰上阴天或下雨，就挂在竹竿上，等天晴了再来收。

放眼望去，这些衣服大同小异，基本是一种式样，黑白蓝灰四种颜色，偶尔有一两件红色或花色的衣服，夹杂其间格外亮眼。“大家的衣服晾在一起，会不会拿混啊？”钱多问。实际上他想问的是：这么多衣服挂在一起，会不会有人故意把别人的衣服收回去？但他没有问。“不会的。”雷大公自信地说，没有注意到钱多话中有话。“我们这里，不是自己的东西，放烂了都没人去拿。有的时候有些堂客忘记自己的衣服晒在哪根竹竿上了，只好等别人收了后才去收自己的衣服。有时碰巧几个堂客都记不清，这些衣服就会在竹竿上挂上个把月。”“那最后怎么处置呢？”“这时就该族长出面了。”雷大公说。“族长怎么处置？”“简单，”雷大公笑道，“有几个人就把剩下的衣服分成几堆，每人抱一堆回去就是。”钱多也笑了，感觉自己是以小人之心度君子之腹。

女人周围，一些男人手持铁锤，腰挎一个竹篓，在浅滩中转来转去。时不时地举起铁锤，在下半截埋在水里的大石头上猛击一下，然后弯下身子，在水面上捡拾着什么。族长告诉钱多，他们在捡鱼。出太阳的时候，鱼喜欢在石头下面的荫处待着。用锤在石头上一敲，鱼就震晕了，浮起来。两个小时的工夫捡的鱼可以吃一餐。雷大公比画着说，抬起头，朝着溪中喊：“兰大公，今天鱼多不多？”“还好。”溪中一个敲鱼的男子高声回答。“晚上送点来我家。来客了。”雷大公喊道。“好的，五个蛋牌。”“你这小气家伙，”雷大公笑骂道，转身看着钱多说，“加上四儿的那只山鸡，晚上够我们吃一顿了。”

溪里人早就注意到了他们一行，雷大公的喊声引得大家纷纷扬手与族长打招呼。一个女子放下手中衣服，扭着腰肢跑到族长面前。“爹，不要兰大公的，我衣服快洗完了，等下我来敲鱼。”女子脸对着族长，好奇的眼睛却来回打量着钱多和肖仁。接着，又抿嘴一笑，露出两个好看的酒窝。“去，去，这是男人的事。”

雷大公带着疼爱地说，“等下帮你娘做饭去吧。”女子应了一声，转身活泼泼地跑了回去，腰肢与屁股谐和地扭动着。钱多看着她苗条的腰肢和丰满的屁股，有点诧异于她的丹凤眼、瓜子脸，竟与上海当红女旦阮玲玉有几分神似。“这是您的女儿？”钱多没忍住，问道。“幺女。六儿。”雷大公说，“她喜欢和外面来的人疯，以后肯定会来打扰你们的。”

钱多心中一阵暗喜。后来他逐渐知道，杏花坪人起名的习惯比较怪，小孩生下来，头一个一般叫正名，第二个叫二佬，女孩就叫二姐，从第三个起，就三儿、四儿、五儿、六儿地叫下去，不分男女。结婚之后，女的一般叫某某堂客，男的回复正名。有地位的男人则被称为大公，比如族长是雷大公，溪里敲鱼的那个中年男人叫兰大公，在老虎垭挡住钱多他们的那群人中为头的那个叫明大公。大公这个名字有点像英国的贵族称号，一般只给那些年高德劭，或者对族里有贡献的人，需由族长提名、经大公会议讨论通过。但大公的名称可以继承，父亲去世之后，儿子特别是长子可以继承父亲大公的称号。比如族长雷大公这个称号，就是他的先祖留下的，据说已经传了十四代，是杏花坪历史最长的尊称之一。但也因此产生一种怪现象，有的男人六七十岁了还不是大公，而有的男人二三十岁就成了大公。当然，如果有理由，也可取消某人的大公称号。但同样需要族长提出，经大公会议讨论通过。不过，大家都是乡亲，都奉行多栽花少种刺的原则，因此取消一个人的大公称号并不容易。在雷大公的记忆中，还只在他父亲做族长时，取消过一个人的大公称号，他做族长二十年，还没有取消过任何人的大公称号。

三

当天晚上，钱多就住在雷大公家的客房里，肖仁住在客房旁边的偏屋。晚上闲着无事，钱多将带来的留声机上满发条，放上唱片，留声机就咿咿呀呀唱起当时上海流行的歌曲。《夜上海》《天涯歌女》《玫瑰玫瑰我爱你》《夜来香》《四季歌》《何日君再来》……一首一首的流行歌曲一波一波地袭进钱多的耳膜，美丽中含着哀愁，柔情里透着韧性。钱多听得心荡神摇，忍不住抱起一个枕头，在三合土筑的深黄地面上跳起舞来。

“噗嗤”，门外忽然传来一个女子抑制不住的笑声。钱多吓了一跳，连忙丢下枕头，朝门口看。虚掩着的房门这时推开了一条缝，下午见过的雷大公的小女儿六儿露出半个脸庞，一只黑亮的眼睛盯着钱多看。钱多拉开门，六儿闪了进来。

“钱大哥你真有味，抱着个枕头走来走去。”六儿说着笑弯了腰。“这叫交际舞，上海流行得很。”钱多有点不好意思，解释说。“我知道。我爹给我说过。他在长沙时看过，好多男男女女搂在一起跳。”六儿见过世面地说。“这个叫留声机吧，我第一次看到。这声音真好听。是从这个大喇叭里出来的吧。可唱歌的人呢？怎么将她们的歌声藏在这里面的？”

钱多将留声机的唱针拿开，取下唱片，递给六儿。“这叫唱片，声音就藏在这里面。有人唱歌的时候，录音的人就用个机器将她的声音变成一条条的音道，刻在这个唱片上，声音就保留下来了。听歌的人把唱片放在留声机上，给留声机上紧发条，再把这个唱头放在唱片上。这个转盘转动起来，唱头就会顺着音道把歌声还原，再经过这个大喇叭放大，我们就能听到了。”钱多知道不能把道理讲得太复杂，边讲边示范地将机器操作了一遍。六儿很快就学会了。她惊喜地将唱头一下放在唱片上，一下又抬起来。唱头一接触唱片，歌声就响起来，一离开，歌声就消失不见了。这令她着迷。

“我的声音也能留在这唱片上吗？”六儿向往地问。“能的。不过要钱，好多好多的钱。”钱多回答。“究竟多少？”“我想想。大概录一首歌，要一亩地的钱吧。”“这么贵啊？那我留不成了。”六儿失望地说，“我爹说了，我结婚时给我的陪嫁才五亩地呢。”“不过如果你唱得好，唱片公司可以免费给你录，不光不要钱，还会给你钱。”钱多说。“有这样的好事？你骗我吧？”“不骗你。”钱多说，“你唱得好的话，唱片公司就会把你的歌灌到唱片里，再卖给我这样的喜欢听歌的人，他们就可以赚钱。他们赚了钱，当然要分一部分给你。”“太好了，唱歌也能赚钱。”六儿神往地说，“我们这里会唱歌的老多了。要都能录到唱片里，那不就发财了。”“要唱得好才行。”钱多说。“那你听听我唱得怎么样？”六儿说。“好，你唱吧。”

六儿在房子中间站定，清了清嗓子，唱了一首当地的民歌：

柑子好吃，

柑子耶——

要吃那个柑子树上摘。

姑娘好看，

姑娘耶——

要娶那个姑娘遣媒来。

“不错，”钱多由衷地说，“声音条件比周璇的不会差。”“周璇是谁？”“就是刚才在唱片里唱歌的那个人。”“那我的歌可以录在唱片里了！”六儿拍手道。“NO，NO，”钱多一急，连英语都飙出来了。“我只是说你的声音条件与周璇一样，娇嫩、柔润、甜美，清晰。但唱歌除了先天的条件，还需后天的训练。要唱好，得进专门的学校，请专业的老师教你。”“你不能教我？”六儿问。“我？”钱多笑了，“我当然不行。我在学校学的是经济，也懂一点文学。你要做生意，我可以教你。”“做生意？我爹说做生意的都不是正经人。”“那什么是正经人呢？”“种田的啊。”“好，那就不做生意。你要学写诗，讲北方官话，我也可以教你。”“我现在想学唱歌，”六儿说，“你给我介绍一个，好不好？我天天做腊肉，打溪里的鱼，买山里的野味给他吃。”钱多又笑了，“教唱歌的老师都在上海，不会到杏花坪来的，你得去上海学。”“那得要钱吧？”“当然。路费、学费、在上海的生活费，要好多好多钱。”“究竟多少？”六儿问。“至少一百亩田的钱。”六儿的脸色暗淡下来，“那我肯定去不成。我爹不会准我去，他没有那么多钱，他总共才两百亩地。”“别灰心，六六。我叫你六六好吧？我觉得六儿不好听。可不可以？好，六六，你别灰心，如果你真的想去，我可以帮你。我爸有钱。我可以给他写信，要他资助你去上海的学校学习唱歌。不过，要做歌唱家，光会唱歌还不行，还要会说官话，会跳舞。说官话、跳舞我可以教你。我的舞跳得可好了。”“我不跳，”六六摇摇头，“我不要男人抱我。我还没嫁人呢。”钱多怔了一下，想了想说：“有一种舞叫伦巴，男女两个舞伴只要手放在一起就可以了。我只拉着你的手，总可以吧？”钱多越来越喜欢这个带着山野风味的纯朴姑娘，觉得她就像田野里的一朵野玫瑰。

六六开始有点扭捏，后来进入状态，越跳越好。她很自然地把双手放在钱多的手中，随着钱多的指挥，踏步、扭动腰肢，有时动作错了，则不好意思地咯咯笑上两声。钱多感觉比在上海的舞场与专业的舞伴跳舞还要惬意。因为六六更加自然、纯朴，而且音乐感、舞感也很好。

她差的，只是一点训练。钱多暗暗感慨。父亲说得对，天涯何处无芳草啊。想不到在这个老山旮旯里，也有这样的一块璞玉。

四

钱多喜欢上了这个地方。

白天，他和肖仁在杏花坪里到处游玩。有时在溪里戏水，有时在坪里转悠，有时则请人带他们进山，在山里打点野味。有时，他们会停在田埂上，与在田间劳作的农人聊上一会。

出太阳的时候，田野里到处是三三两两的农人，男女都有，下雨的时候，则主要是男人在耕种。他们戴着斗笠，披着蓑衣，跟在牛的后面慢慢地犁田、耙田，既不着急，也不停下。晚饭的时候，家家的屋顶冒出炊烟，女人们在厨房忙碌，孩子在屋前禾场打闹，男人们背着农具，从阡陌相连的远处，踏着不急不忙的步子，往家里赶，大狗小狗欢叫着冲出篱门，汪汪地叫着，摇着尾巴。家家如此，天天如此，给人一种天长地久的感觉。

入夜，杏花坪则是另一番情景。为了节省煤油，杏花坪的大多数人家都不点灯，只有主妇的卧房有一盏豆大的灯火，就着这点灯火，主妇摇着纺车，将一团团的棉花，拉成一根根洁白、均匀的棉线。棉线经过编织，成为一匹匹的白布，白布再染成黑、蓝、灰等各种颜色，便可以做衣裤了，衬衣和内裤则一般用原色的白布。男人们也在这间房间里做着需要亮光的一些其他事情。整个坪里一片黑暗、静谧，只有家家户户纺车嗡嗡的响声，给人地老天荒的感觉。

年轻人没有其他事情，小孩子们天一黑，就被父母轰到床上睡觉。十几岁的半大女孩则跟着母亲纺线，学习这种以后成家必需的本领。半大男孩则随着父亲，在有亮光的房里修整农具，用竹子、藤条编织撮箕、箩筐等东西。少数爱读书的男孩可以有一盏自己的灯，晚上点亮，在灯下读些《三字经》《百家姓》之类的启蒙读物。这里的男女青年结婚很早，一般十六七岁便会下定，女孩十八九岁，男孩二十左右便会结婚，成立自己的家庭，然后生儿育女，重复其父母的生活。

钱多觉得，这里的男女结婚这么早，与他们晚上无聊很有关系。白天有活做，使他们心无旁骛，而到了晚上，特别是冬天漫长的夜晚，躺在床上翻来覆去睡不着，难免使他们浮想联翩，思想很容易往结婚这条路上跑。他觉得要建设杏花坪，首先得改变这些长成了青年男女的生活方式与思想习惯，在晚上给他们找点事做。他给六六说，要她发动一些青年男女到他的房间里来，大家一起交流。他负责大家的消夜。开始只有六六几个人，后来人慢慢增多。多的时候竟然达到了二三十个，屋里都坐不下，只好坐到雷大公的院子里。钱多给他们讲外面的世界，讲上海、美国、火车、轮船，有时也教他们唱歌、跳舞。他也跟着这些姑娘小伙学会了杏花坪一带的山歌：“穿花衣裳打红伞伞的妹子耶，你急匆匆地往哪去哟，小哥哥已在自家的新房，为你搭好了铺着绸缎的雕花床啰。”或者，“柑子好吃，柑子耶——，要吃那个柑子树上摘。”有时晚上没人来，他就把房门关上，和六六一起跳上海时髦的交际舞。六六学得很快，也不再拒绝与他跳需两人配合的快三慢三，只是跳的时候尽量注意不与他贴得太紧，因此跳得有点别扭，不像伦巴那样自如优美。雷大公对他们跳舞并不赞成，但他毕竟是见过世面的人，也不公开反对，睁只眼闭只眼。有时迟了，雷大公的堂客就会在外面拉长声音喊：“六儿——”

有时，钱多心血来潮，也会与肖仁一起，帮助雷大公家做些农活。肖仁农家出身，干起活来有板有眼。钱多则显得笨手笨脚。他最喜欢做的农活是薅草和车水。秧苗插下之后，十天半个月后就开始返青、拔节。与此同时，田里的各种杂草也开始生长，隔着秧苗，可以看到田里布满了嫩绿的小草。这时就需要薅草了。整个湘西，有的地方薅草是用手抓，人得弯下腰来，伸出双手，把田里上层的泥巴翻动一遍，将已经长出的田草压在泥巴里，等它们再次长出，秧苗已经长高，它们就无法和秧苗争夺阳光、营养了。但这种薅草的方法比较辛苦。杏花坪薅草则是用脚踩。薅草的人手持一根竹竿支撑身体，一只脚站在田里，另一只脚则抬起来，先在要薅草的地方移动着踩几下，然后再将脚侧起，在已经踩过的地方来回刮两下。这样上层的泥巴就完全翻动了，草被埋在泥里，要个把月才能喘过气来。车水有一人车、两人车、三人车、四人车，最多的有六人车。人踩着水车踏脚，身子伏在车前的横杆上，用力向后下方踩动踏脚，踏脚带动轱辘，轱辘带动车叶，水就顺着水厢从下面流到上面。干这两种活人比较轻松，而且可以边干活边说话，比较惬意。钱多干活总与六六在一起。六六在当地也可以说是娇生惯养了。她有四个哥哥，农活基本不要她插手。不过六六虽然农活做得少，但她毕竟在农村长大，田里地里也是一把好手，特别是插秧的时候，看着她的手蜻蜓点水一样在田里翻飞，钱多觉得是一种享受。但他怕腰痛，从不插秧。有一次他被六六吸引，下田插了半个小时，结果腰痛了一天，晚上怎么也睡不着。但六六有时也整他。有一次他、六六和肖仁三人一起车水，六六串通肖仁，故意将水车蹬得飞快，钱多跟不上节奏，脚被飞转的踏脚打了几下，只好缩起脚，整个身子伏在水车的横杆上，笑得六六眼泪都出来了。

如果在外游玩，吃饭的时候，钱多一般不赶回雷大公家，就到附近哪户看着小康的农家对付一顿。这里的农家一般都不锁门，即使锁了门，钥匙也不随身带着，而是放在门框上面，或者门前的鞋子里、石片下，只要用心，都不难找到。而且，一般人家的堂屋都是不锁的。堂屋里一般有一张八仙桌，几把椅子，客气的还会在桌子上放一个茶壶，摆几个茶碗。钱多、肖仁进来，先到堂屋休息，喝茶。主妇回来之后，和他们打个招呼。如果堂屋没放茶壶，会招待他们喝茶；如果已有茶壶，便任由他们继续闲谈，自己则去厨房。一个小时之后，一桌热气腾腾的饭菜就会摆进堂屋，一般都有一碗腊肉、一碗炒鸡蛋，客气的还会杀只鸡，凑巧可以吃上杏花溪里的鱼虾。吃饭的时候，桌上坐的都是男丁。男主人俨然地坐着，热情地倒上一杯自制的米酒，非要与钱多、肖仁喝上一口，但一旦喝开，往往两三杯都止不住。主妇和女孩则在厨房里另开一桌。主妇一般是站着吃，厨房、堂屋两边照看着，随时准备着给客人和男人添酒加菜。有时，长成了的女儿也会红着脸出来给客人敬上一杯，当地人觉得这是对客人的尊重。钱多常常会为这样的场景感动。

临走时，钱多会拿出一张小面额的钞票，以感谢主人的招待。但主人大都拒绝：不要，不要。一餐饭嘛，谁没有在外的时候呢。有的则激烈一些：拿回去，拿回去。看不起我们？看不起就不要来啊。这弄得钱多他们很尴尬，好像他们到处跑就是为了到当地人家里蹭饭吃似的。他请教雷大公。雷大公笑道："我们这里有山有水，田多人少，土地比较肥沃，大家都不缺吃的，谁会在乎你们两个去吃餐饭呢？再说谁没个在外的时候，别人到你家吃餐饭你要收钱，那你到别人家吃饭呢？"钱多说："那你也给钱啊。我们上海就是这样，干什么都要给钱。"雷大公回答说："我知道，我们省城长沙也是这样。我在天心阁碰到你的那一次，本来是打算在亲戚家住个十天半个月的，但提前回来了。不习惯，出门就要钱，没钱连口水都喝不到。还是我们这里好，到处都有饭吃，你不吃，人家还有意见。城里有什么好，走步路都要小心别撞到人。"

钱多在雷大公那里没有讨到主意，转而请教六六。当时他们正在跳舞。六六停下舞步，看着钱多说："这很简单啊，你送他一点他家需要的东西，不就行了。""什么东西呢？"钱多问。

“比如洋火啊、小孩吃的糖果啊、女孩用的手帕啊。我们这里的小孩喜欢水果糖。就是那种含在嘴里的，一顿饭的工夫，嘴里还是甜丝丝的。呶，就是这样的。”六六从上衣口袋掏出一粒水果糖，从外表可以看得出，这粒水果糖的包装已经拆开过，明显地比原来的糖果要小些。大概是在嘴里含过一段时间，没舍得吃完，又从嘴里吐出来，重新用原来的糖果纸包好。“这是我上次从小贩手里买的，一个鸡蛋一个，我买了五十个。”六六说。“你买这么多干什么？”钱多惊讶地问，“糖吃多了不好，会坏牙齿。我很小的时候，我妈就不准我吃糖。”“我买那么多也不是我一个人吃，”六六狡黠地笑道，“等贩子走了，没有糖果卖了，有人又想吃，就得拿我需要的东西与我换，或者买我的，两个鸡蛋一个。”“好家伙，会做生意了。”钱多笑道，“可是你要那么多鸡蛋干什么呢？”“和别人换我需要的东西啊。你看见我脚下的这双鞋子了吧？红色的，皮子做的。本来是树辉家二姐的。我用了一千个鸡蛋才换回来。不是你说跳舞最好穿皮鞋，我还舍不得穿呢。树辉家二姐还有一件花衣服，要两千个鸡蛋才肯换。”“两千个？”钱多惊讶地叫道，“等你存起两千个鸡蛋，前面存的不早坏了？”“其实我们存的也不是鸡蛋，而是蛋牌。就是这个样子。”六六从口袋里掏出一个东西。钱多接过来一看，是个两寸左右的小木板，上面写着“鸡蛋一个”。“还有鸡蛋五个，鸡蛋十个，鸡蛋百个三种木牌。”六六说，“我们保存的其实不是鸡蛋，而是这些牌子。我到别人家吃了饭，或者为了感谢人家，就给他几个蛋牌，他们拿着可以和小贩换他们需要的东西，也可以和其他人家换他们需要的东西。比如，五十个鸡蛋可以换一只鸡。

换一头猪娃得用四百个蛋牌。”“可是如果有人想用这种蛋牌换鸡蛋了，怎么办呢？”“谁家没有几个鸡蛋，他要换鸡蛋干什么？”“假如有人不要蛋牌，非要鸡蛋呢？”“那他可以找我爹。如果他换得少，我爹就从自己家的鸡蛋中拿一些给他。如果他换得多，我爹就会叫明大公派人用蛋牌到其他人家里换来他所要的鸡蛋给他。”

钱多佩服得五体投地。他没想到，这个小小的杏花坪，竟然能够发明这样一种简单而又复杂的换算体系。他立刻联想到自己在大学学到的经济学常识。这鸡蛋不就是一般等价物吗？这蛋牌不就是原始形态的货币吗？这么聪明的主意是谁想出来的呢？

“我。”六六骄傲地一挺胸脯。“你？”钱多吃惊地睁大了眼睛。“是的，我十岁的时候，一不小心，将我积攒的一百多个鸡蛋打破了，我哭了一天。我爹就说，你别哭了。以后你有鸡蛋就给我，我给你写个牌子，你需要鸡蛋时就拿牌子和我换鸡蛋。果然方便多了。后来别人觉得这样好，也跟着把鸡蛋交给我爹，我爹给他相应数量的蛋牌，后来，蛋牌就在整个杏花坪用开了。宗祠派钱派物，大家可交蛋牌，外面的小贩来卖货，也收蛋牌。比铜钱还方便。”“那你爹要这么多鸡蛋干什么呢？”“鸡蛋多了，我爹就派人把它挑到县城里卖，买回宗祠和大家需要的东西。大家可用手中的蛋牌来换。”六六得意地说，“我这个主意还不错吧？”“是不错。”钱多点点头，“不过主要还是你爹雷大公想出来的。那这蛋牌也是你爹做的啰？”“是的。”“会不会有人做些假的蛋牌，来和别人换东西呢？”“不会的。”六六说，“辣大公做的牌子，他自己认得。我爹写的字，别人也模仿不来。实际上，我们这里会写字的人很少。不过我会写。”六六又骄傲地一挺胸脯，“我会写自己的名字，彭树花，还会写‘人之初，性本善’。我还能背古诗。”“这么能干？”钱多夸奖道，“你背一首我听。”六六想也没想，就流利地背了一首：

东临碣石，以观沧海。
水何澹澹，山岛竦峙。
树木丛生，百草丰茂。
秋风萧瑟，洪波涌起。
日月之行，若出其中；
星汉灿烂，若出其里。
幸甚至哉，歌以咏志。

这不是曹操的《观沧海》吗？钱多不禁佩服起这个小姑娘了。这首诗连他这个喜欢文学的大学生不做准备都背不全，可是这个生于荒野的六六竟能背得滚瓜烂熟。他用士别三日当刮目相看的眼光打量着六六。

六六噗嗤一笑：“别这样看我，其实我们这里十几岁的小孩都能背这首诗。因为它是我们的族谱。我们就是按照这首诗的字的顺序取名的。你看，我爹是‘山岛竦峙’的峙字辈，我是‘树木丛生’的树字辈，比我小一辈的就是木字辈了。”“那重字呢，比如水何澹澹的澹字？”“重字只算一个，第二个不算。不说了，再说就到睡觉的时候了。你今天还没教我一个动作呢？”

两人重新跳起舞来。钱多由衷地说：“六六，你真聪明，唬得我一愣一愣的。你不去上海真的可惜了。”

五

钱多本来只准备在杏花坪待个十天半个月，不想一下待了两个月。两个月后，他起了长住的想法。准备在杏花坪买一块地，建栋房子，有个基地，以后可以时不时地来住上一段时间。他很佩服梁漱溟的乡村建设运动，也知道一个叫费孝通的青年学者在农村搞的经济考察。他如果在杏花坪多待一些时间，说不定也能搞点东西出来。于是他向雷大公提出申请。

这让雷大公犯了难。从内心讲，他是愿意钱多在杏花坪住下来的。不提钱多在长沙曾经帮过他的忙，单是钱多的待人接物，出手大方，就使他很有好感。何况他知道钱多的父亲有钱，钱多在杏花坪住下来，只会给杏花坪带来好处。但是在杏花坪做客是一回事，在杏花坪买地定居则是另一回事。这意味着钱多以后就是杏花坪的正式居民了。可杏花坪到现在为止还没有一户外姓，以前也有一些人想在杏花坪买地定居，但都被大公会议拒绝了。他们会同意钱多买地的要求吗？

他将自己的难处向钱多说了。钱多好像早就想好了对策。他胸有成竹地说：“当然，大公，我知道这件事有难处，不然我不会找你。不过我也不会让杏花坪吃亏。如果你们同意卖地让我定居，我就出钱给杏花坪修一个彭氏会馆。”

雷大公一下就被说动了。除了一个彭氏宗祠，杏花坪一直没有一个供大家聚集、开会、活动的场所，连大公会议都只能在宗祠里开。但宗祠毕竟是供奉彭氏祖宗的地方，进行一些重要、严肃的公共活动尚可，进行一般性质的大众聚会，特别是带点娱乐性质的活动，便不合适了。这使得一些年轻人十分不满，六六已经向他说过几次。他也曾经想过修一个会馆，但这样不仅他得劳心劳力，还得向各家各户派钱派工，说不定还会引起某些人的不满。他已经五十多了，不想折腾了。如今钱多愿意修建会馆，正合他意。会馆修起来，年轻人有活动场所，老年人也有了聚会聊天的地方。而且他还有个不想说出来的小算盘。他不光是彭氏家族的族长，从政府这条线说，他还是杏花坪乡的乡长。但他这个乡长连个办公的地方都没有，与乡里有关的事情都在他家里商量，他不仅要供茶供水，有时还要供饭。更重要的，每次会议之后，家里都弄得乱糟糟的，他堂客得收拾半天，早就满肚子不高兴，只是碍于面子不好说。但长久下去，也很难说她不会发作。会馆修起后，他派一个自己信得过的人管理，乡政府也就可以堂而皇之地在里面办公了。至于多一个外姓的，有什么关系？其他杂姓混居的地方，也没见出过什么问题。再说，即使买了地，他还能在这儿住一辈子？过几年走了，这地和地上的房子不还是族上的公产。雷大公心动了，但表面上却只是说，这事他一个人做不了主，还得经大公会议讨论通过，但他会尽力促成此事。

大公会议是杏花坪的最高权力机构。杏花坪现在有一百四十个大公，占杏花坪成年男人的百分之十左右。大公会议每三个月举行一次，讨论决定杏花坪的各种大事。平时就由族长行使大公会议的权力。杏花坪的村民全都姓彭，没有杂姓。根据族谱记载，两百多年前，湘西苗族边民起义，与朝廷对抗，朝廷派大军围剿，彭姓四兄弟立了大功，作为嘉奖，朝廷允许他们在湘西找一块地方居住，子孙后代永不纳粮服役。彭姓四兄弟翻山越岭，每到一个地方，四周一看，都是摇头。直到他们像钱多一样，爬上老虎垭口，看到满是白色野杏花的这块肥沃谷地，他们心动了，带着老婆孩子三十来口人在这里安营扎寨，两百多年后，彭姓已经繁衍成为一个五六千人口的大族，远近闻名。

四兄弟在世时，按照军队标、镇的传统，把彭姓人分为风、雨、雷、电四房，并分别给自己安上风大公、雨大公、雷大公、电大公的尊称。四房每房有一个族长，同时四房又推选出一个总族长，现在的雷大公就既是三房的族长，又是彭氏家族的总族长。这个总族长从雷大公的爷爷开始，一直由三房的族长担任。三房枝繁叶茂，人丁兴旺，现有人口已经占了杏花坪总人数的五分之二，其他三房各占五分之一。更重要的是，现任雷大公的爷爷有一个弟弟是读书人，曾经中过举人，后来在外当官，子孙一二十人，大都定居省城长沙，不同程度地有所发达。因此三房除了人口优势，还有一定的外援，自然是长袖善舞，多财善贾。

雷大公答应了的事，大公会议的结果可想而知。但令钱多没想到的是，肖仁却坚决反对此事。"少爷，你花老爷的钱，本来我不该插嘴。"肖仁苦口婆心地说，"可是老爷要我跟着你，不仅是要我保护你，还要我在必要的时候提醒你。你有钱，杏花坪的人都知道，但大家还不知道你究竟有多少钱。一建会馆，你就彻底露富了。我曾听雷大公说过，他也想过修会馆，但一直没有动手，主要是怕有些农户不赞成，到时麻烦。而现在你一个人单枪匹马地就将会馆建起来了，你一个人富过了杏花坪五六千人。当然，老爷也的确比整个杏花坪的人有钱，十个杏花坪的人加起来，也比不上老爷有钱。但咱不能露富。这里不比上海，有钱人多，这里大家都穷。这里人平和、纯朴，我不否认。但我观察，这里人的平和、纯朴是一种紧平衡下的平和、纯朴，大家家境都差不多，相安无事。你这一露富，好了，大家都盯着你了，难免有人忌妒、眼红。而且，你不建房，你是客人，大家将你当客人看，你一建房，一方面，你就成为杏花坪人了，你就有可能卷入杏花坪的内部矛盾，但另一方面，你又不是杏花坪人，大家都不会将你当自己人。到时你就会很麻烦。”几句话提醒了钱多，他有点后悔没有事先和肖仁商量。但大公会议已经同意在族里的公产中卖一块地给他，他已经无法反悔了。而且，他那想在杏花坪做点事情的计划也督促着他不要轻易放弃。他把自己的想法详细地向肖仁说了。肖仁想了想，无可奈何地说：“看来只有这样了。不过，我们把会馆修得简朴一点吧。我总觉得，还是尽量藏着一点好。”

肖仁跑去找雷大公，告诉他说钱多的钱其实比较紧张，无法同时支撑会馆和住宅的修建。他诚恳地对雷大公说：“大公，钱少的爸爸是有钱，可是这钱还不是他的。他建房的费用太高的话，他爸爸可能会拒绝支付，最后房子建了一半可能会停下来，这对钱少和彭氏家族都不好。”两人讨价还价，最后说定，所有需要花钱的事都由钱多负责，族里负责修房、平地所需的人工。

六

会馆和钱多的住宅在同一个地块上，靠山，旁边便是雷大公的住宅。两座建筑相距只有百把米的距离。会馆修成了两进的大院，大大小小三十来间房子。住宅则是杏花坪农舍常见的样子，七柱八齐、六峰五间[①]。中间一间是客厅也即当地人说的堂屋。客厅东边的两间，一间卧室一间书房，钱多自己住，西边的一间肖仁住，再西边的一间做客房，客房旁边是一间很大的偏房，偏房很长，隔成两间，里面的一间做厨房，外面的做饭厅。饭厅的门对着走廊，走廊很宽，钱多在自己书房前的走廊上放了一把躺椅，没事的时候就躺在上面看书听音乐。屋子的前面，是一块很大的禾场，屋子的后面，是一个鱼塘，鱼塘过去，是菜地，菜地过去，是杂屋、猪栏、鸡舍等。钱多修了一道围墙，将这些产业围了起来。围墙的前面安了一张山门，山门两边又各修了一间房子，一间做杂货店，一间做下人房。下人房隔成两间，给请来帮工的人住宿或休息用。雷大公前来视察会馆时，顺便参观了钱多的住宅，看得两眼发亮，连称钱多想得周到。

雷大公真正欣赏的，不是房子的大小，而是院子的格局，和房子的精致。钱多的正屋，比一般的七柱八齐的农舍高了一米，两峰之间的间隔也增加了半米，这样整个屋子显得高大很多，而且钱多安了楼板，使房间有了固定的空间，不仅便于冬天生火取

① 湘西农村的木结构住房一般采用的是穿斗式结构。柱子中间用穿枋连接，两根柱子间的穿枋上安放一个俗称为“齐”的短柱，柱子与齐上安放檩子，檩子上钉椽子，椽子上盖瓦。七柱八齐指有七根落地的柱子，八根居间的短柱，其中一根短柱安在正房前脸的外面，以增加屋檐和屋檐下走廊的宽度。七柱八齐是当地木房最大的规格。由柱齐构成的一面墙壁俗称一峰，两峰墙壁构成一间房子，三峰两间，六峰五间。一般最大的单座房子是八峰七间。再大就要修成多栋，前后排列，由此构成几进的院子。

暖，而且不至于一抬头就可看见屋顶。上面一层也进行了必要的装修，凭空多出了一半空间。楼上的房子可放东西，必要时也可住人。更重要的是，钱多屋子的墙壁，不像杏花坪的农舍只用一层木板，而是两层，把柱子夹在中间，而且木板之间，还用装饰板仔细地勾了缝，不仅保温，而且隔音，住在里面特别舒服。这不仅要想得周到，更需要财力。雷大公早就有心把自己的正屋改造成这个样子，但一直积不起足够的钱，只好不了了之。这个小伙子，真是钱多啊。

钱多自己出钱请了三个帮工，一个替他做饭，打扫屋子，一个替他种菜、养猪养鸡，一个替他经营杂货店。他与肖仁从县城贩来农村用得着的如盐、煤油、洋布、洋火、铁锅、灯盏、瓷器、陶罐、水缸，以及各种玻璃制品、针头线脑等杏花坪人做不出来却又需要的杂货，将并不算小的杂货店摆得琳琅满目。钱多不想赚钱，杂货店的商品均以成本价卖给大家。他还通过杂货店发放小额贷款，一次不超过十元，不收利息。他的最终目的是把杂货店办成乡村改革家们所说的乡村合作社的形式，为杏花坪村社的发展起点推波助澜的作用。

杂货店的营业员就是六六。钱多很喜欢六六，觉得她不仅长得漂亮，而且聪明，朴实直率，敢做敢当。六六也很愿意到钱多这里做事。不仅报酬丰厚，而且自由。钱多从不管她什么时候上班，什么时候下班。商品买回来后，他只定个价，就直接交给她，每个月盘点一次，由肖仁与她结一次账，其他时间任凭她做主。六六兢兢业业地做着她的这份差事。每天上午太阳升起一杆高，她在家吃了早饭，就穿着钱多在县城替她买的洋布做的

“工作服”，蹬上那双用一千个鸡蛋换来的红色皮鞋来上班，整个白天她都待在杂货店，中饭、晚饭都在钱多屋里吃。晚饭过后，她就跑到钱多书房，与钱多聊天，或者在禾场上跳舞。

钱多有了自己的院子，每晚的聚会活动规模就搞得更大了。他得到雷大公的准许，天气好的时候，一到晚上就把留声机搬到禾场，放起唱片，杏花坪的年轻人听到歌声，便三三两两地来到钱多的院子，大家一起交流、谈笑、跳舞。钱多还从县城买了两盏汽灯，挂在屋檐下，每到晚上充满气，点起来，把屋前的禾场照得像白昼一样。于是每到天气晴好的晚上，钱多住宅的禾场上，就出现这样奇怪的一幕：一群穿着土气、打着赤脚的年轻男女，在钱多和肖仁的指导下，在三合土做的禾场上跳着上海最时兴的交际舞。钱多有次突发灵感，将跳舞的场景拍了几张照片，寄给他在上海一家报社的朋友，竟然被登了出来，并取了个很有意义的标题：乡村建设在湘西。在上海小范围地引起了轰动。

在跳舞的青年男女中，六六是最突出的一个，她不仅身材出众，而且舞也跳得好。她现在已不再忌讳和男伴贴在一起跳了，相反，为了取得好的效果，她还经常提醒那些有点扭捏的男伴与自己靠得紧一些。由于一段时间不晒太阳，她的脸褪掉了阳光照射的痕迹，变得白皙红润。她不再穿家织布做的衣服，将有限的几件洋布衣服搭配着，穿出了新的境界。她甚至跟着进货的钱多和肖仁去了一趟县城，用自己攒的钱买了一件旗袍，和其他一些女士用品。在钱多看来，如果不是因为头发无法烫成弯弯扭扭的大波浪，六六打扮起来，简直比那些上海的时髦女郎还要胜出一筹，因为时髦女郎没有六六姣好的容颜，和因为适量劳动而匀称、充满活力的胴体。

钱多十分欣赏六六。他把六六当作他在杏花坪实践乡村建设的第一个样本。他想兑现自己的承诺，送六六去上海读书。他写信给他父亲，希望父亲能够资助六六。他动人地向父亲描述，如果把杏花坪这样偏远地方的一位姑娘培养成周璇一样的影视明星，该是一项多么引人自豪的成就。但是他父亲拒绝了。他弄不清楚，他凭什么要去资助一个自己素不相识的乡村女孩，而且即使这个乡村女孩将来在上海成了名，除了钱多获得一些虚名，对他的公司、对钱多的前途又有什么好处。钱多只好另辟蹊径，求他母亲拿点自己的私房，资助六六来上海读书。但他母亲更不愿意。除了觉得六六与钱家非亲非故，她还担心钱多与那个叫六六的女孩有什么情感上的纠缠。而且她的私房钱有限，资助了六六，以后钱多万一有什么急用，她就没钱了。钱多是她唯一的希望，她早就替钱多在上海的一些大户人家物色了好几个对象，只等钱多回来就可以相亲、下定。因此，她不断地写信要钱多回上海。钱多只好使出自己的撒手锏，斩钉截铁地说，她不给钱他就不回上海。他母亲只好妥协，答应想点办法。

七

县城之行，对六六的思想产生了很大的影响。

在县城一个星期，钱多天天请她在县城最好的馆子吃饭，鸡鸭鱼肉摆了一满桌，还天天晚上请她在县城唯一的一家电影院看电影。六六从没看过人在一块白布上走来走去，简直入了迷。

但最吸引她目光的还是县城里那些有钱的太太小姐们。她们烫着波浪式的卷发，穿着旗袍，足蹬高跟鞋，露出穿着丝袜的白嫩的腿，或者伴着一位男士，或者独自一人，袅袅婷婷地在县城的石板路上走着，屁股好看地扭来扭去。六六本能地拿她们和自己比较，觉得无论身材还是长相，她们都比不上自己。可她们却能天天下馆子、看电影，在大街上扭屁股，而她则只能在溪里洗衣服，在厨房做饭，摇着纺车纺纱。想到这里，六六不禁噘起嘴，流下了委屈的泪水。

她一直崇拜自己的父亲。她听人说，民国成立不久，县政府借口清朝倒台了，清廷的优待政策不再有效，要求杏花坪向县政府交税缴公粮。是他父亲带头不交。县长派自己的师爷带着一支三十多人的保安队，前来进行武力收缴。他父亲带着两百多个杏花坪的青壮男人在老虎垭与保安队大战一场，硬是以五十多人死伤的代价，用大刀长矛打败了拿着钢枪的保安队，缴获了他们的枪支，捉住了带队的县长师爷和剩下的十几个保安队员。迫使县长不得不派人前来谈判，保住了杏花坪不向官府纳税的特殊地位。这件事杏花坪人津津乐道，六六从小耳熟能详，这也是她从小崇拜父亲的重要原因之一。但六六现在不这样看了。她觉得老虎垭一战虽然免去了一些赋税，但也隔断了杏花坪与外界的联系，使杏花坪形成一种自我隔绝的状态。杏花坪人百分之九十没有来过县城，更别说省城长沙。外面都使用法币了，可杏花坪还在用蛋牌，外面都有公路了，杏花坪还没有一条通往县城的大道，靠着背篓和扁担，在老虎垭的山路上爬上爬下。这个样子，杏花坪怎么能够发达。钱多告诉她，上海的天下是有钱人的天下，有钱人能使钱生钱，这才是本事。她也慢慢觉得，钱才是这个世界最重要的东西。就像她父亲，那么英雄，没钱照样寸步难行。她隐隐听人说起，一年前她父亲去长沙的时候，有一次外出，在餐馆吃了一餐饭。结账时拿出一块银圆，但人家不收银圆，要他拿钞票，而他父亲又忘记带了。店里上来了几个人，围着她父亲吵吵嚷嚷，说他吃霸王餐，要送他进警察局，几乎就要动手。幸亏正好也在那里吃饭的钱多上来劝开了。钱多替她父亲结了账，还喊了一辆黄包车将他父亲送回亲戚家中。看来，这个世界只有钱，才是最重要的。他父亲铁塔式的身材，两个钱多大概也不是对手。但没钱的时候，还得钱多帮他解围。

钱多告诉六六，上海有个外滩，那里的房子有十几层高，像一个小山包。上海的街道晚上到处是灯光，就像白天一样。上海还有在铁轨上跑的火车，能开到美国去的轮船，电影院到处都是，走到哪里都能看到电影。钱多说他父亲有一辆没有篷的汽车，开起来风吹着头发，夏天格外惬意。她渴望去上海，在夏日的夜晚尝尝坐在钱多父亲能吹风的汽车上，在如同白昼一样的大街上跑去电影院看电影的滋味。

对于她去上海读书的事，钱多开始很热心，但最近却不大提了。六六有时故意提起，钱多总是王顾左右而言他。只有一次，钱多暗示性地说道，去上海读书要很多钱，得慢慢想办法。六六不好再问。但晚上夜深人静，躺在床上，她仍情不自禁地要想起此事，揣摩钱多对此事不再热心的原因。她知道，严格地说，钱多没有任何义务帮她去上海，两人虽然认识已近一年，但并没有产生任何特殊的关系。有时她心里冒出一个疯狂的念头，她要想办法嫁给他，这样他就有义务带她去上海，过她渴望的生活。但钱多对她虽然很亲切，却没有任何想娶她的表示，连一点暗示也没有。倒是有一次闲谈，钱多说起他之所以到杏花坪来，是因为他父亲嫌他找的女朋友家里穷，硬把他们拆散了。作为补偿，他父亲同意他到外面游山玩水，在长沙碰巧遇到了她的父亲，在她父亲的邀请下，他才到了杏花坪。人生真是巧啊。“如果不是到长沙吃饭，我怎么会遇到你父亲，如果不是你父亲忘了带钱，我又怎么会认识他，如果不是你父亲邀请我来杏花坪，我又怎么会认识你。”钱多最后感慨地说。但六六却敏感地想到，这可能是钱多在委婉地暗示她，他不可能娶她。她的心不由得沉了下来。

但六六去上海的想法并没因此而委顿，反而更强烈了。雷大公常告诉她，求人不如求己，她决定先从自己做起，能赚一点是一点。

六六先拿蛋牌开刀。从县城回来不久，她就宣布，杂货店不再收蛋牌，要到杂货店买货，必须交现钱。没有现钱的，可以用蛋牌到杂货店换，两个蛋牌可以换十分法币，但需交一分手续费。由于杂货店的商品定价便宜，而且除此一家，别无分店；另外，两个蛋牌换十分钱，定价不仅公道，而且还稍高。所以杏花坪人虽然对一毛钱要收一分钱的手续费有意见，嘟嘟哝哝的不少，但最终还是得拿着蛋牌，到杂货店来换商品。两个月下来，六六竟然也赚了两百元。在赚到两百元的那天晚上，六六把大大小小新的、旧的、有皱褶的钞票一张张铺开摆在床上，抽把椅子摆在旁边，坐着看了半天。然后，她把这些钞票按照面额的大小，一张张抚平、叠好，用一根红色的头绳扎好，放进自己最为宝贵的梳妆匣的底层。

六六采取的第二个措施是提价。她把一些定价偏低且又需求量大的商品如盐、煤油、洋火等偷偷地往上涨了一点价，价钱涨得虽然不多，有的商品还不到一分，但杏花坪五六千人，每人多花一分，加起来就是五六十元，绝对数还是不少。很快，六六的梳妆匣里就又多了两百元。然而钱多说，要去上海读书，至少要两万元，等到钱挣足了，她也老了。想到这里，六六的心不仅又悲凉起来，开始有了心事。没事的时候，她常常坐着发呆，眼睛看着前方，却什么也没看见。她娘有时担心地问雷大公："六儿怎么回事，总是魂不守舍的，是不是想嫁人了？"雷大公摇摇头："她哪是想嫁人，她是想去上海。"他走到六六旁边，摸着她的头发，心痛地说："六儿，人都有命。你摊上这么个爹，上海就别想了吧。"六六坐着不动，两行清泪顺着她的脸颊流下来。

雷大公不忍看，找个借口出去了。

八

老虎垭战斗中杏花坪死了二十多人，伤了二十多人。保安队实际上只有十几人死伤，但他们被杏花坪人不怕死的精神吓破了胆。一个杏花坪人被枪子打断了腿，但他硬用一条腿蹦跳着跑了几十步，掐住了那个朝他开枪的保安队员的脖子。另一个保安队员用枪托砸烂了他的脑袋，但他那双手仍没松开。另一个杏花坪人在树上跳跃行走，扑到保安队唯一的一挺机枪前，双手抓住烧得滚烫的枪管，手上的皮肉被烧得吱吱地响，但他咬着牙不松手，双手握枪，双腿腾空跃起，踹向机枪手的胸脯，硬是将机枪从机枪手的手中活生生地夺了过来。幸亏他不知道怎么操作，不然，保安队就栽在他手里了。机枪被夺之后，保安队长看着漫山遍野涌上来的杏花坪人，第一个举起了双手。接着，整个保安队还活着的，都举起了手。他们当兵吃饭，没必要把命都赔上。

战斗结束，杏花坪人又过上安宁的生活。但也有几个愣头青被老虎垭的鲜血唤醒了祖先蛮勇的血性，不顾族长雷大公的禁令，偷偷地跑了出去，从此再没回来。只是偶尔传来消息，某某在直奉争霸中战死，某某死在北伐的路上。只有大房的一个叫作彭峙岳的年轻人听说没有死，还混得不错。但也只是听说，没人见过，他也从没和老家联系。

然而就在那年五月，一个年轻的军官带着一个勤务兵，顺着一年多前钱多走过的路，翻过老虎垭来到雷大公的家里。他自我介绍他叫彭树明，他父亲叫彭峙岳，小名三儿。雷大公不禁睁大了眼睛。彭峙岳，这不正是那个双手夺机枪，后跑出去当兵，二十多年没有音讯的堂弟吗？他一把抓住年轻军官的手："峙岳可好？""我爹还好，他现在做了师长，想回来看看，派我来打前站。"年轻军官说。"好，好啊，欢迎，欢迎！"雷大公热情地说，"楚霸王说，富贵不归故乡，犹如衣绣而夜行。峙岳当了师长，也算是封妻荫子，功德圆满。也应该回来祭拜一下祖先，给家乡人看看。可惜你爷爷前年过世了，你奶奶盼你爹回来，眼睛都快哭瞎了。我们派了几拨人出去找，可哪里找得到？"雷大公惋惜地说。"我爹时刻都没敢忘记祖宗，"年轻军官说，"可他出去时对天发过誓，此生不混个师长、军长，他不会再回杏花坪。这不，上个月才任命他做师长，这个月他就派我回来打前站了。”

两人进入返乡的细节。年轻军官提出他爹返乡的三个要求：一是按族人返乡的最高礼节接待，在宗祠摆酒，杏花坪所有的大公全部出席；二是给他爹岳大公的称号；三是他爷爷只有他爹一个儿子，而他爹又公务在身，无法在家尽孝，因此请求族里允许他爹的一个妹妹搬回杏花坪居住，以照顾他奶奶。雷大公爽快地一挥手，表示三个要求都可以考虑，但他只能建议，最后的决定得由大公会议做出。年轻军官笑笑：“人无头不走，鸟无头不飞，大公会议能否通过，还不是伯伯您一句话。”雷大公笑着摇头：“我可没有你讲的这个本事，不过我可以替你爹争取。还有，你姑姑回来定居，她的孩子得改姓彭。”“没问题！”青年军官豪爽地一挥手。

彭师长回乡祭祖，是杏花坪的一件大事。彭氏宗祠和乡公所的办事人员早一个月就开始准备。雷大公亲自跑到钱多的院子，要钱多从县城多买点好酒，岳大公在外当兵多年，已经喝不惯杏花坪的米酒了。

回来的那天，彭师长穿着崭新的黄呢军装，脚蹬锃光闪亮的长筒马靴，后面跟着三十个全副武装的士兵，每个士兵背着一条长枪，腰间别着一把短枪，他的儿子彭树明军装笔挺，手里拿着几条香烟，见人就是一包。还有十来个挑夫，担子都是满满的，装着各种东西。杏花坪人沿着从老虎垭山脚到彭氏宗祠的大路，站了两排，手拍红了，眼睛也看热了。彭师长不停地挥手，打拱，两行浊泪，顺着他那饱经风霜的脸流下来。

当天晚上，雷大公在彭氏宗祠摆酒，给彭师长接风，所有的大公都被邀请参加，钱多和肖仁因为参加了接待工作，也被作为外地的客人邀请入席。

走的那天，彭师长在彭氏宗祠设宴答谢。除了接风宴上参加的人之外，他还把杏花坪所有年过六十的男子都请到了席上，酒席摆了四十多桌，一直摆到宗祠大堂的外面。彭师长和儿子彭树明挨桌敬酒，他每杯酒只抿一口，然后拿酒的手往外一伸，随行的两位副官便连忙接过一饮而尽。

酒席的高潮是彭师长和雷大公的讲话。彭师长虽然喝高了一点，但并没有醉。他站在台上，两手握拳，对着下面的众人打了三个拱："各位乡亲，兄弟我从民国二年离开杏花坪，到现在已经二十五个年头。二十五年来，我脑袋系在裤带上，在死人堆里爬了出来，大难不死，当了师长。是回报家乡，报效父老乡亲的时候了。乡亲们给我这么高的接待，兄弟我打心眼儿里感激。好喝不如故乡水，再亲不如家乡人。他娘的，这话说得有道理啊。兄弟我这次回来，给家乡带来了三十条快枪、一挺机枪，再加六千发子弹。现在这个世道是乱世，手中有枪，心里才能不慌啊。"下面一阵热烈的掌声。待掌声停下，彭师长继续说："兄弟我还给家乡捐了六根金条，六根金条啊，可以买三四百亩良田。妈拉巴子，这可是我全部家当的一半，拿出来实在肉痛。但我想，他娘的，家乡把我养大，我不能忘本，一半就一半吧，捐！军人以战死沙场为归宿，从来都是醉卧沙场，马革裹尸的多，富贵还乡的少。我这次能够返乡一次，已经满足了。只是我还有一位快八十的老娘，我这一走，不知能否再见。我不在时，还请各位乡亲关照我娘。"说着，深深地鞠了一躬。

接着是雷大公讲话："各位乡亲，彭师长，也就是我们的峙岳兄弟、岳大公给彭氏宗祠捐了三十条快枪、一挺机枪，还有四根金条。是四根金条吧，岳大公？"见岳大公点了头，他才继续说，"这是杏花坪近几十年来得到的最大一笔馈赠。我们感谢彭师长。我们不仅要授予彭师长岳大公的称号，还允许他把这个称号传给他儿子树明。岳大公的母亲就是我们大家的母亲。我请岳大公放心，杏花坪人，彭氏宗祠一定好好地照看彭王氏老大人。大公会议已经商定，同意岳大公的小妹妹全家来杏花坪定居。虽然俗话说，嫁出去的女泼出去的水，但是冲着岳大公的慷慨，泼出去的水也是可以收回来的。大家说对不对？"

大家齐声叫道："对！"

岳大公站起身，双手握拳，不停地给大家打拱。

彭师长离开时，带走了杏花坪八个青年男子。大家被彭师长的榜样所鼓励，都渴望着一刀一枪地在战场上博取功名，像岳大公那样光宗耀祖。

九

六六用现钞换蛋牌，事先向钱多说过，钱多是赞成的。他觉得蛋牌太原始了，而且造假容易。只有引入法币，才能使杏花坪的地域经济与整个国家的经济联系起来，杏花坪也才有发展的可能。但六六悄悄提价的事，钱多并不知道。肖仁也没发现。他知道此事，是明大公告诉他的。

明大公是树字辈，雷大公这一房的，公开职务是族长帮办、杏花坪乡保安队队长，实际上是在雷大公的领导下对内负责杏花坪的治安，对外负责杏花坪的防务，可算雷大公的左膀右臂。他的工作虽然与枪械有关系，但其实在枪械上是个外行。别看他一天到晚挎着一把盒子炮，但枪法并不准。有一次他来钱多院子串门。六六正好才从县城回来，她在电影里看到有人在二十米远的地方挂了一根竹竿，在竹竿上用绳子拴了五个酒瓶，然后一枪一个，五枪打破了五个酒瓶。这给了她很深的印象，看见明大公挎着枪过来，就缠着他，要求他也表演一下。明大公被逼无奈，只好找了一个安全的地方，挂了五个酒瓶，两手握枪，凝神屏息，反复瞄准。然而子弹打光了，瓶子依然在风中摇荡。六六大失所望，明大公也很不好意思。

“那是电影里的事，一般的人谁做得到。”明大公说。“胡说，”六六直言不讳地说，“电影里不也是人打的。再说肖大哥也可以。是吧，肖大哥。”她看着前来看热闹的肖仁说。“不行，我不行。”肖仁连连摇头。“那次电影散场后，你不是说你当兵时也经常这样打酒瓶吗。”六六盯着肖仁，“你骗我的？”“以前可以，现在不行了。”肖仁只好改口。“那你现在试试嘛。”“不敢不敢。明大公面前，我怎敢班门弄斧。”“肖老弟，如果你能，就试试嘛。”明大公说，“我就不喜欢你们城里人这一点，曲里拐弯的，不爽快。”

肖仁只好接过枪，叉开双腿，右手持枪，举枪、瞄准、射击，五声枪响，将五个酒瓶打得粉碎，整个过程一气呵成。

“好。”六六跳着脚喊，“太好了。”明大公抢上前来，对着肖仁一拱手，“想不到你还真有几下子。”“我在部队搞了八年。”

肖仁说。“好，以后我拜你为师，你教我打枪。”“不敢，互相交流。”

一来二去，两人就成了朋友。明大公喜欢喝几杯，肖仁也能喝酒，两人经常在一起切磋酒艺。这天晚上，两人又在一起喝上了。明大公其实酒量不大，三杯米酒下肚，就微有醉意，话也多了起来。

“我说，肖仁，你们钱少也算是有钱人了，怎么还是那么小气？”“钱少小气？”肖仁不解地反问。在他和钱多的交往中，钱多给他的印象是大手大脚，只求痛快，不大在乎钱的。他私下里对钱多有一个评价，是不当家不知柴米贵，崽卖爷田心不痛。明大公怎么反而说他小气呢？“是啊，”明大公说，“我上个月到你们杂货店买煤油，是三毛钱一斤，可前几天去买，变成三毛五了。不到一个月，涨了五分。五分对钱少算得了什么，可对我们杏花坪人来说，就是一个鸡蛋啊。我明大公可能是小气了一点，但我们穷啊。钱少那么有钱，不应该和我们一般见识嘛。”“可能是哪个地方的账弄错了。”肖仁说。“不可能，”明大公说，“又不是一两种商品涨了价，而是几乎所有商品都涨了价。”“是啊，我觉得这个月的洋火，比上个月每盒多了一分。”“对呀，我前几天去买盐，感觉也好像比上个月贵了一点，我还以为是我记错了，明大公这一说，我想应该也是涨了价。”几个一起喝酒的乡丁七嘴八舌地帮腔。“我知道了，我明天去查一下，涨了的再降下来。”肖仁说。他心里明镜似的。杂货店一直是他在管理，钱多根本不插手，涨价不可能是钱多所为，他也不可能关心这种事。他觉得肯定是六六私自做的决定。

第二天，肖仁花了半天工夫，把杂货店所有商品的品种、规格、单价写在几张红纸上，贴在杂货店外面的墙上。

“肖大哥，您这是——”六六有点不自在地问。“嘿，我是想学城里的商店，搞个明码标价，童叟无欺，这样我们这个杂货店才会红火。也免得你有时记错了，多收了大家的钱。”“也可能有记不清，多收了大家钱的时候。”六六的脸红得更厉害了。“这下就没问题了。有了这个价目表，大家都看得见，你万一记错了，大家也可以帮你纠正。乡里乡亲的，低头不见抬头见，别伤了和气。”肖仁说。“是不是有人向你抱怨了什么？”六六嗫嚅地问，“要不，杂货店换个人吧，我不干了？”“别胡说，六六，”肖仁责备地说，“你干得好好的，换什么人？像以前一样，放心大胆地干。”“谢谢肖大哥。”六六真诚地说，“我如果有什么做错了的地方，您多……”“好的，六六，我们都有犯糊涂的时候。钱大哥很信任你的。”

肖仁没把此事告诉钱多，六六也没再提起。这件事就这么过去了。然而，钱多隐隐担心的另一件事却终于爆发了。

自从钱多的杂货店不收蛋牌之后，雷大公为了配合钱多的这一举措，也随之宣布彭氏宗祠不再发放新的蛋牌，蛋牌作为杏花坪人交易的实际等价物的作用基本消失，地位一落千丈。好在钱多的杂货店可用蛋牌换现钞，而且定价合理，即使交了手续费还略有赚头，因此杏花坪人也没有什么怨言。然而以蛋牌换钞票的措施已实施三个多月，杂货店已经支出近万法币，拿着蛋牌来换钞票的杏花坪人仍然络绎不绝。这事引起了肖仁的怀疑。他向钱多汇报了此事。

“按理不应该啊。一毛钱换两个鸡蛋，一万块钱可以换二十万个鸡蛋，杏花坪不可能有这么多蛋牌啊。”肖仁困惑地说。“有没有可能蛋牌到了杂货店又流出去了？”钱多想到一个漏洞。“不可能，”肖仁肯定地说，“蛋牌我是一个星期与六六结一次账。除了留下几块做纪念外，每次收到的蛋牌我都送到厨房，看着它们烧成了灰才离开。”“那就只有一种可能，”钱多猜测地说，“还有人在做新的蛋牌。”这个人会是谁呢？他摸着下巴想，不可能是雷大公，这不符合他族长的身份，而且也从没看见他或他的家人拿着蛋牌来换钱。肯定还有其他的人。

他和肖仁去杂货店拿了几个新换的蛋牌，两人翻来覆去地看，却看不出什么问题。蛋牌的木料、格式是他们熟悉的，上面的字也是他们熟悉的雷大公的字。但怎么有这么多的蛋牌呢。

他们去到雷大公家里，向雷大公请教。雷大公接过蛋牌一看，马上说：“这蛋牌是假的。”“何以见得？”钱多问，“有什么根据？”“你看，”雷大公指着蛋牌说，“这蛋牌上的字的确是我的字，蛋牌也是出自辣大公的手，但它的木料是新的，是近一个月内做的。我们在三个月前就停止发放蛋牌了。它不是假的是什么？”“有道理，”钱多点头叹道，“幸亏来请教您了，不然我和肖仁想破脑袋也想不出来。”“可它是谁做的呢？”肖仁问。“这个简单，”雷大公说，“把辣大公叫来问一下就清楚了。”

辣大公被叫到了彭氏宗祠。雷大公坐在一个一米高台上的族长座位上，他的旁边，坐着大房的族长风大公，钱多和肖仁坐在台下他们的左侧。几个乡丁兼保安队员站在右侧，手里拿着木棍。雷大公对面四米远的地方放了一个凳子，那是给辣大公坐的地方。这是要动族规的征兆。辣大公还没坐下，两条腿就不停地筛起糠来。

“辣大公，你最近是否新做了很多蛋牌？”简单寒暄了几句，雷大公开门见山地问。辣大公咽了口唾沫，点了点头。“蛋牌去哪里了？”“都被丛清那小子拿走了。”“你不知道私自做蛋牌是违反族规的吗？”大房族长风大公威严地问道。辣大公“扑通”一下跪了下来，不停地作揖：“我知道，我错了，我该死。丛清那小子说，宗祠不发蛋牌之后，很多人感觉不方便，说雷大公已经同意了，由他再做一点。我就做了一些牌子。”“胡说，”雷大公喝道，“我什么时候同意了？”“是的，是的，你没同意。他肯定是瞎说。”辣大公又作了几个揖，“他说我做一个牌子他给我一分钱，我就做了。我该死，我不该起贪心。”

丛清被叫来了，四房的族长也被请了来。丛清一看那架势，就知道东窗事发了，马上在辣大公旁边跪了下来。“说，你为什么动这个歪脑筋？”四房族长电大公生气地问，觉得丛清给四房丢了脸。“我错了，族长饶命。”丛清连着磕了几下头，“我开始并没想到这上面。后来有几个人说，钱少的杂货店收蛋牌，他们没钱用，想要我做点蛋牌，去杂货店换点钱。我开始没有答应，我怕。后来很多人说，他们又答应给我抽十分之一的成，我就做了。一做就收不住，知道的人越来越多，找我做的也越来越多。我该死。”“该死的是我们啊。”雷大公看着两个族长说，“这样的事，我们都没发现。”“说，你究竟做了多少蛋牌？”电大公问。“我也不是很清楚。牌子从辣大公那里买了千多个，但牌子上写的鸡蛋数量就记不清了。开始多是一个五个，后来大家不满意，就以十个、百个的居多了。我该死。”“你怎么会写我的字？”雷大公问。“模仿的，”从清回答，“我写了十几天，直到满意了，才在蛋牌上写。开始有些担心，怕到杂货店换钱时被六六认出来。但六六拿过牌子只看了一下上面的数字，就把钱给了出来，我就放心了。”“胡说，”钱多插话道，“我和肖仁看了半天都没看出假来，六六她一个女孩子怎么认得出来。”他怕雷大公不好意思，连忙替六六解围。

按照族规，辣大公与从清都要被剁手。但钱多不愿把事情闹大，替他们求情。最后，从清被打了二十大板，被人抬着回去，在床上躺了一个多月，好了之后突然失踪，从此不知所终。此是后话。

辣大公因为年纪大了，没有棍棒侍候，但被剥夺了大公称号，从此在人前抬不起头来，但也就从此与杂货店结了怨。

此事就此了结。

十

雷大公决定送六六去上海学音乐，先去找钱多商量。

“大公，”钱多有点不好意思地说，“六六去上海读书，是我提出来的，她的条件这么好，窝在杏花坪可惜了。可是我钱还没筹齐。我父亲是有钱，但这钱还不是我的。我自己的花费没问题，但要送六六去上海读书，这么大笔的钱，我一时还凑不齐。”雷大公笑了：“钱少，你误会了。我的女儿读书，哪能要你拿钱？没这个道理嘛。我是想，六六去上海，人生地不熟。所以特来找你，拜托你帮两个忙。”“这我义不容辞，您说。”由于猜错了雷大公的来意，钱多更加不好意思了。“你看，从咱们这疙瘩到上海，山高路远。六六第一次出远门，杏花坪也没人去过上海。我想能否麻烦你抽时间送一下，你也近两年没有回上海了，你上次说，你母亲多次写信要你回去。你也可以趁这个机会回去看看。”“这个没问题，另一件呢？”“另一件，”雷大公说，“也与六六有关。她到上海后，照样人生地不熟。也请你在生活、起居、读书等方面拜托一个靠得住的人关照一下。行不行？你放心，钱的事，我自己想办法解决。”

雷大公把钱多书房的门关上，从怀里掏出一个白色家织布的包来。包呈长方形，方方正正、有棱有角。雷大公小心地将家织布打开，里面还有一层，打开里面一层，下面还有一层，打开第三层家织布，里面是一层黄色的缎子，再将缎子打开，两根黄灿灿的金条就露了出来。钱多凑近看了一下，每根金条大约一斤，成色很好，应该是足金。他心中暗自吃了一惊，想不到雷大公家里还有这样的镇宅之宝。

雷大公拿起金条，互相碰击了一下，金条发出悦耳的声音，余韵悠长。雷大公告诉钱多，这两根金条是清朝一个叫金公公的宦官为了感谢他爹的救助而送给他爹的。“现在想来，那应该是民国元年的事。”雷大公回忆说，“皇帝下台了，金公公被仇人追杀，一路往南跑。后经人介绍，跑到我们这里避难。我爹收留了他。要他隐姓埋名，以我娘家亲戚的身份住在我家，前后住了两年，直到仇家死了心，才偷偷地出去，另外找了一个安身的地方。临行前，为了感谢，他给了我爹这两根金条。”“他躲到这里，仇家肯定找不到。”钱多笑着说。“也有人跑到县里打听，但我们这里没露一点风，那人在县城待了半个月就走了。”雷大公说，把金条递给钱多。

“不急，”钱多说，“动身时再给吧。”他觉得还是由雷大公保管安全，放在他这里，万一丢了怎么办？经过蛋牌事件，他对杏花坪人的认识又深了一层。人心都有邪恶的一面，控制这种邪恶只有三个办法，一是不让人们意识到它，二是不让它有发展的机会，三是提高修养，以理智的力量来控制它。不让人们意识到它，很难。因为它就在人的心里。人不能总是处于混沌状态，一旦条件成熟，总要意识到它。就像女人没有尝过男人的滋味，可能不会有什么欲望，一旦尝了，欲望就控制不住了。但总不能让女人不结婚吧。不让它有发展的机会也难。因为机会有大有小，大的机会没有，小的机会总是有的。比如蛋牌，一个蛋牌一分钱的收入，但辣大公还是抵抗不了。而十分之一的回扣，也将从清拉下了水。看来最好的办法是以理智的力量来控制它，但几个人有那样强大的理智，能够控制住自己内心的邪恶因素呢？他又想起兰大公。兰大公五十来岁，家有四十来亩好地，在杏花坪也是有头有脸的人，但他就是爱占便宜。钱多学习梁漱溟的乡村建设运动，在杏花坪搞了个小额贷款，由肖仁负责。一次借款最高不超过十元，还了之后可以再借。大多数人都遵守规矩，但也有人借了不还的。钱多也不在乎，就算是这钱送人了。唯有兰大公例外，他不仅不还钱，又还要再借。每次来他都楚楚可怜地对着肖仁说：“肖老弟，实在不好意思，堂客病了，想借几块钱打个过关。过几天一定还你。”或者是孩子病了，或者是有什么急事。

肖仁见他诚恳的样子，也看他在杏花坪是个有地位的人，也就破例借给了他。但这样反复四五次之后，他终于不得不承认，兰大公是在利用他的同情心，占他们的便宜。在兰大公第六次来借钱的时候，他终于狠下心来拒绝了他，并要求他归还前几次的借款。“要钱没有，要命有一条。”兰大公见反复说好话没用之后，立刻拉下了脸，“山不转水转，别以为只有我求你们，也会有你们求我的时候。”说完扬长而去。肖仁事后将此事告诉钱多。钱多不禁愕然，他没想到杏花坪还有这样的人。他嘱咐肖仁，此事到此为止，借给兰大公的钱就算是肉包子打了狗。但从此他也对人心阴暗的一面有了更深的认识。金条放在他这里，并不安全。

雷大公小心地包好金条，重新揣入怀中，说："还有一件事，也想和你商量。我想从今天起，就对外放风，说你答应送六六去上海读书，所有的费用都是你出的。""别，别，"钱多说，"无功不受禄，我怎么能贪天功为己有呢。""你就帮我这个忙吧，"雷大公诚恳地说，"我不想让别人知道我有两根金条，也不想让他们知道这两根金条是金公公送给我爹的。金公公在这里两年，很多人都帮过他的忙。除了他送给我爹的金条，也不知他感谢了那些人没有。因此我不想这事让别人知道，也不想让我家里的人知道，免得几个儿子说我偏心，手背手掌都是肉啊。"钱多想了想，觉得也是，就答应了。同时他告诉雷大公，既然这样，干脆对外不要说起金条的事。他觉得，如果让人知道他身上带着两根金条回上海，一路上肯定会增加不少不安全的因素。

"好的，一言为定。"雷大公双手抱拳，对着钱多拱了两下。"给你添麻烦了。我也是实在没有办法。六六这个孩子，身在农家，心比天高。自从你们来了之后，就一门心思想去上海。我也是被她缠得没有办法。我只有这一个女娃。穷养儿子富养女，我就在她身上多花点钱吧，也算是父女一场。这孩子长得不错，眼光也高。长大之后，也有不少过得去的人家来提亲，可她一个也看不上。她娘常说，看你到底要找一个什么样的男人。普通人你看不上，贵人又看不上你。也许，她就不属于我们这疙瘩。让她去上海吧，她的姻缘就在那里也说不定。”

钱多不想成为别人抢劫的目标，他写信给父亲，请他派两个保镖来杏花坪。二十多天后，他和六六在两位保镖的陪护下，离开了杏花坪。临行前，上百杏花坪人前来送行，姑娘们以羡慕的眼光看着身穿旗袍、足蹬皮鞋，打扮得像个城里人的六六，暗自嗟叹她有一个好爹爹。

尾声

我回上海的时候，没有要肖仁一同走。杏花坪还有很多事情需要他照看。再说，我在上海只准备待两个月，过后还是会再返杏花坪，他也没有必要跑这一趟。然而人算不如天算，卢沟桥事变后爆发的全面抗战改变了已有的格局。国民政府做长期抗战的准备，开始有计划地内迁上海的企业。我父亲不想当汉奸，也不想死，想尽办法挤进了第一批内迁的名单，1938 年就跑到了重庆，我也跟着到了重庆。时局混乱，邮路不通，我和杏花坪失去了联系。没想到 40 年代初，肖仁竟辗转数千里，来到重庆，找到了我们。

我大喜过望，在他见过父亲之后，立马将他拉到望江楼，为他接风洗尘。三年不见，肖仁满脸风霜，胡子拉碴。他已消退了过去的意气，显得心事重重，讲话时心不在焉，有时竟然突然停下，盯着酒杯一看就是半天。

从肖仁的谈话中，我知道，1938 年武汉失守之后，物价突然大涨。这时我们正乱哄哄地忙着往重庆搬家，他失去了与我们的联系，只联系到公司在上海的留守处。留守处的人告诉他，现在钱氏公司的主体都已在迁往重庆的路上，老爷、少爷、夫人都联系不上，而且上海到湖南的邮路不通，银钱等的来往更不安全，公司不可能再往杏花坪汇款。杏花坪的一切事项由他便宜处置。肖仁要处置的主要有三个事项：一是杂货店，二是一些杏花坪人借的小额贷款，三是我们修的那个大院。大院好处理，丢在那里，委托一个信得过的人代管一下就是。贷款也好处理，只要不收利息，原来借多少，现在还多少，杏花坪人也还愿意还钱。难处理的是杂货店。开始肖仁决定关闭杂货店，但立刻引起杏花坪人的强烈不满。兰大公和原来的辣大公带着一百多人围住了院子，口号喊得震天响。兰大公指着肖仁的鼻子，骂他不地道，“你和那个钱少办起这个杂货店，把持了杂货生意，赶跑了小贩，现在说关门就关门。兵荒马乱的，外面的进不来，里面的出不去，我们怎么办？我们不买东西，不过活了？”肖仁想想，觉得兰大公说得也有道理，只好继续维持杂货店，冒着生命危险到处进货，价格随行就市，在进货价的基础上加价一成卖出去。开始大家相安无事，过了一段时间，又有人不满了。兰大公和辣大公再次率领一百多人，包围了院子。“奸商，奸商！”这次是原来的辣大公指着肖仁的鼻子骂，“你们的煤油卖到三十三块一斤，可昨天有人到县城买东西，煤油只要三十。奸商，奸商！”“是啊，三个月前，煤油还只要二十块钱一斤嘛。奸商，奸商！”有人帮腔。大家情绪激昂，有人喊口号：打倒奸商！反对涨价！我们要平价煤油！我们要平价洋火！……

“难啊。”说到这里，肖仁连连摇头，他抬起手，拭去眼角溢出的泪水。我连忙握住他的手，动情地说：“你辛苦了。”

“难哪，钱少。”肖仁继续说，“我们钱多的名声在外，加上我们是外来户，没有老搭档，进货的时候，人家想方设法地抬价，卖货的时候，大家又都巴不得你便宜。以前你在的时候，老爷经常有钱来，我们贴钱经营杂货店，自然皆大欢喜。公司不再来钱，我只能将本经营，价格自然降不下来，大家就不满意了。那段时间，外面的物价疯了一样，几天一个价，两三个月翻一番。我们商品的价格也只好随行就市、水涨船高。但杏花坪人与外隔绝，外面的信息了解不多，只知道和过去比。昨天煤油还只要三十块，今天怎么就要三十五块了？而少数知道就里的人又各有自己的算盘，不愿说出真相。大家的火气自然就发到我的身上。”“后来呢？”我问。“大家喊着喊着，就失控了。有人在人群中向我扔石头，一个拳头大的石头打在我的头上，当时就血流不止。”肖仁说着低下头，用手拨开头发，让我看他后脑勺上的疤痕。“后来呢？”我激动地问。“后来，兰大公和辣大公带着几个年轻人冲上来，抓住我，把我押到彭氏宗祠，让我跪在风雨雷电四大公的塑像面前请罪。”“太过分了！”我愤怒地说。“是呀，两个年轻人，一人抓着我的一只手，另一只手撑着我的肩膀，把我的手反剪起来，推着我向前走。前面又有两个年轻人，一个抓着我胸口的衣服，一个人揪住我的头发，将我往前带，好像替我引路似的。到了风雨雷电四位大公的塑像面前，兰大公要我跪下，我不肯跪。不知谁在后面对着我的腿弯踢了一脚，我站不住，就跪下了。又有两个人一人伸出一只脚，踩在我的小腿上，使我站不起来。”“他们怎么能这样，真是翻脸比翻书还快啊！”我有点出离愤怒了，“后来呢。”“后来？”肖仁想了一下，“幸亏雷大公和明大公带着乡丁赶来，把我救了出来。”“好，幸亏雷大公还明事理。”我说。“是的，”肖仁说，“这次事件之后，我下决心关了杂货店，不管他们怎么闹，哪怕他们说要杀死我，我也铁了心要关店。其实，物价涨了，他们也不是不知道。以前一个鸡蛋五分钱一个，他们闹事时一个鸡蛋已经卖到了一块钱一个。以前他们借我们一块钱，差不多能买三斤煤油，现在那些钱只要卖一个鸡蛋就能还了。他们不知道外面的事，眼前发生的事还能不知道？”“人心难测啊，”我感慨地说，“还是那两个字，自私。”肖仁点头说：“是的，对他们有利的，他们就不作声，对他们没利的，他们就闹。目的就是想像以前一样，要我们贴钱卖东西给他们。可我们哪来的钱呢？我算看透了。”

看起来那么友善的杏花坪人，变起脸来，怎么这么快！我想起了雷大公经常喜欢说的一句话：“人的鼻子都是往下长的，往上长的话，掉进雨水不沤烂了？”人本性都是为自己考虑的。杏花坪人两百多年来生活在与世隔绝的社会，按照祖宗定下的法规生活，人性中恶的一面，某种程度被压抑了。可我无缘无故地跑进去，又是捐款，又是借钱，又是自己贴钱开杂货店，又是引进现钞。旧的秩序被破坏了，新的秩序又没建立，人性中的恶被极大限度地调动起来。不发生这样的事才怪。

我不禁陷入沉思。肖仁的话唤醒了我："雷大公后来也出事了，你还不知道吧，钱少？"我吓了一跳："他出什么事？他怎么会出事？"我眼前又浮现出雷大公精明、强干、阴鸷的形象，我不明白，在杏花坪，谁能将雷大公扳下去。"也是因为钱的事。他们大房的那个彭师长，回来之前先派了他儿子来与雷大公商量，准备给彭氏家族捐赠十根金条。雷大公要求将其中的四根金条换成枪械，四根捐给族里，还有两根，给他个人，但不能对外说。彭师长想要族里给他岳大公的称号，并且允许他的一个已经结婚的妹妹全家搬回杏花坪，以照顾他独居的母亲，就同意了。但心里总不舒服。他明明捐出了六根金条，杏花坪人却只知道四根。心里憋屈，就难免不露点口风。一次大房的人到广州看他，喝酒之后，他借着醉意，将此事讲了出来。大房的人回杏花坪后就借此闹事，联合二房、四房的人兴师问罪，要求雷大公赔钱，并且辞出族长的职位。三房虽然人多，但这件事的确是雷大公做错了，也不好出头。雷大公只好卖田换钱，赔了两根金条，辞了族长的职务。然后杏花坪人又围绕族长的位置明争暗斗，最后三房和大房达成协议，由三房的明大公当族长，大房的族长晴大公做了乡长。"

"看来根本没有什么金公公，雷大公的那两根金条就是彭师长拿出来的。"我恍然大悟。"听说金公公还是有的，也到他家住过一段时间。但那时的金公公已是丧家之犬，逃亡时身上衣服都没带出几件，哪里还有什么金条。”“那雷大公呢？”“雷大公经此一闹，也心灰意冷。”肖仁说，“他将剩下的家产分成五份，四个儿子一人一份。他自己的那一份则变了现，和他堂客一起到上海投奔六六去了。我关了杂货店之后，也准备回上海。雷大公夫妇便与我同行，我一直把他们送到六六那里。”“那你见到六六了，她怎么样？”我赶忙问。我知道，六六因为基础差，在音乐学院学习并不顺利。但我后来离开上海，在重庆又经常搬家，因此很长一段时间失去了六六的消息。“不怎么样。”肖仁回答，“开始时她基础差，跟不上课，常受同学排挤。后来经过努力，勉强能够跟上课了，她那个学校又因为学生搞抗日活动，被日本当局勒令关门了。失学之后，六六想找个音乐方面的工作，哪怕是到小学当音乐教师，她都愿意。但她没有文凭，而且还只读了一年多一点，技艺也不纯熟，因此一直没有找到合适的工作，只好坐吃山空。我们找到她的时候，第一根金条的钱她已经用得差不多了。雷大公夫妇来了之后，一家三口，压力陡然加大。我帮他们找了一个不大的房子，买了后，雷大公夫妇带来的钱也用得差不多了。我看他们实在艰难，就把清盘杂货店后所得的钱给了他们，应付日常开支。剩下的那根金条他们暂时没敢动用，怕万一有个什么急用。现在六六在百乐门做歌女，偶尔也陪陪舞，赚点钱养家。我时常为她捏把汗，一个弱女子，又没后台，很容易被人欺负。好在她父母来了，好歹有个依靠。我离开上海时，专门给上海留守处的老崔说了一下，用你的名义，请他们关照一下六六。老崔答应得倒是挺爽快，但也不知道实际怎么样。”

我再次陷入沉默。六六到上海，完全是因为我的蛊惑。现在她是到了上海，但命运不一定比她在杏花坪找个家境好的人家嫁了好。我究竟是做了好事，还是做了坏事？

“我联系你不上，自作主张，将开杂货店剩下的钱给了六六。还请钱少原谅。”肖仁道歉地说。

我站起身，闷闷地喝了一杯酒，用右手揽住肖仁的肩膀，左手在他背上拍了拍。

（原载《湘江文艺》2021 年第 6 期）

VR城堡

一

落山的太阳仿佛初升的月亮，黄黄的，靠在对面山顶上休息。坐落在山谷里的城堡沐浴在夕阳的余晖里，显得更加金碧辉煌。城中哥特式建筑大大小小的尖顶错落有致，在夕阳的照耀下闪着金光。悠扬的钟声安闲地敲着，令人心旷神怡。一条小河缓缓流经城堡，水面荡漾着芬芳的落花，倒映着岸边的垂柳。然而，风景虽然美丽，街上却没有一个人走动，屋子的窗帘都低垂着。

当阳的山坡上，一位老年妇女带着两个孩子，远远地眺望着那座巨大的城堡。老妇人六十左右，头发已经花白，但身材依然保养得很好，五官十分精致。两个孩子一男一女，十分活泼漂亮。他们已经在这里待了一个下午。

“奶奶，城里怎么没人呢？”那个五六岁的女孩指着空无一人的城堡问。

“因为城堡还没有主人。”

“那它是谁修建的呢？”那个七八岁的男孩疑惑地问。

“一个叫布林特的先生。”

“那他不就是城堡的主人吗？”男孩问。

“他是城堡的拥有者，但不是主人。而且他已经去世了。”

城里一片死气沉沉，城外却生机勃勃。小鸟歌唱，梅花鹿在溪边喝水，松鼠在树林中蹿上蹿下。一只兀鹰在空中自在地翱翔，巨大的翅膀动也不动，任凭气流将它带向那不可知的地方。它渐渐地飞近了城堡。突然，它像遭了雷击一样，翅膀剧烈地抖动了一下，身子缩成一团，直直地掉了下来，落在城堡的外面。

“看，奶奶，它掉下来了！”女孩指着那只老鹰喊道。

“是的，它被城堡防护网发射的激光打下来了。”奶奶惋惜地说。

“城堡为什么要发激光打它呢，奶奶？”男孩追根究底地问。

“因为那座城堡没有对外开放，连只蚊子都不准进去。”老妇人淡淡地说。

“那它什么时候可以开放呢，奶奶？”女孩问。

“说来话长，”老妇人沉思地说，“这座城堡的拥有者布林特先生是一名大科学家，专门研究虚拟现实的。布林特年轻的时候，爱上了一个女孩，但他当时很穷，女孩的父母坚决反对将女儿嫁给他。后来他靠经营 VR 产业发了财，有很多漂亮女孩围着他转，但他一个也没娶。因为他分不清这些女孩是看中了他的钱，还是看中了他的人。布林特终身未婚，没有继承人。去世前十年，他的全部精力都在修建这座城堡。城堡修好后不久，他就去世了。他把自己所有的遗产都捐给了布林特基金会。基金会的主要任务之一就是运行、管理这座城堡。”

“那基金会为什么不给这座城堡找个主人呢？”男孩打破砂锅问到底。

“因为布林特先生在城堡建好之后，曾经立下一条规则：只有得到这个国家最漂亮女孩的爱情的这个国家最英俊的男孩，才能成为这座城堡的主人。城堡要由这个主人启用之后，才开始运营。现在还没有人达到这个条件。”

“如果有人达到了呢？”男孩问。

“那他就可以成为城堡的主人。”

“成为城堡的主人有什么好处？”女孩问。

“布林特还有第二条规则：这个城堡的主人可以娶这个国家最漂亮的女孩。”“可是，这两条规则的意思不是一样的吗？”男孩说。

“不一样的，你以后就知道了。我们走吧，司机应该来了。”奶奶想把话题引向其他方面。

但男孩的思绪还停留在这个话题上面。过了一会，他又抬起头问：“那个布林特爱过的女孩现在怎么样了呢？”

“她也没有结婚。”奶奶眼盯着城堡说，“她爱布林特。他们在同一个大学读书，布林特是她的学长。”

“那他们怎么不结婚呢？”男孩嚷道。

“开始是女孩家里不同意，因为布林特穷。后来布林特有钱了，女孩又不同意了。”

“奇怪了，为什么？”男孩问。

“因为她不想让别人觉得她和她的家庭是看上了布林特的财产。”奶奶说，“她也不想让布林特对她和她的家庭产生这样的看法，虽然也许布林特不会这样看她和她的家庭。”

“那个老奶奶该多么孤单啊。”女孩说。

“她不孤单，因为她心中有爱。而且她晚年收养了一男一女两个可爱的孩子。”奶奶看了看男孩和女孩，微笑地说。

“我想去城堡里玩。”女孩说。

“我也想去。长大后我们一起去玩吧，妹妹。”男孩说。

“好的，一起去。”女孩说着拉住男孩的手，又跑到附近的草地上打闹去了。老妇人继续注视着城堡，端庄的脸上露出深思的神情。

二

五年一度的“VR 城堡”选美大赛落下了帷幕。

荣获“VR 城堡”2050 年度美王子称号的是二十三岁的爱德华多，夺得美公主桂冠的是二十一岁的爱米丽。

久负盛名的“VR 城堡”选美大赛由布林特基金会举办，是这个国家规模最大也最权威的选美大赛。大赛以公平公正透明著称，男女前十名一经选出，便成为年轻人热追的偶像，星光灿烂，前程光明。因此，当美王子美公主最后出场的时候，全场都沸腾了，欢呼声、鼓掌声、尖叫声、口哨声此起彼伏，上万气球同时升起，上千鸽子同时飞空，在能容纳十万人的广场上空来回盘旋，悦耳的鸽哨在空中回响。男女两位主持人牵着男女冠军的手，将他们引到舞台中央，他们示意两人像以往各届选美冠军那样，将相邻的两只手握在一起，四只手同时向上举起，形成两个V字相连的形状，以向出席颁奖典礼的嘉宾及与会群众宣示胜利、表示感谢。但美公主却突然挣开女主持人的手，蹦跳着扑到美王子的怀中，双手吊住对方的脖子，两条腿绕在对方腰上，口中不停地喊着："哥哥，哥哥！"美王子稍微迟疑了一下，也紧紧地抱住美公主。"我们赢了，妹妹。""我们赢了！"美公主重复道，流下激动的泪水。

嘉宾和与会者都呆住了，谁也没有想到，这对选美冠军竟然是兄妹！什么样的家庭才能有这样的幸运？什么样的父母才能生下这样俊美的一对儿女啊！整个广场静默了十几秒钟，突然再次爆发出比上次更加响亮的欢呼声、鼓掌声、尖叫声、口哨声。鸽子受到惊扰，以更快的速度在空中飞舞，鸽哨的旋律也更加悠扬、响亮。

经过几天的采访、见面、受邀演讲，获奖带来的忙碌逐渐过去，爱德华多与爱米丽决定忙里偷闲，去VR城堡游乐园消遣一个下午。两人征得奶奶的同意，化了装，自己买票，悄悄进入游乐园，来玩他们最喜欢的游乐项目"屠龙大战"。爱德华多扮演屠龙英雄贝奥武甫，爱米丽则化身巨龙格伦代尔。两人坐在屏幕前，用意念操纵着自己的化身，在海边的山洞里真刀真枪地拼搏。游乐场占地一百公顷，游戏项目均是VR。游戏者可以和各种VR形象融为一体，不仅可以用意念指挥，而且其VR化身的各种生理感觉也能传输到游戏者身上。比如化身格斗久了，游戏者也会感到疲惫，化身身上中刀，游戏者身上相同的地方也会感到疼痛，虽然他并没有受伤。而且过程完全是随机的，全看游戏者的技能与处置。不同年龄、不同性别的人都可以在这里找到自己喜爱的游乐项目，因此整天人满为患。

爱德华多和爱米丽最喜欢的游乐项目“屠龙大战”与其他项目不同的是，出场的不是VR形象，而是实体模型。实体模型虽然不能像VR形象那样千变万化，上天入海，但更加真实，更有现实感。由于模型的制作与维修需要更多的经费，因此与其他VR项目相比，这个项目要贵很多。好在奶奶有的是钱，两人可以尽情地玩乐。

按照以往的规矩，两人不管战多久，最后的结果总是爱德华多败下阵来。爱米丽操作的贝奥武甫拿着屠龙刀将格伦代尔的头砍了下来。但这次爱米丽想换个花样，自告奋勇地要做格伦代尔，爱德华多做贝奥武甫。不过既然做了贝奥武甫，爱德华多便以英雄自居，使出浑身解数，把爱米丽操作的格伦代尔打得落花流水。最后，贝奥武甫翻身扑在格伦代尔身上，两只脚夹住它的尾巴，一只手抓住它的一只角，另一只手将屠龙刀高高举起，就要砍下来。爱米丽急得快要哭了，扭着身子喊道:“哥——”爱德华多循声望去，爱米丽手里拿着太阳镜，正幽怨地看着他:“不和你玩了，净欺负我。”爱德华多突然意识到自己越位了，于是假装失误。贝奥武甫被格伦代尔从背上掀了下来，接着格伦代尔的尾巴摔过来，打在贝奥武甫的腰上，贝奥武甫疼得龇牙咧嘴，倒在地上半天爬不起来。

“你输了。”爱米丽笑了。她见好就收，从座位上站起来，得意地宣布。“输了输了。”爱德华多笑道，一边将游戏头盔取下来，一边用手揉着腰部。

“不疼吧。我帮你看看。”爱米丽关心地说，将他的衬衣掀起来。

“没关系。你又不是不知道，只是一种神经传导导致的疼痛，又不是真的受伤了。”爱德华多说，但还是用手揉着自己的腰部。因为虽然只是一种神经传导的疼痛，也是很不好受的。

爱米丽连忙把自己的两只小手按在爱德华多的腰上，轻轻地按摩着。

三

两人玩游戏的时候，已经瞥见一个四十多岁绅士模样的男士坐在游戏室一角的一把椅子上，面带微笑远远地看着他们。他们以为他也是来玩游戏的，没有在意。当他们站起身准备离开的时候，爱德华多对那位先生点了点头，示意他可以来玩了。但那位先生却径直走到他们面前，礼貌但十分肯定地说：“你们好，爱德华多先生，爱米丽小姐。”

两人愣住了。为了怕人认出，两人来游乐园时特意做了伪装，戴了帽子，穿了身平常不大穿的衣服，爱德华多戴了一副很大的墨镜，几乎遮了半截脸，嘴唇上还粘了胡须；爱米丽则戴了一副茶色太阳镜，一片白色的口罩，几乎将整个脸都包了起来。

绅士模样的男士现出会心的微笑，拿出一张名片：“你们好，我是布林特基金会的，我们总裁想请你们去基金会一下，有事与你们商量。”

基金会在布林特大厦第六十八层，两部专用电梯直达。总裁是一位五十出头的男士，个头偏矮，面色红润，十分精神。他一丝不苟地与两位年轻人握了手，请他们坐下。总裁办主任，也就是那个在游乐园邀请他们来基金会的男士倒了茶，也在旁边坐下。

总裁似乎并不急于谈正事：“我叫史密斯·特斯伍德，基金会总裁。祝贺你们评上美王子和美公主。能否问下你们今后的打算？”

“谢谢您，特斯伍德先生。”爱德华多说。按照惯例，他们两人在一起的时候，总是由他做发言人。“我们和奶奶商量过了，先把学业完成再说。快要暑假了。暑假过后我读博二，爱米丽大学毕业后也准备考博士。”

“好，不靠颜值吃饭，有志气。”史密斯赞赏地说，“不过，请叫我史密斯。你们奶奶我也认识，一位非常睿智的老太太。我很赞成你们的决定。不过，我有一个提议，今年暑假期间，我们想请你们参加我们计划的一个活动。”

“什么活动？”爱德华多问。他看了看爱米丽，爱米丽脸上露出兴奋的神色。

“我们把它叫‘复活计划’。布林特先生一生一共创办了四个实业，VR 城堡，VR 城堡游乐园，布林特大厦，还有他去世后成立的布林特基金会。现在，游乐园天天客满，布林特大厦在商业、旅店、写字楼方面也十分火爆，布林特基金会一方面管理这些产业，一方面做风投，效益也很好。只有 VR 城堡由于没有找到符合布林特先生要求的人选，一直没有开业运营。现在你们评上了 VR 城堡选美大赛的男女冠军，符合条件的人有了，城堡可以启用了。我想问问你们是否愿意参加这次活动，做城堡的主人。”

“做城堡的主人？”爱德华多疑惑地问，“可我听说布林特先生的条件是，只有得到这个国家最漂亮女孩爱情的这个国家最英俊的男孩，才能成为这座城堡的主人。”

“是的。”

“可我们是兄妹啊。”爱德华多说。

“是啊，我爱爱迪，但那不是男女之爱。”爱米丽叫道。

“你们并不是亲兄妹，”史密斯不慌不忙地说，“你们之间可以有男女之爱，现在的问题是：你们是否愿意将以前的兄妹之爱转为男女之爱。”

爱德华多与爱米丽惊得目瞪口呆。两人互相看看，又轮流地看看史密斯先生和办公室主任，一时不知说什么。

“我们不知道您说的是否属实。”爱德华多咽了一口唾沫，艰难地说，“我们得回家问问奶奶。”

“好的，”史密斯先生回答说，“你们觉得如有必要，还可做一个 DNA 检测。”

四

“你们的确不是亲兄妹。”奶奶的回答既在意料之中，又在意料之外，“你们不光不是亲兄妹，而且不是一个国家的。爱迪是这个国家的，爱米是我从欧洲一个国家领养的。不过你们来的时候还不到一岁，因此什么事都不记得。”

奶奶这一提，爱德华多潜藏的记忆，忽然跳了出来。他想起，大概在他三岁的时候，家里突然多了一位身材高挑的漂亮阿姨，和一个整天只知睡觉的小洋娃娃。爱德华多一直和奶奶在一起生活，家里忽然多了一个阿姨和一个粉雕玉琢似的洋娃娃，别提有多高兴了。是的，开始他就以为是一个洋娃娃，因为她长得太像洋娃娃了。但这个洋娃娃突然哭了起来。原来不是洋娃娃，而是一个活娃娃，爱德华多更高兴了。他跑过去，想把活娃娃抱起来，但活娃娃太重了，他不仅没有抱起来，反而自己栽倒在摇篮里，压在了活娃娃的身上。活娃娃哭得更厉害了。阿姨跑过来，把他抱了起来。活娃娃吃饱之后，一个人躺在摇篮里咿咿呀呀地唱。爱德华多绕着摇篮，反反复复地转圈，不时停下来，伸出一根手指，在活娃娃粉嘟嘟的脸上点一下，然后触电似的拿开。活娃娃便开心地咯咯一笑，露出两个小小的酒窝。奶奶说这个活娃娃是他的妹妹，叫爱米丽，那个漂亮阿姨是他们的妈妈。爱德华多简直爱死了这个有着两个小酒窝的妹妹了，硬要把自己的床搬到妹妹房里，和妹妹一起睡。晚上起来，撒尿之后，他总要跑到摇篮旁边，看到活娃娃仍然睡在那里，他才放心地上床睡觉。在他五岁的时候，一天早晨起来，和妹妹一起来的妈妈忽然不见了。奶奶告诉他们，妈妈在很远很远的地方，还有两个哥哥，她得照顾两个哥哥，以后不会来了。爱德华多伤心地哭了起来。同样流着泪的妹妹走过来安慰他，把自己的小手绢按在他的眼上。他把妹妹抱在怀里，觉得这就是他的命根子。

“那么，那个走了的妈妈也不是我们的亲妈妈？”爱德华多问。“是的，那是我请来照顾你和爱米的。”奶奶回答说。

爱德华多不再说话。但爱米丽却突然爆发了。

“我不信，”她哭着说，“好好的一个哥哥，怎么突然就不是了。”

“爱米，”奶奶揽着爱米丽的肩膀，安慰地说，“这是事实，你们可以去做DNA鉴定。再说，不是哥哥，还可以是其他什么啊。你们可以还是像以前一样亲密，不是吗？”

那天晚上，爱德华多失眠了，很多往事一一浮现在脑海。

小时候，他和爱米丽经常在家里的泳池里游泳。游泳结束后，两个一起在泳池边的更衣室更衣，爱米丽总是当着他的面把泳衣脱下来，然后再穿上日常的衣服。有一天，他忽然发现爱米丽的两个乳头像两粒花生米一样鼓了出来。他吓了一跳，以为出了什么事，连忙用手去摸：“这里怎么肿了，痛不痛？”爱米丽红着脸打开了他的手，跑到一边换衣服去了。爱德华多回过神来，也红了脸。

第二天，奶奶找来工人，在更衣室里砌了一堵墙，将更衣室一分为二，并在两个房子的门口分别写上男、女两个字。从那以后，他和爱米丽再也没在一起换过衣服。

他想起，自从爱米丽的乳房发育之后，有一段时间，爱米丽的个头噌噌地往上蹿，几乎就要赶上他了。这段时间，爱米丽喜欢穿上奶奶给她买的高跟鞋和他比高矮，并且嘲弄地说：“我都看得见你的头顶了。就这么点高还想当哥哥，当弟弟还差不多。”这弄得他很自卑。这段时间他每天都拼命地吃饭，把肚子胀得鼓鼓的，还有事无事就去吊单杠，但个头就是不长，他都几乎绝望了。好在爱米丽在身高快赶上他后突然不再往高长了，他慢慢地又超出了爱米丽半个头。有一天，他居高临下地看着爱米丽，得意地说:“怎么样，我还是哥哥吧？”爱米丽嗤了他一鼻子，“哼，哥哥可不是那么好当的，以后你得让着我。”从那以后，每次玩游戏、比赛，最后的输家总是他。

他还记得，他第一次也是唯一的一次与人打架，就是因为爱米丽。那是读初中的时候，他正在上体育课，爱米丽的一个同班女同学匆匆跑来，告诉他一个高年级的男生拦住爱米丽，要亲了她后才放她走。他随手拿了一根棒球棍，就跟着那个女孩去了。到了现场，见到那个男孩还在纠缠爱米丽，他冲上去就抡开了棒球棍。那一次他打断了那个男孩一根胳膊。奶奶使出浑身解数，花了不少钱，才了结此事。事后，奶奶罚他跪了一个晚上，无论爱米丽怎样求情，也不松口。爱米丽只好陪着他跪了一个晚上。也是从那天起，奶奶专门请了两个五大三粗的汉子，负责两人的安全，直到他们先后上了大学。

可是现在，他们忽然就不是亲兄妹了，爱德华多心里空落落的。他不能接受爱米不是他的亲妹妹。但理智告诉他，奶奶说的是真的，爱米的确不是他的亲妹妹。不过不是亲妹妹，可以胜过亲妹妹。这样的事例不是很多吗？他觉得自己可以继续做她的哥哥，和她保持最亲密的关系。这时，他又想起奶奶的那句话:“不是哥哥，还可以是其他什么啊。”其他什么呢？丈夫？是的，我可以娶她，成为她的丈夫，这不比做她的哥哥更亲密，更能长久吗？爱德华多想起他以前时时有种不安，害怕爱米丽结婚之后和另一个男人一起生活，他就不能像现在这样与她朝夕相处了。他又想起，上大学之后，也有很多不错的女孩与他亲近，向他表白，但他总不来电。现在想来，是因为在他潜意识深处，藏着一个爱米丽，他不自觉地以爱米丽为标准来衡量其他的女孩，自然提不起兴趣。是的，他要娶她，这样所有的问题都解决了。可是，她心中有他没有呢？如果她仍然只把他当哥哥，怎么办？她那么美丽，那么聪明，那么善解人意，肯定有不少小伙子追她，她的心是否另有所属呢？应该不会，以他们的关系，她如果有了意中人，肯定会告诉他这个哥哥。不过……他就这样翻来覆去地想着，直到快天亮了，才迷迷糊糊地睡去。

五

第二天，爱德华多和爱米丽按照奶奶的安排，去医院做DNA检测。

爱米昨晚似乎也没睡好，显得有点疲惫，但精神并不差。她没有像平时一样，紧贴在爱德华多身边，而是落在后面，离开一米远的距离，一路想着心事，脸上有时闪过一丝笑容。

他们办了加急，第四天，结果出来了。两人间99.99%没有生物学上的血缘关系，也就是说，他们不是亲兄妹。但这个结果早已在两人的预料之中，因此没有引起两人情绪的波动。吃晚饭的时候，奶奶只是简单地劝了下他们要面对事实，虽然不是亲兄妹，但两人二十年以兄妹相处的历史是消除不了的，感情仍在那里，不做兄妹，还可做其他的。然后三人各自回房间休息。

爱德华多睡不着，下楼想到客厅走走，却意外地发现爱米丽手支着头，正坐在客厅的沙发上，想着什么。感觉有人下来，她以为是保姆，转头一看，却是爱德华多。她征询地看着他，嘴唇动了一下，似乎在说，怎么办？

爱德华多有点拘谨地坐在爱米丽旁边，双手握在一起，放在自己的膝盖上。“哥。”过了好久，爱米丽打破了沉默，“我还是叫你哥，行吗？”

“好。”爱德华多点点头，“你还是我妹妹，我最亲的人，不管有没有血缘。”又过了一会，爱米丽再次开了口：

“可是我不想再做你的亲妹妹。”

爱德华多身子震颤了一下，侧过身来，询问地看着爱米丽。

爱米丽低着头，双手捧着脸，自顾自说道：

“我不想做你的亲妹妹，我想做你的情妹妹。”

“Qing 妹妹——？”爱德华多一下没有转过弯来。

“是的。”爱米丽抬起头来，勇敢地看着爱德华多的眼睛，“我要嫁给你。你要不要？”

爱德华多以拥抱代替了回答。两人以吻定情。忽然，爱米丽推开爱德华多，在他身上擂了两拳：“你坏！”

爱德华多吃了一惊，忙松开手，看着她。

“你坏。”爱米丽又在他身上擂了两拳，“你坏你坏！你为什么不先说，要我先说？人家是女孩子嘛。”

爱德华多再次将爱米丽搂过来，附在她耳边说：“从知道你不是我的亲妹妹开始，我就一直想告诉你，我想永远和你在一起。但我不敢说。你这么漂亮、这么通情达理、多才多艺，肯定有不少男生追你，我怕碰钉子，怕你拒绝我。”

爱米丽在他脸上亲了一下：“是有很多男生追我，但拿他们和你一比，我就没有感觉了。”

“我也是，我没对任何一个女生动过心，我心里只有你。”

“我们永远在一起。”

“我们永远在一起。”

两人互相拥抱着对方那熟悉而又陌生的躯体，在沙发上絮叨了一个晚上。直到第二天早上奶奶下楼，两人才不好意思地站了起来。

“不为亲兄妹的事烦恼了？”奶奶狡黠地笑着。

“我们改为男女朋友了。”爱德华多有点不好意思。

“我要嫁给爱迪。”爱米丽搂着爱德华多的腰，大声宣布说。又在爱德华多脸上吻了一下，“我觉得这样比亲兄妹还好，感谢上帝！”

“奶奶赞成。”奶奶盯着两个孙辈，慈祥的脸上露出笑容。

“谢谢奶奶。”爱德华多由衷感谢，“我们商量了，准备接受布林特基金会的邀请，参加‘复活计划’，去做 VR 城堡的主人。”

“是的，我们先在城堡里做一回想象中的夫妻，然后再做真正的夫妻。”爱米丽兴奋地说，“这有点像人们常说的试婚吧？”

奶奶的脸色变得严肃起来。她把两人招到自己身边，拉起两人的手，说：“你们还记得布林特先生为城堡主人立的两个规矩吧？记得？那就好。布林特先生实际上是想对城堡主人进行大考。爱迪、爱米，你们对自己的爱情有信心吗？有，那好。对对方的爱情呢？也有。很好。爱，不是一件容易的事，它意味着完全彻底地替对方着想，为对方献身，宽容、谅解对方。如果你们有信心做到这一点，我支持你们去。如果有一丁点的不自信，那就还是不去为好。爱迪，你能做到吗？”

“我能。”爱德华多郑重地说，“爱米就是我的生命，不，比我的生命还重要。我对自己的爱情有百分之百的信心。”

“爱米肯定也是这样？那好，你们去吧。祝你们好运。”

六

布林特基金会对两人愿意参加“复活计划”十分重视。城堡建成这么多年，一直没有启用，浪费巨大。但布林特先生的遗嘱是不能违反的。因此他们一直盼望尽快实行“复活计划”，启用城堡。城堡启用之后，就会成为另一游乐项目，任何一对青年情侣，只要自己申请并经基金会同意，就可进入城堡成为公爵与公爵夫人，或者他们想做的任何角色，经历他们从没经历过的事情。基金会不仅可以向游戏参与者收取费用，还可把游戏直播，获得收入。他们觉得，这将是基金会另一巨大的收入来源。

史密斯先生亲自开车将两人带到VR城堡游乐园的控制室。控制室建造在游乐园的地下，有两万多平方米，分上下三层。最上一层是控制室。房间里面各种仪器林立，线路犬牙交错，连爱德华多这个计算机专业的博二学生都看得目瞪口呆。

“这个控制室不仅控制游乐场的各个项目，也控制城堡的运作。”史密斯先生边走边做介绍，“城堡与游乐场不同的是，游乐场绝大多数项目都是VR虚拟，虽然三维具体，但实际上只是一些光电与声音的组合，没有真实的物质性。而城堡里的人和物则是具有物质性的实体。也就是说，他们是用具体的物质按照现实中的原型建造起来的。城堡中的人具有人的躯体、外貌和功能，当然，也有现实中的人的局限。如果不考虑他们的人造性，他们就是现实中的人。当然，他们没有自己的大脑，他们的大脑是一台计算机，需要指令才能运作。这些指令一部分来自预设的程序，主要部分则来自真人的大脑。预设程序事先存储在电脑里面，但要与真人大脑联系起来后才能启动。在启动之前，他们只是一些具备人的潜能的人造智能体，启用之后则成为活的智人。”

“不可思议。你们怎样启动他们呢？”爱德华多问。

“所谓启动，就是将智能体与真人联系起来，将真人大脑中的信息输入智能体的大脑也就是脑部计算机中，这样，智能体就成了智人。他的思想、感情、言语、行为表情等都与和他相连的真人原型一样。如果在外形上也做得与原型一样，不知道的人会以为看到的就是原型，连原型的亲朋好友也分辨不出来。”

“太神奇了，”爱米丽赞叹道，“你们是怎么做到的呢？”

“这得感谢布林特先生的一个发现。”史密斯先生说，“我们都有这样的经验，我们睡觉的时候，身体没有活动，但大脑仍在活动，做梦就是一个最突出的例证。布林特先生把这叫作大脑的离身性。他通过研究发现，大脑的离身性其实无时不在，无地不在，通过一定的措施，可以加强这种离身性甚至阻断大脑与身体之间的联系。再通过一定的设施，可以将处于离身性的大脑的活动也就是思维提取出来，输入其他合适的接受体上，这个受体就可以按照接受的指令与真体的大脑同步活动。”

“我想起来了，”爱德华多说，“就在前年发生了一起著名的谋杀案。监控探头拍摄到杀人者的模糊影像，却有上十个人证明杀人者当时不在现场。是不是就是运用的这个原理？”

“是的，”史密斯先生说，“当时警方侦查的方向走偏了，他们总是以为监控视频上的时间错了，想方设法地去找案件真实的发生时间，当然没有任何结果。因为案件就是在这个时间发生的，怎么能找出另外一个时间？后来是我们公司的一个专家觉得杀人者是利用了智人作案。那个谋杀犯花了大价钱秘密地雇人为他量身制作了一个人工智能体，然后有意邀请自己的朋友们来开派对。再假装喝醉，让朋友们继续玩，自己则到隔壁房间休息，躺在床上操纵智人偷偷潜行到受害者家里，利用事先配制的钥匙开了门，将受害者在床上杀害了。后来警方果然在他家一个隐秘的地方找到了那个智能体，与他长得一模一样。以后警方在这方面采取了不少预防措施，再要想利用智人犯罪就困难多了。”

这时他们已经走过员工住宿的中间层，来到了最下面一层。这一层的主体是一个近五千平方米的大厅。史密斯先生指着这个大厅，介绍说：“这是催眠大厅。最多可催眠两千人。为了取得最好的效果，参加这次活动的所有人员都将进入催眠状态。在他们催眠后，他们的大脑将与那些仪器连接，”史密斯指指那些特制的床铺和床头的各种仪器，提请他们注意，“那些仪器会将他们的大脑与智能体连接起来，智能体启动之后，就会按照原型大脑的指挥进行活动，就像原型自己参加一样。”

“可是，我在玩屠龙游戏时，游戏中角色的感觉，也会传到我的身上。比如，角色受伤了，我也会感到疼痛。在这个活动中，我们会不会时而感到疼痛，时而又感到冷热，从催眠中醒过来呢？”爱米丽担心地问。

“不会的，那些感觉是为了逼真，人为制造后通过神经传导，输入人身上的。在这种活动中，我们会阻断感觉传导，不管智人进行什么活动，催眠中的原型都不会有感觉。但智人的经历与思想会在他们的大脑中保存下来，成为他们经历与思想的一部分。”

“不可思议，”爱德华多说，“不过我还有个疑问。您说城堡中的智人与他们的原型是一体的，那他们怎么能够成为他们应该成为的那个角色？比如我时刻想着我在现实世界的身份，我又怎么能够做好城堡的主人这一角色？”

“你这个问题十分专业，不过解决起来也很容易。”史密斯先生回答说，“我们既然可以提取大脑里的东西，当然也可以回避大脑里的某些东西。我们可以阻止原型的某些记忆，不让它们进入智人的大脑，同时事先在智人大脑中设置某些背景程序，这样，智人就会成为他应该成为的角色。”

“那么，能不能不要真人原型，就按智人自己活动呢？”爱米丽问。

“也可以。”史密斯先生回答，“我们可以在智能体大脑中输入相关程序，使他们不要真人原型也可独立活动。不过，那就显不出人和社会的千姿百态。因此在复活计划中，每一个智人背后都有一个真人原型。正式运营后，就不一定了。”

三人回到布林特大厦史密斯的办公室。爱德华多和爱米丽都有点兴奋，憧憬着那即将到来的冒险。但史密斯先生觉得还有一些事情必须交代清楚。

“我想你们应该清楚，你们参加这次活动只有一点微薄的报酬。不仅如此，你们在城堡里的整个活动我们都会记录下来，活动中与活动结束后会有选择地播出，收入归布林特基金会所有。”史密斯先生两手伸出，然后向胸前收拢，好像要抱什么东西似的，“所有的收入。你们知道，为了进行这次活动，基金会的花费是巨大的，为了使城堡充满活力，光是智能体，就需要一千多个，这样就需要聘请一千多名临时工作人员，把他们催眠，以便他们操纵那一千多个智人。还有控制室的工作人员。光人头费就是一笔巨大的开支。不过，成为正式的游乐项目之后，我们就不要花钱了。参加游戏的人都要付费，这对他们是一个难得的体验。”史密斯先生笑道。

“一千多人，谁来管理他们，城堡的秩序由谁维持？”爱德华多说。

“你是城堡的主人，当然由你来管理、维持啊。你有一支六十人的卫队，绝对服从你的指挥。对于不听话的臣民，你可以批评、惩罚、监禁甚至杀死他们。哦，不，不，他们当然不是真的死了，我们事后可以修复的。不过，在你执政的时候，他们如果被杀，就不能再出现在城堡里。城堡的背景是中世纪，实行的是中世纪欧洲宫廷的习俗，你是公爵，爱米丽是公爵夫人，公爵高于一切，公爵夫人次之。相关的背景知识，我们已经输入到有关的智能体中，以保证他们能够以相关的身份，根据相关的规则行事。当然，在必要的时候，我们还可以适当地进行干预。还有什么不明白的吗？”

“大致明白了。”爱德华多说，“不过，我还有一点不大清楚。我们暑假只有六十天的时间，怎么能够经历一个公爵与公爵夫人应该经历的东西？”

“啊，这是我没有说清楚。灵境也就是VR时间与物理时间是不一致的。六十天物理时间可以容纳两三年甚至更多的灵境时间。这与做梦有点相似，半个小时的时间，你可以梦到几年的事情。明白了吧？好的。现在，还有最后一点也是最重要的一点需要说明。布林特先生设置两个原则你们清楚了吧。两个原则是不同的。第一个是成为城堡主人的条件，第二个则是成为城堡主人之后的权力。当然这只是其中的之一，特别把它标示出来，从某种意义上说是对你们的考验。一个拥有无限权力的人，他所受到的诱惑是巨大的，这对他和他的伴侣都提出了很高的要求。你们能否承受得住这一考验，还得看你们的造化。”

“我们肯定能。”爱米丽抢先表态，“我和爱迪从小在一起，相知相识二十年了，没有人比我们相互了解的了。对吧，爱迪？”

爱德华多肯定地点点头。

“但愿如此。”史密斯先生笑道，“看来我是杞人忧天了。离暑假还有四十天，我们还需要做很多准备。你们也一样。建议你们在考试结束，暑假还没有开始的时候抽时间到欧洲去开开心。要知道，整个暑假你们可都得睡在那个三层的地下室里。别担心，你们奶奶有的是钱，别说是送你们去欧洲，就是送你们去火星旅游，她也付得起。”

七

按照游戏规则，爱德华多必须去一个叫圣水的地方，拿到开启城堡大门的钥匙，才能进入城堡，开始他的公爵生涯。圣水离城堡路途遥远，山高水险，而且荒无人烟。爱德华多舍不得让爱米丽如此辛苦，力劝她留在城堡外面等他。但爱米丽不放心他一人远行，坚持要和他一起同去。最后，两人准备了干粮、武器、换洗衣服，骑上城堡为爱德华多准备的那匹马，出发了。

开始时路比较平坦，两人在马上说说笑笑，不知不觉就日落西山。两人把马拴在树上，就着溪中的泉水吃过干粮，捡来一些干柴，点了一堆篝火，相互依偎着睡了一晚。第二天进入山路，山越来越陡，路越来越窄，马不能骑了，他们只好下马，牵着马走。晌午的时候，路从一个山洞穿过，人弯着腰勉强能过，马却怎么也进不了洞。他们在洞的周围转了个把小时，找不到第二条路，只好把马拴在洞前的树下，安置好草料和水，两人独自走了。过洞之后，没走多远，路又变得平坦宽阔了。两人心情愉悦起来，爱米丽哼起她在民间采风时学来的小调，很少唱歌的爱德华多也唱起了小时和爱米丽一起唱过的儿歌。

第三天的路要涉过两条小河。第一条河的河水较浅，流速也不大急，两人把裤腿挽到膝盖，手牵手地蹚了过去。第二条河则有点凶险，河面不宽，但水流湍急，水深齐胸。爱德华多砍了根树枝，去掉枝丫，拄着这根拐杖先去探了探路，再返回来接爱米丽过河。两人把干粮、衣服等不能进水的东西用一件衣服包成一包，由爱德华多顶在头上，爱德华多又给爱米丽砍了一根树枝，做成拐杖。两人拄着拐杖，摸索着过河。到河中心的时候，水没到了胸部，身体可以感到水流明显的冲力。爱德华多让爱米丽走在自己的下手边，身子朝水流来的方向倾斜，抵抗着水的冲力。两人艰难地向前走着，眼看就要渡过深水区。突然，爱米丽脚下一滑，身子稳不住，往水里倒去，她情不自禁地叫了一声。时刻注意着她的爱德华多连忙伸手把她抓住，用身子护着她，一起来到浅水区。却发现由于忙乱，爱德华多顶在头上的包袱落水冲走了。

两人顺着岸边追着包袱，但水的流速很快，他们可以追上包袱，但无法把包袱捞上来。情急之下，爱德华多跳下水，跟在包袱后面拼命地游，试图抓住包袱。看看就要追上，但前面出现一个悬崖，爱米丽吓得大叫。爱德华多心有不甘地在落下悬崖前游上了岸。两人眼睁睁地看着包袱被浪花卷着，落下悬崖，消失不见了。那里面包着他们的全部必需品。爱米丽不禁哭起来，一时责怪自己不该滑那一下，一时又责怪自己不该跟了来，当时要是听爱德华多的话，留在城堡外面等，就不会发生这样的事。

爱德华多十分心痛，他一面安慰爱米丽，一面吻干了她的眼泪，同时赌咒发誓地说爱米丽能来，是他最大的幸福。她如果不来，他肯定取不到钥匙，说不定现在已经无功而返了。直到爱米丽破涕而笑，两人又继续往前走。

傍晚的时候，两人看到了圣水的路标。再走几十米，前面有一间不大的旧屋，屋门上写着两个黑色的楷体字：圣水。推开虚掩的门，两人看见房间正中有一张桌子，桌子上有一把近一尺长的木头钥匙，钥匙下压着一张纸条，上面写着“有缘者得之”几个字。

八

由于拿到了钥匙，返回的路上，两人的心情是愉快的。但慢慢地，饥饿渐渐袭来。开始肚子只是叽叽咕咕地叫，接着两人出现头晕的现象，眼睛视物出现重影。再到后来，胃部像刀绞似的疼起来，两人只得尽量佝偻着身子，以减轻胃的疼痛。渡那两条河时，他们喝了不少水，胃部的疼痛感消失了，胃不再有任何感觉，但两条腿却像灌了铅似的沉重起来，每走一步，都要付出极大的努力。

路不平坦，坑坑洼洼。爱米丽被一块石头绊倒了。她就势倒在地上，呻吟着说："爱迪，我实在走不动了。你一个人先走吧。"爱德华多不肯一个人先走。他扶起爱米丽，把她的一只胳膊搭在自己身上，搀扶着她继续往前走。然而没走多久，他自己也摔倒了。两人躺在地上，相互看着苦笑。爱德华多看见爱米丽的脸色惨白，知道她已经坚持不住了。他自己也饿得没有了感觉。但他觉得自己作为男子汉，要拿出应有的担当与作为。他强撑着站起身来。

"爱米，我们再走一段，钻过山洞，到马那里，我们就有救了。我们可以爬在马背上，让它驮我们去城堡。"

"恐怕还没走到马那里，我们就死在路上了。"爱米丽苦笑道，"我不走了，你一个人走。"

"爱米，我不能没有你。"爱德华多几乎哭出声来，"来，我扶着你，走。"

“你不要婆婆妈妈的了，爱迪。”爱米丽坚决地说，“人可以饿六天，我哪里就会死呢。但我实在走不动了。两人耗在这里，真的都会死去。你趁着还有一点力气，赶快回去。你不是拿到钥匙了吗，到了城堡，你就是公爵了，可以赶快命令手下来救我回去。这是我们唯一的希望。嗨，别再磨蹭了，走啊。”

爱德华多知道爱米的意见是对的，如果坚持两个人一起走，结果只能是两人都倒毙路旁。只有他先走，再找人来救爱米，两人才有活下去的希望。但他怎么能丢下爱米一人，自己先走呢？他犹豫着。

“走啊！”爱米丽真的生气了，扭过身子不再看他。

“走。”爱德华多咬着牙说，决定去闯一条生路。他在离他们大约一百米的地方，选了一块向阳、地势较高、靠着山坡的平坦地方，将爱米丽背到这里放下，脱下自己的外套盖在她的身上，将两羊皮袋水给她留下一袋，毅然地转身离去。

然而刚才的这一番劳作耗尽了他最后一点力气，他摇摇晃晃地走了不到百步，脚不听使唤，绊在一个土疙瘩上，摔倒了。他吃力地爬起来，晕晕乎乎地继续向前走，忽然听见爱米丽的喊声。他摇摇摆摆地走回去，看见爱米丽头朝着他躺在地上，右手拿着一把沾血的匕首，左手拿着一块白色的东西，上面沾满了血迹。他仔细一看，竟是一只乳房——爱米丽割下了自己的乳房！

爱德华多心如刀绞。他哭倒在爱米丽的身旁。

“爱米，你这是为什么？！”

爱米丽闭着眼睛，声音微弱地说：“我想过了，你必须吃点东西。不然，你会倒在路上，我们两人都会死。”

“可是，你没有必要割下乳房呀。我们可以吃点草、树皮什么的，可以打个野味比如山鸡什么的。”爱德华多心疼地说。

“别婆婆妈妈的了。这里是茫茫戈壁，哪里有草？打野鸡，不说这里没有，就是有，你也打不到。”爱米丽挣扎着露出一丝笑容，“别婆婆妈妈的了。放心，我不会死的，虽然我从没受过这种苦，但我身体好，挺得住。我不要死，我想活。我还要和你生一大群孩子。从我裙子上扯块布条下来，把我的胸部捆住，捆扎实点，别让血流出来。其他地方的肉不好割，这里顺手。不是说男人的天堂在女人的胸脯上吗？我让你把你的天堂吃下去。”爱米丽脸上又浮出一丝笑容，“别磨蹭了，走吧。除非你想让我死在这里！”

爱德华多不知从哪里涌出一股力量，他低头在爱米丽额上轻轻地吻了下，然后替她盖好衣服，迈开大步走了。哪怕是豁出自己这百多斤，他也要救出亲爱的爱米丽。他再一次感到，爱米丽是他最亲的人，是他的命根子。

走不多远，他再次感到疲惫。他拿出那白色的乳房，用嘴舔那上面的血迹，肚子里有种燥热的感觉。他把乳房放在嘴里咀嚼，绵绵的，嚼不动。他抽出刀来，将乳房小心地切成许多小块。把这些小块放在嘴里，慢慢地咀嚼，然后囫囵地吞下去。开始肚子有点不好受，有种想呕的感觉。慢慢地，想呕的感觉没有了，肚子开始叽咕起来。再后来，肚子不响了，他重新感到了饥饿。他继续吞咽肉块，饥饿的感觉渐渐消失，力量又重新回到他的身上。他开始跑步前进，一心想尽快赶到城堡，叫人来救爱米。

爱德华多带人赶回来时，爱米丽已经陷入昏迷。随行人员马上展开救护。爵府侍女总管凯瑟琳将爱米丽的头扶起来，放在自己的大腿上，一勺一勺地给她喂温热的米汤。爵府医生莱西开始给爱米丽处理伤口。

一碗米汤喂完，医生示意凯瑟琳暂停喂食。爱德华多接过爱米丽，将她的头靠在自己怀里，用手轻轻地梳理着她蓬乱的头发。爱米丽似乎有了一点反应。她身子动了一下，仿佛是想让自己躺得更舒服一点。

“她动了。”爱德华多惊喜地喊道。莱西医生示意可以再喂米汤。爱德华多从总管凯瑟琳手里接过汤碗，自己亲自给爱米丽喂食。随着一勺一勺的米汤下去，爱米丽的眉梢开始颤动，最后终于睁开了眼睛。

“爱米。”爱德华多轻轻地叫道，关切地看着爱米丽。

“爱迪，我们又重逢了？”爱米丽眼中滚出热泪。她把头埋在爱德华多的怀里，两只手抱住爱德华多，哽咽地说：“谢谢你，爱迪。”

“谢谢你，爱米。”爱德华多也哽咽了。

周围的人都流出感动的泪水。

九

大概得益于爱德华多的精心照顾和自己健康的体质，爱米丽恢复得很快，半个月后，就活蹦乱跳地想要下床了。但爱德华多命人拿走了她的衣服与鞋子，强制性地要她再在床上休养十五天。他总是这样劝她："爱米，别急，我们有的是时间。你先将身体养得棒棒的，以后你想怎么玩，我都听你的。"爱米丽只好躺在床上，盯着窗外叽叽喳喳飞来飞去的鸟儿，痴痴地发呆。

一个月后，爱米丽下床了。康复后的爱米丽似乎变了一个人，她以十倍的努力，把她困在床上时所设想的各种计划付诸实施。万米越野、武术比赛、化装舞会、野外烧烤、冰川滑雪、骑马、射箭、拳击、攀岩，什么疯狂、什么能够显示生命的活力，她就选择什么。好在城堡中有一千多人专门为她和爱德华多服务，她的任何奇思怪想都能付诸实施。

爱米丽叫人在一个瀑布上搭了个空中跳台，从三十米的高空一跃而下，跳入下面一个直径不过十五米的深潭，冲进水中半分钟后才浮出水面，高兴得大喊大叫。这种运动爱德华多看着都头皮发麻。他站在三十米的高空，看着下面澡盆大小的一汪碧水，两条腿不由自主地打战。为了兑现对爱米的承诺，他不得不勇敢地跳下去。但他不敢采取头朝下的姿势，总是脚朝下像根棍子一样地掉下去，不能像爱米丽那样头朝下，给人凌空展翅的感觉。

只有到了晚上，爱米丽才能安静下来。她沐浴之后早早上床，等爱德华多忙完公事来到床上，便把自己柔软的身子靠到爱德华多身边。早晨，太阳老高，她也不让爱德华多起床，她用双腿缠住爱德华多，用含糊不清的声音嘟哝着，还睡一会吧。然后便把头埋在爱德华多的怀里，再睡一个复觉。好在城堡事务不是很多，又有个首席大臣处理日常事务，爱德华多的事情并不忙，乐得满足爱米丽的要求，与她共享美好人生。

爱德华多陷身于爱米丽用爱与活力编制起来的陷阱无法自

拔，也不愿意自拔。他每天花三四个小时处理公务，其他时间全部用在和爱米丽游玩与读书上面，乐此不疲。

但事情总是发展的。尽管爱德华多一想起爱米就满心甜蜜，也尽管他永远不会忘记他和爱米在取钥匙途中的生死相依，不会忘记是爱米的乳房救了他的命，然而时间久了，他也慢慢地对爱米有了一些想法。他觉得爱米太喜欢冒险，她喜欢高空跳水或冰川滑雪或野外攀岩，他看得心惊胆战。他曾多次劝爱米放弃这些爱好，这不仅不符合她公爵夫人的身份，也是对她自己生命的不负责。而对她自己生命的不负责，也就是对他的不负责。他们两人是不可分割的，他离不了她，他相信她也离不了他。但每次劝说，她都只是口头答应，过后又是我行我素。这使他隐隐有点失望，甚至有种挫折感。另一件遗憾的事情是爱米的胸脯。有时两人亲热，激情澎湃，他下意识地伸手去抓爱米的两只乳房，却总是只抓到一个，另一只所在的地方空空荡荡，连天鹅绒般的皮肤都没有，只有一些摸起来疙疙瘩瘩的伤疤。他常常在心里暗自叹息，但又不敢表露出来，生怕爱米有所觉察。

但爱米丽还是有所觉察。她叫莱西医生用最好的材料替她做了一只义乳。义乳非常逼真，即使抵近观察，也很难发现破绽。但假的毕竟是假的。义乳无法像真乳那样有生理反应，而且颜色也总是固定不变，不像真乳那样可以朝晖夕阴。有一次他因为用力过猛，竟把爱米胸脯上的义乳扯了下来，露出那丑陋的疤痕。他已经习惯了爱米的两只乳房，突然再次看到爱米只有一个乳房的胸部，他不仅怔住了，所有的性趣也不知不觉地消失。虽然事后他想尽力补救，但不再来电，他也只能放弃。

他嗫嚅着向爱米丽道歉。爱米丽只是简单地回了一句“没关系”，转过身睡觉去了。他睡不着，也不敢睡，睁着眼睛胡思乱想。直到爱米丽响起了均匀的呼吸声，他才迷糊了一会。

第二天早晨，爱米丽改变了原定的散步计划，带上泳装，去了瀑布，去做爱德华多最害怕的高空跳水去了。

十

爵府侍女总管凯瑟琳是个美人坯子，无论身材还是长相，都无可挑剔。在爱德华多看来，除了爱米丽，凯瑟琳是整个城堡最美的女人。但爱米丽有只乳房是义乳，而凯瑟琳则是两只真乳。

凯瑟琳的两只乳房丰满、坚挺、富有弹性。爱德华多最喜欢看她胸部微颤、急步向他走来的样子。他有时没事或者事情并不紧急，也急召凯瑟琳前来见他，其实就是为了看她走路时胸部的颤动。

后来爱德华多翻看二十世纪的老杂志，发现凯瑟琳竟与一个叫玛丽莲·梦露的美国女演员长得很像，这才明白凯瑟琳为什么怎么看怎么好看。她大概与这个梦露有点什么瓜葛。

爱德华多大约每十天“急召”凯瑟琳一次。凯瑟琳匆匆赶来，但公爵并没有什么紧急的事情要她去做。细心的凯瑟琳注意到公爵喜欢盯着她的胸部，于是每次来都要整理一下衣着，使自己的胸部显得更有吸引力。漂亮的侍女总管对年轻英俊的公爵有种发自内心的喜爱与崇拜。她知道自己的职责就是为公爵服务，她愿意时刻为公爵奉献自己的一切，只要公爵需要。自从发现公爵喜欢观赏她的胸部之后，她暗暗地琢磨原因，觉得应该是公爵夫人缺了一只乳房的原因。她是参加救援公爵夫人的侍从中的一个，知道夫人乳房的缺失及其原因。她对公爵夫人充满了敬意，从没想过要去挑战公爵夫人的地位。但她也同情公爵，作为偌大一个城堡的主人，却不能把头枕在有两只真乳的女人的胸脯上。可怜的公爵！

有一次，当爱德华多又把眼光投向她的胸部的时候，凯瑟琳忍不住说：“公爵，您如果想看，我可以把衣服脱了。”

“啊，不，不，没必要。我看的是你的胸饰，真好看，哪儿买的？啊，我叫你来是想告诉你，今天中午添一道夫人喜欢的菜。好了，没事了，你先退下吧。”爱德华多语无伦次地说，就像因为撒谎被人当面识破的孩子一样。

凯瑟琳微微一笑，婀娜多姿地转身走了。

爱德华多一个多月没有召见凯瑟琳，而且有意地回避凯瑟琳。暗暗欣赏是一回事，但被欣赏对象发现，则是一件尴尬的事，有损他作为公爵的威严，也是对爱米丽的不忠。爱米丽的乳房是为了救他而失去的，他怎么能因此去欣赏别的女人的乳房呢？忘恩负义，不知羞耻。他在心里骂自己。

然而，内心的渴求和生理的欲望却不因为他的自责而消失。他常常想起凯瑟琳饱满的胸脯，仿佛看到那对高耸的乳峰在他眼前颤动。他不自觉地咽了一口唾沫，找来一本小说，埋头阅读，想把自己内心的渴望强压下去。但这渴望却顽强地存在，在他不注意的时候冒出头来，并且越来越频繁。爱德华多明显地变得烦躁起来，常为一点小事大动肝火，责骂手下。他感到害怕，觉得再这样下去，他迟早会在爱米丽面前失态，下属们也会逐渐疏远他。他觉得他必须再次召见凯瑟琳。是的，就看一看，有什么问题呢？

整整一个多月没有与公爵见面的凯瑟琳再次出现在公爵面前。这一个多月对于她也是一种煎熬。作为侍女总管，却见不到公爵，这不仅意味着她的失宠和地位的下降，也意味着她无法很好地履行自己的职责。她应该做点什么，结束这种尴尬的状况。

终于，公爵在爵爷的私人书房里召见了总管。

“爵爷好，给您请安。”凯瑟琳说。她发现公爵正急切地盯着她的胸部，“您还好吧。”

“好，好。你还好吧。”爱德华多有点尴尬，但眼睛仍然盯着凯瑟琳的胸部。既然已经被她看破，他也没有必要再隐瞒。

“爵爷，你这样看不清楚。”凯瑟琳嫣然一笑。她穿一件长及小腿肚的乳白色长裙，中间系着一条红色的腰带，显得楚楚动人。这时，她拉住腰带的一头，手优雅地展开，腰带掉了下来，长裙敞开了。爱德华多发现，里面除了一条带蕾丝边的丝质短裤，什么都没有。

“你！干什么，快合上。”爱德华多有点生气，但眼睛却不争气地睁大了。

“我觉得爵爷没有必要偷偷摸摸。”凯瑟琳敞着长裙，露出白皙的胴体，姗姗走到爱德华多面前，“我们都是爵爷的臣民，您想看就看，想摸就摸。何必偷偷摸摸。”

“别，我生气了。”爱德华多说，用左手蒙住眼睛，不敢正视那对红润高耸的乳峰，但右手却不由自主地伸了出去。凯瑟琳双手捧着公爵的右手，把它放在自己的左乳上。爱德华多握着那柔软丰满的乳房，心满意足地吁了一口气。

凯瑟琳顺势倒在他的怀里。

两人在书房的沙发上完成了必要的程序。金风玉露相逢之后，爱德华多把脸埋在凯瑟琳的双乳之间，有点后悔地说："凯特，对不起，我没能控制住自己。"

"爵爷，我自愿的。"凯瑟琳说。

"凯特，你不会把此事说出去吧？"爱德华多有点担心地说。

"说出去，对我有什么好处？"凯瑟琳说，"我无法取代夫人的地位，我也不想取代夫人的地位。夫人对我是一座高峰，我永远也达不到她的高度。不过，你以后每个月至少要召见我一次。"她双手捧住爱德华多的脸，把它从自己胸前抬起来，看着他认真地说，"这是我唯一的要求。"

"我不会辜负你的，凯特。"爱德华多郑重地说。

"我爱您，爵爷。"凯瑟琳重新把爱德华多的头放在自己的胸前，"您把头搁在我胸脯上休息一会吧。"

十一

爱德华多把自己与凯瑟琳的私情向爱米丽坦白了。他不想对爱米隐瞒此事，他也知道隐瞒不住，这件事迟早会被爱米知道。他对爱米的爱和尊重也使他不能隐瞒此事。他的解决办法是让凯瑟琳成为他的生活秘书，专门负责他的饮食起居。

“方便的时候也与你苟且一下，满足你的需要？”爱米丽讽刺地说，但态度基本还算平和。她其实已经听到爱德华多与凯瑟琳的一些传闻，也猜想到了其中的原因。她不后悔自己在与爱德华多陷入绝境时的割肉行为，因为不那样他们都得倒毙在取钥匙后返回的途中，而这种困境从某种意义上说是她造成的。但在被救苏醒后不久，她就开始后悔不该割掉乳房。哪里的肉不能割，为什么偏偏要割下一只乳房呢？那是女人的第二性征，女人最值得骄傲，也最吸引男人的地方。在觉察到爱德华多对她乳房的缺失隐隐感到失望的时候，她就更加后悔自己当时慌急时未加考虑的选择。因此，她热衷于跳水、攀岩等高难度的活动，试图以生命的活力来弥补乳房缺失的遗憾。爱德华多看上凯瑟琳她可以理解，但她不能容忍。那不仅是对她作为女性、妻子的尊严的一种挑战，也是对他们爱情的一种背叛。这一对青梅竹马，经受过生死的考验，竟然败在一只小小的乳房上面。她无法理解爱德华多为什么抵抗不住这点小小的诱惑。但她也不想大吵大闹。她不想被人笑话，以为她在发弃妇之怨，展泼妇之威。她要以道德、良知来唤醒爱德华多，使他重新回到自己身边。首先，她必须亮明自己的态度，不能让爱迪以为他可以脚踩两条船。

爱德华多嗫嚅着，却没有说出声来。

“或者是她，或者是我。你选择。”爱米丽决然地说，手一挥，走了。

爱德华多陷坐在沙发上，半天站不起来。他知道爱米是个说到做到的人，在这方面他没有选择。他只好将凯瑟琳招来，委婉但明确地告诉她，因为公爵夫人坚决反对，他们之间不能再来往了。

凯瑟琳哀哀地哭了，哽咽地表示，但凭爵爷处置。

爱德华多右手拇指与食指张开，撑住自己的额头，手掌向下，遮住自己的眼睛和半边脸。他不想让凯瑟琳看见自己的不舍和无奈，也不想看见凯瑟琳委屈与难过的表情，怕自己心一软改变主意。他挥了挥左手，示意凯瑟琳离开自己。

凯瑟琳抽抽搭搭地准备离开。

“别哭了。”爱德华多央求地说。

凯瑟琳用手帕捂着嘴，低头跑回自己房间。几个侍女吃惊地看着自己的总管，心中似有几分明白。

爱德华多与爱米丽和好，但两人之间已经有了某种隔阂，回不到以前那样的亲密无间了。爱德华多说话格外小心，怕引起爱米丽的不快，爱米丽也变得沉默起来，没有了说话的兴头。晚上睡觉的时候，爱德华多小心翼翼地不去碰爱米丽的乳房，怕自己想起凯瑟琳；爱米丽也不再激情汹涌，因为知道自己再激情澎湃，也少了一只乳房。她很想知道凯瑟琳在这种时候是怎么表现的，爱德华多摸着她的两只乳房时又是什么感觉。但她又不能问，只好自己琢磨。琢磨不得要领，反而把自己的热情琢磨掉了。亲热变成例行公事，它所带来的快乐也就大大降低，两人渐渐不约而同地消减了同房的愿望。到后来，一个月也来不了一次。爱德华多借口公务繁忙，晚上有时睡在书房，爱米丽也不问原因。渐渐地，两人睡在一起的时间也减少了。两人之间的关系冷淡下来。

有一天，爱德华多在宫中走廊碰到凯瑟琳，他叫住了她。

“还好吧？”爱德华多关心地问。

凯瑟琳幽怨地看了他一眼，低下头：“还好，爵爷还好吧？”

“也还好。”

两人无话可说。爱德华多担心被爱米丽的眼线看见，只好让凯瑟琳走了。但事后又有点后悔，觉得应该多和凯瑟琳说几句，表达一点关心。他对自己的行为很不满意，自己责怪自己：你怎么变得这样小心翼翼，你不是公爵吗？就因为把爱分给了另一个女人，就弄得这么灰头土脸，好像老鼠钻进风箱，两头受气，两个女人都不待见他。别的公爵哪个不是家里有妻子，外面有情人，大家见怪不怪，为什么他就不行了呢？

他在一张纸上写下舍弃凯瑟琳和不舍弃凯瑟琳的理由。舍弃的理由：他有夫人；他爱爱米；爱米为他牺牲了一只乳房；一夫一妻制。不舍弃的理由：公爵们有妻子有情人是通行的规则；他与凯瑟琳的关系不影响爱米的地位，不影响他对她的爱；过于压制人性和人的欲望，会使人心理失衡；爱米的身体毕竟有缺失；城堡的规则之一是“城堡的主人可以娶这个国家最漂亮的女孩”，爱米也应该遵守，至少不应该反对。

他把两个方面的理由反复比较，越来越觉得自己可以拥有凯瑟琳。其中，最有分量的还是那条规则：“这个城堡的主人可以娶这个国家最漂亮的女孩”。既然如此，他为什么不能拥有凯瑟琳呢？何况，他又不是娶凯瑟琳，不是想让凯瑟琳取代爱米，他只是想使自己的人生体验更完美一点，让自己享受一下有两只真乳的女人的胸脯而已。这个要求难道过分吗？他觉得不过分。世上哪个男人的妻子不是有两只真正的乳房呢？他作为公爵，反而不能拥有吗？他觉得这个道理很简单。爱米为什么就不能理解呢？

他的思想一往这个方向偏斜，委屈感便油然而生，而且越想越委屈。他不禁对爱米丽产生了一点怨恨，他怪她不顾大局，只考虑自己的感受，不考虑他的感受。于是他又想起凯瑟琳，他要和她好也行，他不和她好也行，她都默默接受，虽然委屈，却没有一点怨言。因为她爱他，她是这么说的。为什么爱米就不能学学凯特呢？她不是说她爱他吗，既然爱他，为什么不能让他高兴，给他幸福呢？他觉得爱米丽有点对不起他，而他有点对不起凯瑟琳。他应该给凯瑟琳一个交代。不然，她在城堡里抬不起头，他的威信也会受到损害。他得给她一个身份，他是城堡的主人，他有权力这么做。

他再次与爱米丽商量。爱米丽仍是那句话：

“或者是她，或者是我。你选择。”

爱德华多觉得爱米丽虽然反对，但不是十分激烈。毕竟，她是公爵夫人，怎么会正面答应呢？也许生米煮成熟饭，她也就默认了。他越想越觉得有道理。于是，他瞒着爱米偷偷做准备。他准备给凯瑟琳才人的称号，把远离爵府位于城堡另一角的爵府花园给凯瑟琳居住，取名爵府别院。他准备在 2 月 14 日传统的情人节举行一个秘密仪式，仪式之后，他和凯瑟琳的关系就确定了，谁也说不了闲话。这有点委屈凯特，但已经超出了她的期望。爱米会生一段时间的气，但慢慢地，她会接受的。她知道他是爱她的，而且凯特也不会对她的地位构成威胁。

2 月 13 日，他整天都在爵府别院忙碌。傍晚的时候，一个侍女给他送来了一张爱米丽写的便条。他连忙打开，上面写着：

“我早就说过，她和我，你只能选一个。我本来想杀了你的，但后来还是下不了手，毕竟我们相爱了一场。你既然选择了凯瑟琳，那我就离开吧。”

他吃了一惊，正想赶回爵府，忽然有人喊：

“爵府失火了！”

爱德华多抬头一看，爵府所在的地方一片火红，黑烟冲上半空。他跺了下脚，来不及等车，抬脚就向爵府方向跑去。

爵府别院一片慌乱。

十二

VR城堡的大火刚一燃起，坐在游乐园控制室大屏幕前的程序员就发现了，他打电话告诉了史密斯先生。史密斯先生又打了一个电话，说据程序员判断，火应该是爱米丽放的。电话那头沉默了一会，一个略显苍老的女声决然地说：“那就到此为止吧。先灭火，其他事以后再说。”

爱德华多与爱米丽几乎是同一时间从催眠状态中苏醒过来。隔着门，可以听到外面催眠大厅不停地播报着这一信息：“请各位志愿者起来后去信息中心登记，领取自己的物品后就可离开。大家彼此之间不要打听与城堡有关的事情，不要透露自己在城堡中扮演的角色。大家的报酬十天之内会汇入大家提供的银行账号。请……”

爱德华多与爱米丽在一个单间催眠，两人的床相隔不到四十厘米。醒来后，爱德华多将自己的手搭在爱米丽的手上，轻轻地拍了拍，喊她起来。爱米丽摔开了他的手，沉着脸从床的另一边坐起来。

爱德华多先穿好外套与鞋子。他从鞋柜里拿来爱米丽的鞋子，想替她穿上。爱米丽从他手里夺过鞋子，自己动手穿，脸扭向一边。

"爱米？"爱德华多一脸茫然。

"别叫我爱米。"爱米丽愤愤地说，语速很快，"爱米已经死了。找你的凯特去。"

她还在为那虚幻的事情生气，爱德华多不禁哑然失笑："好了，爱米，灵境世界已经过去了，我们现在回到现实世界了。那些虚无缥缈的东西就让它过去吧，一切都会好起来的。"

"对你是过去了，对我没有过去。施害者总是希望受害者忘记过去。但过去的伤痛还留在受害者身上和心里，他怎么忘记？"爱米丽平静的语调中隐含着愤怒，这使爱德华多隐隐有点害怕。

"我少了一只乳房，你就动了背叛的心思，二十年的青梅竹马，几个月的山盟海誓，你都统统抛到一边。更别说我这乳房还是为你失去的。"爱米丽提高了一点声音，但马上意识到了，又回复到平静的语调，"我不是在乎在城堡发生的事情，这事情是虚幻的，也已过去了。我在乎的是你的思想、你对我的感情。我一直以为，我是你的一切，你也是我的一切，无论对方发生什么，我们都能不离不弃，永远在一起。但是我仅仅是少了一只乳房，你就打算另找新欢，如果我少了两只乳房，或者断了一只胳膊，一条腿，或者得了重病，或者头部重创，成为弱智，你会怎么样呢？简直不敢想象。我以前一切都以你为转移，一切都为你着想。现在，对不起，我得为自己着想了，为自己打算了。我要和你一刀两断，走我自己的路，哪怕它是一条羊肠小道，我也要走，那是我的命。我回家后就告诉奶奶，我和你没关系了。我以后也不叫爱米丽，我改叫爱米丽娅。一切都重新开始。”

“爱米，那不是我做的。那是一个叫爱德华多的智人做的。”爱德华多试图辩解。

“那个智人不是在你的指挥下行动的吗？他的所作所为，所思所想，不都是你的吗？”爱米丽反驳道，“都这个时候了，还不敢面对自己的错误。你真虚伪。我看不起你。”

“是我错了，爱米，我改正，我道歉，我忏悔。别离开我。我们重新开始，好吗？”爱德华多诚恳地说。

“晚了。”爱米丽冷冷地说，“我给了你机会。我早就知道你与凯瑟琳的事，我没有作声，指望你自己结束这种交往。但你不仅不结束，反而变本加厉。我告诉你在我和她之间，你只能选择一个。你却想脚踏两只船，还封她为才人。什么才人，不就是情妇吗？你不就是舍弃不了你那一点欲望，那一点爱好吗？那好，我离开。一把火，大家干净。我已经死了，怎么重新开始？”

“爱米，那是灵境世界发生的事，我们现在回到现实世界了。”爱德华多劝道，但自己也觉得没有底气。

爱米丽好像没有听见，自言自语地说：“爱米丽，你是否愿意这个男子成为你的丈夫，与他缔结婚约？无论疾病还是健康，或任何其他理由，都爱他，照顾他，尊重他，接纳他，永远对他忠贞不渝，直至生命尽头。我愿意。爱德华多，你是否愿意这个女人成为你的妻子，与她缔结婚约？无论疾病还是健康，或任何其他理由，都爱她，照顾她，尊重她，接纳她，永远对她忠贞不渝，直至生命尽头？那得看情况。如果她好好的，我愿意和她共度终生。如果她出了问题，对不起，我有权另外选择。你真是个傻瓜。你一厢情愿地吹起了一个肥皂泡，吹得像个地球，上面流光溢彩，气象万千。你沉浸其中，不能自拔。结果，人家戳来一个凯特，肥皂泡破了，你一无所有。”

“爱米，我错了。”爱德华多哀求地叫道，“再也不会有凯瑟琳，不会有二心，我们重新开始，好不好？”

“我真想再去医院做个手术，把两只乳房都割掉，看你是什么表现。”爱米丽继续说，不看爱德华多，“不过，为你这样做，我觉得不值。我已经试了一次，没有必要再试一次了。再见。”

爱米丽这时收拾好了自己，自己拉开门，走了出去，留下一句话：“如果你愿意，我们还是兄妹。但我不会嫁给你，永远不。”

爱德华多看着爱米丽越走越远轻松潇洒的背影，倒在床上，半天起不来。

十三

两个多月后，满脸憔悴的爱德华多坐在奶奶旁边，下巴垂在胸前，眼睛看着地面，茫然地说：“我该怎么办呢？奶奶。两个月了，爱米没有回复过我一次，所有的联系方式都被她掐断了。

我都快疯了。我想去欧洲找她。”

奶奶把一只手张开，插在爱德华多的头发里，梳理着，怜爱地说：“爱迪，我很同情你。说心里话，我也不想你们分手。我上次给你们说过，我和布林特先生因为没有正式结婚，所以没有自己的孩子。布林特先生走了之后，我感到孤单，于是萌生了收养一个孩子的想法。我托人在全国的福利院寻找，最后找到了你。爱米丽则是我一个老朋友的女儿的孩子。她父母因车祸去世，她奶奶知道我曾经想收养孩子，就把她送给我抚养。小姑娘长得水灵，我一见就喜欢上了，于是我把她也收养了下来。你们是我晚年的安慰，我今年七十六了，我也不想你们分开。但是爱米你是清楚的。她看起来柔弱，但内心却很坚强，她拿定的主意，要想改变几乎是不可能的。”她叹了一口气，试探地说，“要不，你还是和那个凯瑟琳好吧。我派人去了解过凯瑟琳的原型，那个姑娘比你小一岁，真名叫艾丽丝，父亲是大学教授，母亲是弹钢琴的。现在是大四的学生，长得漂亮，性格也好，冰雪聪明。我觉得与你也很配。如果你愿意，我可以想办法安排你们见面。”

爱德华多摇摇头：“我现在脑子里只有爱米一个人，我只想与爱米在一起度此一生。我忘不了她，也离不开她。奶奶，您一生只爱布林特先生一个人，布林特先生一生也只爱您一个人。我想和爱米也这样。”

他想起他和爱米去参加“复活计划”的头天晚上，奶奶把他们叫到会见重要人物的小客厅，告诉他们，她就是人们经常谈论的那个布林特先生的未婚妻，现在的布林特基金会的董事长。他们其实早就隐隐约约地猜到了这一点，不然，奶奶很少参加社会活动，怎么会有那么多重要客人，受到他们发自内心的尊重？又怎么会这么有钱，满足他们所有异想天开的愿望呢？

“这么说，奶奶，您实际上是布林特先生的继承人？”爱德华多说。

“应该说我是他的遗嘱执行人。”奶奶沉思了一下，说，“布林特先生去世前，曾打算将他所有的遗产留给我，我拒绝了。我建议成立一个基金会，以他的名字命名。我在世时，基金会不为我所有。我去世后，基金会也不会归哪个个人所有，它属于社会。”

“那么，奶奶，您是赞成我们去参加这次活动喽？”爱米丽兴奋地问。

“不，我其实并不希望你们去参加这次活动。”奶奶脸色凝重地说，“史密斯先生找你们谈话之前，事先征求过我的意见，我的回答是顺其自然，不要劝说，更不要引导。”

“为什么呢？”爱德华多问，“这好像也是布林特先生的愿望吧？”

“是的，‘复活计划’是布林特先生生前就计划好了的。”奶奶点头说，“但我一直持反对态度。布林特先生在爱情上受到挫折，因而对爱情持一种怀疑的态度。他提出这个计划的目的，就是想看看真正的、山盟海誓的爱情究竟能够走到哪一步。我和他的想法不同。我觉得真正的爱情是有的，但即使是真正的爱情也不能测试。因为人与人性都是脆弱的，它们经不起严峻的考验。”

当时他和爱米都不同意奶奶的看法，觉得他们的爱情经得起任何考验。可是事实证明，他们的爱情还是没能经受住考验。

想到这里，爱德华多懊悔地说：“奶奶，当时我们要是听您的话，不去参加这次活动就好了。”

奶奶微微一笑：“我记得一位哲人说过：永远不要高估人性，永远不要试探人心。不过，人只有后悔，没有前悔。有这样一次考验也好，可以让你们明白自己的缺点与不足，知道自己并不完美，知道相爱并不容易，你们以后就会更加珍惜。”

“可是爱米根本不给我机会啊。”爱德华多沮丧地说，“我要是没犯那次错误就好了。”

“你有错误，爱米也有错误。”

“爱米有什么错误？”爱德华多不解地问。

“她的错误就是开始把爱情想得太美好。发现问题后又不能辩证地看问题，缺乏宽容的心胸。史密斯先生在邀请你们参加复活计划时，曾经说这对你们两个都是一次严峻的考验，意思是它不仅要考验你们对爱情的忠贞，也要考验你们对爱情的理解，考验你们生理与心理的完美度。遗憾的是，你们都没有经受住考验。”

爱德华多羞愧地低下了头。

“不过，”奶奶摇晃着一根手指，有点神秘地说，“我这里有一个好消息。这两个月，我其实经常与爱米联系。她也很痛苦，经常睡不着觉。我批评了她的完美主义，告诉她人都有弱点，爱迪虽然背叛了你，但他已经知道错了，你总这样不依不饶，则是你的错了。我说，你不要做那种只知望着男生笑的傻姑娘，也不要做那种一味拒绝男生的蠢姑娘，哪怕这个男生犯过错误。你要做个聪明、通情达理的姑娘。我感觉，她现在的想法有些变化。虽然她并没有松口，不过你可以去试试运气。”奶奶强调地说，“去找她吧。她现在在牛津大学历史系学习。”奶奶站起身，去书桌抽屉里拿出一个小包，递给爱德华多，“这里面是你的护照，你去伦敦的机票，爱米在牛津的地址和联系方式。”

“奶奶——”爱德华多感谢地说，不禁有点哽咽。

他低下头，在奶奶脸上深深地吻了一下。

蛇冲纪事

一

我常常感到罪孽深重，因为我不到二十岁就害死了一条人命。我又常常自我宽慰，这也不能完全怪我，也许，没有我，老七迟早也会走上那条路。

也许，我不该到蛇冲去。

蛇冲是兰利县阳光公社的一个大队，现在应该叫村了。大队的地形总体上可以四冲一溪概括。冲的两边是海拔六百多米的山地，山上以前据说都是百年古树，五十年代因为大炼钢铁，被砍去塞到炼钢炉里去了。现在是茂密的次生林，里面阴暗湿润，不下雨时，也有一股股的细流从土层中渗出来，顺着山势，流到冲里，再顺着冲中的小溪，流到各冲汇集的那片谷地，汇集成一条名叫蛇溪的更大的溪流。蛇溪最后流入澧水，汇入洞庭。

整个大队两千来人，就分布在这四冲一谷里面。

沿着蛇溪，有条两米来宽的大道，大道顺着小溪延伸，连接起三个大队，一起通到阳光公社的所在地。路面凹凸不平，却是蛇冲与外界沟通的唯一要道。公社干部下来，一辆自行车歪歪扭扭地顺着大道骑上来，社员到公社赶集，大队生产队的干部去公社开会，则迈开两腿顺着大道走下去。到了公社，有一条简易公路通到县城。在那里，有时可以看到汽车。

蛇冲大队在蛇溪的最上游，我下放去的时候，它已改称反修大队。阳光公社没有改名，据说县革委的一个副主任认为这个名称很好，它暗示我们的祖国到处充满阳光。不过反修大队这个名称也只体现在公社的正式文件和大队革委会的公章上，当地人包括公社干部仍习惯叫它蛇冲大队。

我是在1969年春天作为知青插队到蛇冲大队的。大队白支书将我安排到一队。我到的时候，太阳已经落山，来不及垒灶安锅，队长便让我到他家吃晚饭，顺便把白支书也叫了去。白支书是一个五十来岁的汉子，瘦高个，鹰钩鼻，面孔严肃。他蛮有兴致地看着在厨房里忙碌的队长娘子，半开玩笑地说："大毛媳妇，别太麻烦。炖只鸡，炒点腊肉就行了。"

"怕你吃了肚子疼呢。"队长娘子笑骂道。她四十刚出头，虽然手脚粗糙，但脸盘、身段却还露着几分韵致。据说她刚嫁过来时是蛇冲有名的美人，当时血气方刚的支书和她还有点暧昧。但这件事我以后一直未能落实。

不过，队长娘子虽然怕支书的肚子疼，却还是按照他点的菜谱炒了菜。鸡先在锅里与腊肉一起煮，煮得香气四溢。然后鸡拿出来，剁了另炖，腊肉切片，与大蒜、干椒一起炒饭，起锅时还放了一些当地人很少用的酱油。逗得队长的两个半大孩子不停地抽着鼻子，有事无事地到厨房转上一趟，喉头不停地蠕动，眼里放出兴奋的光。

我也寻思快开饭了。但炒好菜后，队长娘子却退居了幕后，走上前台的是队长的父亲。老人七十左右，干瘦，但精神很好，腰板挺直，手脚也很利索。他从堂屋里搬出一张四方桌子，摆在屋场上靠着篱笆的那边。炖鸡、腊肉、煎蛋摆在桌上，然后又点上两根香，插在桌前的地里。香慢慢燃着，发出一股奇异的香气。早春的阳光透过树叶照在桌子上，树叶被风吹动，桌上的阳光也活泼地跳跃着，构成一幅多变的图画。我打量着这些图案，渐渐地有种眩晕的感觉。

忽然，我朦胧中吃了一惊，差点叫出声来。我分明看见一条银光闪闪的小蛇，溜过篱笆，爬到桌边，先绕着那两根香转了三个“8”字，然后顺着一条桌腿慢慢往上爬。我焦急地看看四周，发现支书、队长夫妇、队长的父亲，甚至队长的两个半大孩子也都看见了那条小蛇，但都没有行动，只是紧张地盯着那条蛇的动作。队长娘子甚至双手握在一起，举到胸前，好像在等待什么。

小蛇越爬越高，椭圆形的头渐渐地超过桌沿，然后顺着桌面弯过去，很快整个身子也来到桌面。它把头抬起来，红色的芯子不停地从口中溜出，眼看就要舔着装鸡肉的碗了。我再也忍不住，叫了一声，顺手抄起一根棍子，冲了过去。“站住！”背后传来队长父亲的惊叫。但已经迟了。我已冲到桌前，棍子举在空中。但小蛇却机灵地掉过头，从桌子上一跃而下，蹿过篱笆，消失不见了。

我失望地转过身，却吃惊地看到队长父亲愤怒的眼睛。老头子恨恨地举起一只手，对着我扇过来，我连忙退了一步，躲过了这致命一击。白支书和队长夫妇也是一脸阴沉，只有两个半大小子幸灾乐祸地看着我。

好在队长父亲没有进一步行动。过了一会，白支书首先回过神来，他插在我和队长父亲之间，打着圆场："算了，算了，六爹。他才从城里来的孩子，不知道我们这里的规矩，不知不怪，运气照在。"

"又一个老七哪。"六爹恨恨地说，转向支书，"我说，你们别总是弄些外姓人来好不好！"

"他们是响应党的号召来的。"白支书压低声音说，"毛主席他老人家说农村的同志要欢迎他们来。"

二

大约过了两个星期，我才知道队长一家人生气的原因。蛇是蛇冲人心中的神物，就像印度人心中的神牛一样。

蛇冲大队共十五个生产队，两千来人，社员中百分之九十姓白。据白族的家谱记载，他们的先人是太平天国时期从洞庭湖那边逃难过来的。那是一对中年夫妻，带着几个孩子，挑着行李，一直往西北方向躲过来。跋了一山又一山，涉了一水又一水，总想停下来，但总是找不到合适的地方。他们走过的地方，不是已经有人居住，便是穷山恶水。走到蛇冲这片谷地的口子边时，他们实在走不动了，便又累又疲地倒在地上。男人挣扎着去找水，女人则跪在地上，双手合十，对天祷告：“老天，给我们一条生路吧。”刚说完，忽然眼前一亮，一条浑身纯白的小蛇出现在她的面前。小蛇浑身闪着奇异的光，椭圆形的小脑袋抬起来，对着女人点了三下，吐出一粒肉色的珠子。女人迟疑了一会，颤抖着手捡起珠子，按照小蛇的示意，放到舌边舔了舔，饥渴顿时奇迹般地消失了，给孩子们舔了舔，孩子们又活蹦乱跳了，男人回来舔了舔，又浑身充满了活力。女人把珠子还给小蛇，一家人千揖万拜地道了谢，又准备上路。那条奇异的小蛇却挡在了他们前面，然后向着谷地的上方爬去，边爬还边回过头来，仿佛在示意他们跟上来。男人和女人带着孩子，几丝惶恐几丝希冀地跟在后面。谷地越来越窄，最后消失在两山的交会处，那条白色的小蛇也在这里神奇地消失了。男人女人左看右看，有点失望。这是一个干枯的地方，没有水源，显然不适宜定居。然而天色已晚，他们只能在那里住下来，准备第二天再继续前行。然而，第二天早晨，他们却在水的叮咚声中惊醒。睁开眼睛，他们吃惊地发现，小蛇爬过的地方，竟然形成了一条弯弯曲曲的小溪，在小蛇消失的地方，冒出了几眼水桶粗的泉水。泉水汩汩地流下山坡，流进小溪。小溪流水潺潺，整个山谷都变得润泽起来。于是他们在这里安营扎寨，生儿育女，繁衍了白姓这两千号人马。

自然，我对这种说法是持怀疑态度的。我并没有在传说中小蛇消失的地方看到什么泉眼。溪水倒是长流不断，但来源是天上的雨水和土中的渗水，而这渗水归根结底还是雨水。

但蛇冲的社员却言之凿凿地称实有其事。证据之一便是六十六年前，在小蛇消失的两山交会处，有一座蛇神庙。蛇神庙不大，但香火很旺。里面供奉的唯一神衹，便是那条给白姓人带来了恩惠的小蛇，不过已经拟人化了。椭圆形的头变成了女子椭圆形的脸，身上穿了衣服，姿态优雅地坐在太师椅上，只有一条尾巴，悄悄地从裙子里露出一截，指示着她的原型。

“没有蛇神娘娘，怎么会有这座庙呢？”蛇冲人与我争论时，常常这样质问我。

不过我并没有看到这座庙。蛇神庙在“文革”开始后不久，就被县城里来的一队红卫兵拆毁了。拆庙的那一天，蛇冲的老年人齐集庙前，男的围着庙站着，与前来拆庙的红卫兵对峙，女的则模仿他们的老祖宗，跪在地上，双手合十，眼望苍天，祷告说：“老天，给我们一条生路吧。”然而那条神奇的小蛇却没有出现，那些守在庙前的老头也被红卫兵一个一个地抬到庙场上，被人看守起来。只有六爹奇异地躲过小将们的注意，爬上蛇神庙屋顶，大义凛然地宣布，倘若红卫兵们敢动蛇神庙一锄头，他就从那上面跳下来。但小将们不怕老封建的威胁，领头的一挥手，“拆！”只听“噗”的一声，在锄头落在蛇神庙墙上的同时，六爹也从屋顶上飞落下来。久旱不雨的地面腾起一股灰尘，人群发出一声惊叫。然而老汉没有死，在地上静静地躺了十来分钟，他惊奇地发现，自己竟然还能动弹。于是他爬起来，慢慢拍去身上的尘土，在红卫兵们的“反对封建，反对迷信”口号声中，在蛇冲人敬佩的目光下，一瘸一拐地走回家里。以后六爹又活了三十年，成为远近闻名的老寿星。人们都说是蛇神娘娘在暗中保佑。

拆庙的那伙人也陆续遭到了报应。就在拆庙的当天晚上，那个引来了小将们的白姓人的“叛徒”、蛇冲当时唯一一个在县城上中学的青年男孩的家里，忽然爬进了上百条大大小小的蛇，它们嗞嗞地吐着红色的芯子，缠在那个犹大的身上、腿上、脖子上。犹大吓得尖声乱叫，一家人磕头作揖，蛇群就是不退，但也不咬他。这样折腾到半夜，直到犹大的母亲突然醒悟，仿照前辈的做法祷告了上天，蛇群才停止纠缠，从四面八方游走开去。但那个小伙从此便痴呆了，整天躲在屋里，不敢出门。因为一出门，他就看到满地的蛇。在屋里也无所事事，整天口中念念有词，“罪该万死，罪该万死”地说个不停，时不时还打自己一个耳光。我下放到蛇冲时，还特意去看过他。那时，他已不成人样了。

几天之后，蛇群又以同样的方式袭击了那个指挥拆庙的红卫兵头头的家。尽管他在城里住的是三楼，但蛇群仍然准确无误地沿着雨水管爬到了他的家里。

蛇冲人告诉我，这是蛇神娘娘的报复。他们信誓旦旦地说，举头三尺有神明，天网恢恢，疏而不漏。作恶的人，逃不掉报应的。

听得多了，我也不禁崇拜起蛇神娘娘来，特别希望能够看到她的尊容。然而尽管我记得不少关于她的传说，她却一直“魂魄不曾来入梦”，直弄得我“悠哉悠哉，辗转反侧”，“为伊消得人憔悴”。这种渴慕直到有一天温温热的嫂子把她家秘藏的一个蛇神娘娘像拿给我看后才算了结。那个蛇神娘娘是瓷做的，白白净净，长相跟人们介绍的差不多，不过没坐太师椅，而是站着，手里拿着一串珠子，伸出的尾巴盘成圆圆的一圈，构成瓷像的底座。据温温热的嫂子说，这种瓷像是四十年代白姓人花了大价钱，从江西景德镇请了师傅来专门烧制的。从前白姓人每家都有一个甚至两个，供在蛇神娘娘台上，蛇神娘娘台由三个连在一起的木框子组成，中间一个又高又大，两边的则矮窄一些，形成“品”字形。蛇神娘娘就供在中间的那个框子里，两边是敬香的地方。小将们拆庙之后，接着又对村子进行了一次扫荡，蛇神娘娘大多被搜出来砸碎了，蛇神娘娘台大概两下摔不烂，加上又只是个木头框子，与迷信联系不是十分紧密，因此大多保存了下来，给白支书的再度掌权提供了机遇。

那时白支书已处于风雨飘摇之中，虽然没有被明确打倒，但也没有作为革命干部亮相。为了得到革命人民的认可，他特地跑了一百多里地，到县城新华书店请回了一套雄文四卷。但回家后却不知道摆在哪里好。因为这位置既要醒目，又要尊贵。他敲了半天脑袋，也没敲出一个妥当的办法。支书娘子一边扫地，一边顺口说道：“要不放在蛇神娘娘台上？”一语惊醒梦中人，支书高兴地在娘子屁股上拍了一下，正好拍在娘子撅起的要害处，使她很激动了一阵。但支书却没空理她，他赶快出去买来红纸，把已经收在谷仓里的蛇神娘娘台找出来，裱糊得红光闪闪，将它钉在堂屋正墙的正中间，然后虔诚地将雄文四卷放进去。这一创举不久被县革委知道了，其时正兴起宝书台运动，白支书于是受到表扬，到全县各地传经送宝达三个月之久，回来后立刻做了大队革委会主任，还加了一个公社革委会委员的职务，比以前更加风光。我刚到蛇冲时，曾诧异于蛇冲各家的宝书台怎么都做得那样整齐划一、漂漂亮亮，原来还有如此复杂的经历。

三

不过，也许我扯得太远，讲了半天，还是没有交代队长一家人为什么生气。

其实也很简单。我到蛇冲那天，正好是农历三月三。按当地规矩，这一天如果谁家炒了肉菜，就要先摆出来孝敬蛇神娘娘。如果真有蛇爬过来享用，那么这一家这一年都会吉星高照，风调雨顺。我无意中赶跑了他们的运气，他们怎么会不生气？

由于蛇是白姓人的恩人，所以蛇冲人爱蛇、敬蛇、护蛇、怕蛇。用弗洛伊德的话说，就是他们身上有一种恋蛇情结，用荣格的话说，就是他们有一种恋蛇的集体无意识。这里关于蛇的禁忌特别多。如说到蛇时一般不能用蛇字，而要叫长虫；见到蛇绝对不能打，要站在一边，让它先过；晚上，不能吹口哨，那会打扰蛇的休息；白天，走路时忌讳绕来绕去，那是对蛇的嘲弄，会惹得蛇不高兴。

关于蛇的传说也特别多。人们不止一次地告诉我，蛇是一种有灵性的动物，睚眦必报。“四清”时，有个工作队员住在蛇冲。有天上厕所的路上，看见一条蛇正躺在路边晒太阳，他顺手拿起一根木棍打下去。蛇向旁一蹿，木棍只打到它的尾部，蛇跑掉了，留下半截尾巴在地上痛苦地翻来绞去，好像快要生孩子的女人一样。工作队员追了几步没有赶上，以后也就把此事忘记了。过了几天，傍晚，他又去上厕所，蹲在里面，忽然感到头上有动静，抬头一看，黑暗中有两只闪闪发亮的眼睛。再一细看，正是那条逃跑了的断尾巴蛇，被打的地方还没有完全痊愈。它从厕所的顶棚挂下来，虎视眈眈地盯着工作队员，那暗红色的芯子几乎就要挨着他的头皮。工作队员一声怪叫，搂着裤子跑了出来。从此，那条蛇总是形影不离地跟着他，仿佛是他甜甜蜜蜜的小恋人。工作队员失魂落魄，没有几天头发就白了一半，只好请病假回到县城。还有一个外地人，他捉了一条蛇，一刀砍下它的头，把身子煮着吃了。后来他打扫屋子，走到蛇头边，那蛇头竟然向前一蹿，死死地咬住他光着的脚丫。脚趾立刻肿了起来，接着脚肿起来，接着腿肿起，接着身子也肿了起来，再接着，他就见阎王去了。那时，他肚子里的蛇肉还没有完全消化。

与蛇有关的事件也特别多。最著名的一件便是民国三十七年与谷口的李家村，也就是现在的公社所在地李家大队的械斗。我下乡之后，蛇冲老人最津津乐道的就是这件事。这件事记录了他们当时的辉煌。

事情的起因其实也很简单。李家村的人是不敬蛇的，蛇冲村的人敬蛇，不敬蛇的人吃蛇，敬蛇的人不吃蛇。这本来互不相干，蛇冲人也没有那么霸道。蛇对李家村人没有恩惠，因此他们不必敬蛇，自然，蛇神娘娘也不会保佑他们。但千不该万不该的是，他们不该拿蛇冲人最忌讳的事与他们开玩笑。在蛇冲村和李家村两个村的头面人物聚会时，李家村人竟在大锅猪肉里放进了一条剁碎的蛇，然后上给蛇冲人吃。据李家村的人说，这其实是厨子心血来潮时的一个玩笑，目的是想看看蛇冲人究竟能否吃出蛇味来。蛇冲人开始也没有吃出来，但后来还是知道了。参加那次聚会的人的后悔、痛苦和恐惧就不用说了。由保长带头，七人一字在蛇神娘娘庙里排开，对着蛇神娘娘一个接一个地磕头，磕得声音震天响，鲜血流成河，磕得七个人都瘫在地上，晕了过去。

与磕头声相响应的，是洪亮的钟声。四个棒小伙子不停地敲着村子里那口很少启用的大钟。人们拿着火枪、弯刀、斧子、扁担、锄头、木棍涌来，围在钟前，听才苏醒过来的保长字字血声声泪地控诉李家村人的罪行。保长最后声泪俱下地嘶鸣着：

“乡亲们，我是不想活了。但我不会自己死，我要报仇。我不是猴子，不能被李家村人当猴耍。死我也要拼他几个！”

“拼他几个！！”另外六个吃了蛇肉的人喊道。

“拼他几个！！！”全村人齐声呼应。

队伍出发了。村里的七个头面人物走在前面，头上缠着被血染红的白头巾，青壮年紧随其后，手里拿着各种各样的武器，再后，是一口半人多高的柏木棺材，表示蛇冲人不获全胜决不收兵的决心，再后，是老人，他们抬着临时绑成的担架，准备救护伤员，再后，是妇女孩子，他们拿着肉捧着酒，为战士们壮行助威。

这次征战的结果，是蛇冲人大获全胜。他们不仅逼着李家村男女老少千把号人跪在李家大屋场上，对着蛇神娘娘像磕了九九八十一个响头，而且带走了他们十几个黄花闺女，以给蛇冲的小伙子们做媳妇，作为这次无理的赔偿。

从此，蛇冲人的名气大振。远近都知道不能拿蛇冲人信仰与禁忌开玩笑。据说当时湖南省主席程潜有一次接见兰利县长时，还详细询问了蛇冲人的这一风俗，感叹中国之大，无奇不有。

四

不过，等我来到蛇冲之后，经过十几年的教育，这一风俗已经大大淡薄了。老年人对蛇神娘娘自然仍是一往情深，但中年人特别是年轻人对于蛇神娘娘却有点不在乎了。大家虽然仍然敬仰蛇，不打蛇，不吃蛇，不讲蛇的坏话，但已经不把蛇看得那样神圣了，也不自发地给蛇神娘娘磕头了。再加上老七的冲击，在六爹们看来，肯定有种礼崩乐坏了的味道。

老七是个五大三粗的汉子，身高一米八七左右，体重近两百斤，身上尽是肌肉疙瘩，胸脯上一丛杂乱的黑毛。如果摆在现在，他不用做事也能吃香喝辣。凭着他那副身架，穿上一身保安服装，随便往哪个夜总会、大酒店门口一站，绝没有哪个小流氓敢去闹事。不过那时还没有这类玩意，因此老七还得在农村吭哧吭哧地修补地球，不过他仍然活得十分滋润。

老七姓陈，大名桂生。但大家都叫他老七，大概是因为他在家排行第七。在蛇冲，他属于少数几个外姓人的行列，也是外姓人中唯一一个不仅不受欺侮，而且还时不时地欺侮一下白姓人的人物。这首先自然是因为他膀扎腰圆，田里地里的活计样样拿得起放得下，但更重要的是：他会捉蛇。

我到队里出工的第二天就认识了老七。那天我们的活计是挑凼肥。凼肥是冬天从山上运来草皮，加上牛粪，经水搅匀，再用牛踩烂发酵而成的，是很好的农家肥。到春天田里翻了一遍之后，再用畚箕挑到田里的各个地方，撒开，以增加土壤的肥力。我们一行共七人，老七安排一个人上氹肥，六个人挑。田里的水很深，翻转的土没有完全泡烂，但又承不起人的重量。脚踩上去，泥土慢慢向两边挤开，脚慢慢沉下去，仿佛过了好久，才踩到下面的硬底，这时你才能拔另一条腿，而这条腿又往往被尚未沤烂的绿肥也即俗称草籽的蔓生植物绊住，使人走起来特别吃力。肩上的担子也越来越重，扁担仿佛变窄变尖了，割得肩膀生疼。不久大家就张着嘴，吭哧吭哧地喘起气来。只有老七没事人一样，穿梭般地在田里来回走动，肩上的担子晃晃悠悠，仿佛没有装满。每挑几回，他就把扁担反扣在田埂上，人坐在上面，怜悯地看着我们在泥水里挣扎。尽管如此，他仍然比我们挑得多，平均我们挑三趟，他要挑四趟，担子也比我们装得满。

那块田很大，开始我们往远处挑，来回的时间较长，上肥的小伙很轻松，常常拄着锹把悠闲地望来望去。渐渐地，送肥的地点近了，他便忙不过来了，不仅抬头张望的工夫没有了，而且身旁常有两三个人背着扁担等着。老七等得不耐烦，便恶声恶语地骂起来：“我日你妈，你快点行不行。尽等，你娘偷人都抓不到了。”

小伙可怜巴巴地看着老七，不敢还口。其他挑肥的虽不作声，但明显地站在老七一边。因为队长早就规定了任务，挑完了这些氹肥就可收工回家。谁不想早点收工呢？

最后，还是老七自己出手。他一把推开那可怜的家伙，自己操锹干起来。他下的氹肥块子又长又大，一块就是一畚箕，而且由于速度快，氹肥块子在送到畚箕去的过程中不散。只听“嗖嗖——呼”“嗖嗖——呼”，两下，两个畚箕就满了，那节奏就像现在的男女青年跳嘣嚓嚓那样轻快。局面很快改观，不仅我们没有站的时候，他还常常有空往氹肥坑周围的田里抛些装畚箕时撒落的氹肥。

不久，我们便收工了。老七浑身干干净净，扁担两头，一头挂着畚箕，一头挂着铁锹，领着我们这群泥猴往家走，同时用低沉的噪音粗野地喊着当地一首民歌：

穿花衣服打红伞伞的姑娘哎——

你为什么不把哥哥我来攀哟——

最后那个“哟”字还没有唱完，老七忽然停住脚步，惊喜地注视着远处田坎边那条长满青草的水沟。

一条近五尺长的谷花蛇在水沟里悠闲地漫步，浑身闪着才蜕皮的鲜亮，椭圆形的脑袋来回摆动。

老七几个箭步跑上去。

蛇警觉起来，嗖嗖地往水沟上蹿，试图翻过田坎跑掉。但已经迟了，它还只有半截身子翻到田坎上，老七粗大的左手已经掐住了它的尾巴。蛇闪电般地回过头来，恶狠狠地向捉住它的尾巴的那只手咬过来。与此同时，老七的右手对着蛇头迎上去，两下快要接触的时候，那只右手忽然敏捷地绕了一个弯，从后面抓住了蛇的七寸也就是颈项。蛇回不过头来，失去了自卫能力，它愤怒地扭来扭去，把身体绞成一个大麻花。老七得意地一笑，松开抓住七寸的手，与此同时，捏着蛇尾巴的左手往上一扬，像马车夫甩鞭子一样，把蛇上下一抖。蛇立刻失去了挣扎能力，软绵绵的像根用久了的麻绳，垂在老七的身旁，连抬头的力气都消失了。老七后来告诉我，这是治蛇最厉害的一招。蛇上下只有一根骨头，一抖，所有的骨节散了架，就没脾气了。

这样把蛇制服之后，老七便重新捏住它的七寸，把它的身子一圈一圈地绕在手臂上，摇摇晃晃地往家走。我们几个青皮后生招摇地跟在后面，被老七骂过的那个小伙讨好地捡起老七的畚箕和锹，也跟在后面。

蛇慢慢地恢复了活力，椭圆形的脑袋便不安分起来，它扭动着，一点一点地把颈子从老七的手中挣出来。“老七！”我紧张地叫了一声。老七看看我，知道我是什么意思，但只是笑笑，没做任何处理。蛇将身子挣出一定的长度，便回过头来，懒洋洋地把老七的半个手腕咬在自己嘴里。“哎呀！”我又叫了一声。“没事。”老七再次露出微笑，顺手在路边扯了几株植物，把叶子摘下来，放在口里嚼成绿色的稀糊，喷在蛇头和自己的手腕上。稀糊发出一种刺鼻的酸腐味道，蛇松开了口。老七用另一只手在蛇头上用力打了两下，嘲弄地说：“你咬呀，你怎么不咬了。”但蛇却再不张口了。

我不禁对老七佩服得五体投地，对那种神奇的草药也产生了浓厚的兴趣。

五

后来我才知道，那种神奇的草药在当地并不稀罕，到处都可找到。蛇冲人叫它蛇蝎草，可以消肿去毒，防蚊虫叮咬。当时我对它极为熟悉，闭着眼睛只凭气味也能找到它，但现在三十多年过去，它的样子已经记不清了。不过清楚的是，它的作用并没有人们相信的那样神奇。一个明显的例证就是老七被银环蛇咬了之后，七嫂采了一篮子蛇蝎草，熬汤给老七喝，嚼成糊糊堆在老七的伤口上，在老七旁边烧火熏烟，但都未能保住老七的性命。

不过这是后话，还是回到捉蛇的话题上来。

据老七自己介绍，他捉蛇的本领是向他家乡一位著名的蛇医学来的。蛇医的师傅是终南山上的一位和尚，和尚的师傅是峨眉山上的一位道士，道士的师傅是昆仑山上的一位仙人。仙人的师傅是谁，老七没有说，但肯定是一位更了不起的大师。然而老七很谦虚，不愿再往上追溯，他怕吓着我们。但这样也就了不得。因此老七又常常吹嘘自己有点"毛法法"。

"毛法法"其实是当地人的特有词语。"毛"应该发阴平的音，意思相当于现在说的有本事、有后台、有脚路、有某种带神秘色彩的本领等，使用范围非常广。比如，某青年情场得意，情人走马灯似的换了一个又一个，人们说他有毛法法；某人在供销社有熟人，能买到凭票购买的某些物资，人们说他有毛法法；某干部三朝元老，历次运动都是不倒翁，有人说他有毛法法。再泛一点，某人插秧特别快，别人插一蔸他插两蔸；某女人生孩子特别厉害，别人生一个她生一窝，都可以说是有毛法法。由于含意模糊，经常自吹或被人称为有毛法法的人，也就带有某种可怕、厉害的色彩。

我想，这就是蛇冲人都有点怕老七的缘故。也正因为大家都有点怕他，老七的行为也就渐渐带上一点无赖的味道。比如，他喜欢抓着一条蛇，一手捏着尾巴，一手把着七寸，悄没声地走到一位妇女身边，然后捏尾巴的手猛一用力，蛇负痛挣扎，整个身子顺着老七另一只手的虎口蹿出两尺来长，大张着口的蛇头正好突现在那个妇女的眼前。据说他头一次这样恶作剧的时候，被吓着的那个女人竟然晕了过去，裤裆湿了一大片。女人的丈夫带了几个人来找老七的麻烦，老七提着一把锄头站在自家门口，虎视眈眈地盯着来的几个人，大家不由站住。此事最后不了了之。后来大家知道了他的恶作剧，看见他提着蛇来了，就互相提醒。但总有让他得手的时候，被吓的人虽然不再晕倒，但总是吓得半天喘不过气来。他最爱讲他师傅年轻时的风流韵事，讲他勾引了多少女人。如果哪个女人不从他，他就弄条蛇，放进那个女人的裤筒，然后扎住裤腿，让蛇在女人的裤裆里乱钻，最后在“那个东西”上咬一口，或者顺着“那个眼”钻进去，使这个女人的肚子慢慢鼓起来，像个怀肚婆。每当讲到这里，老七总是眉飞色舞，唾沫星子乱溅，并把手中的蛇捏了又捏，使那条蛇像得了神经病一样，左右乱窜。

对付男人，老七也有办法。他会配制一种药丸，这种药丸能够发出一种气味，人不易察觉，却能把远处的蛇引来。有一次，队里的保管员因分烧柴的事与他吵了架，他便在保管员的口袋里放了几粒药丸，结果整整一天，几条蛇一起跟着保管员转，他走到哪里，蛇跟到哪里，吓得保管员不敢走动，不敢回家吃饭，不敢上床睡觉。赌咒发誓没有用，磕头作揖没效果。最后还是他自己无意中发现了口袋里的那几枚药丸，掏出来丢了，那几条蛇才慢慢离他而去。

当然，老七的这些本领最辉煌的展示，还是他与白支书之间那场著名的人蛇大战。这场大战以白支书的惨败而告终。

六

白支书是蛇冲人公认的另一个有毛法法的人。他祖上比较富裕，父亲手上还有百多亩田，但后来他母亲得了痨病，他父亲变卖了所有的田给娘子治病，但她还是走了，不久，他父亲也跟着去了阴间。这时白支书还只有十六岁，下面还有一个妹妹。走投无路的他只好进了当时蛇冲的大户、他的堂叔家做长工。白支书小时家境好的时候读过几年私塾，认得字，能算数。因此他在堂叔家干活的同时还帮助堂叔管理一些账目。堂叔待他并不坏，帮他盖起了新房，为他娶了媳妇。成家之后，他从堂叔那里租了十几亩田，过起了日出而作日入而息的田园生活。他身体好，又聪明，小日子过得铁桶一般，不仅生了三个孩子，而且嫁了妹妹。

土改时，工作队进驻蛇冲，号召大家斗地主分田地。蛇冲庄稼人对分田地的主张很感兴趣，但对斗地主则不积极。一笔难写两个白字，大家低头不见抬头见，谁好意思脸红脖子粗地去斗人家？第一次斗争大会，工作队队长做完动员报告，却没人上台控诉地主的罪恶，会场鸦雀无声。那位戴眼镜的工作队长急出了一身臭汗。他本来是县委宣传干事，基层工作经验不多，这种情况还是第一次碰到，一时不知怎么办。正在这时，三十刚出头的白书记忽地一下跳到台上，抡圆胳膊，一巴掌打得蛇冲的头号地主、他的堂叔脸上鼻血沧海横流，接着，他字字血声声泪地诉说了自己十几年来给这个“白扒皮”当长工、做佃户的苦难经历。

于是，白支书成了工作队长最器重的人。他根正苗红，又能写会算，而且敢说敢干，很快便成为蛇冲的土改根子、贫农团团长，接着又当上了农会主席、初级社社长、高级社社长。人民公社成立之后，他便做了大队支书。据说那位后来做了区委书记的土改工作队长曾有意调他去区里工作，但他那时正与还是新娘子的一队队长娘子打得火热，犹豫了一阵，这个位子被另一位大队支书捷足先登，他因此错过了吃国家粮的机会。但是大队支书这个位置他却稳稳地坐了下来。即使在1966年、1967年那样的动荡岁月，他仍牢牢地掌握着蛇冲的大权。因为他早就有先见之明地让自己的大儿子和一些他信得过的人积极参加了公社里两个互相对立的造反派组织，结果不管哪派当权，关于蛇冲的事还得征求他的意见。宝书台运动一兴起，他便抓住机会，作为革命领导干部的代表被结合进大队革委会领导班子，恢复党的各级领导之后，他又重新担任了党支部书记。

白支书非常懂得权力的奥秘。他总是这样谆谆教导蛇冲的社员："一切都是党给的，个人本事再大，也抵不过党的一个小指头。党不用你，你就是一块金子，也是一坨黄泥巴；党用你，你就是一坨黄泥巴，也会变成一块金子。"当时我总觉得这句话极其正确，如今过了耳顺之年，才感到这句话的极大危害。由于这一信念，白支书在蛇冲用的大都是"黄泥巴"，平庸，然而绝对听话。好在蛇冲并不大，有白支书一个精明人也就差不多了。他出主意，手下的人只要照做就行了。公社的每次检查、评比，蛇冲总是头二三名。白支书因此在公社常受表扬，他很得意于自己的点"泥"成金术。

白支书关于权力的另一经验，是该抓权力的时候不要缩手缩脚，该用权力的时候不要怕这怕那。当年他一巴掌打得他堂叔鼻血直流，但也正是这一巴掌，使他得到了土改工作队长的青睐。他当了大队支书之后，对他堂叔关照起来也没有顾忌。我在蛇冲的时候，常常看见一个白白胖胖的老头，他很少参加队里的生产劳动，也不是什么领导，在社员中却很有声望，邻里有什么纠纷喜欢找他，他也总是以长者的身份为大家调解。这个老头便是白支书的那个堂叔，却没有当时一般地主身上常有的那种委琐气。有社员对此不满，曾偷偷地反映到公社，说他包庇地主。对着公社的调查人员，白支书振振有词地说："我包庇他，可能吗？当初我一巴掌将他打得鼻血直流，推动了蛇冲的土改运动。我给他当了十几年的长工和佃户，被他剥削了十几年，和他有不共戴天之仇，我会包庇他？但党的政策是给出路，他只要老老实实，不乱说乱动，我们也不能总是有事无事地斗他，鸡蛋里面挑骨头吧？"公社的调查人员直夸他阶级立场坚定，而且懂政策。

蛇冲人都怕白支书。有人偷偷告诉我，白支书整起人来，那才是真的厉害，真正的吃人不吐骨头。

他们告诉我说，蛇冲三队有个老实巴交的小伙，小名猫儿。猫儿出身很硬，祖宗五代都是贫农，白支书十几年贫雇农的历史，与猫儿家的一比，简直不值一提。猫儿很老实，是个一锤子也打不出个屁来的角色，从不和人争吵，队里叫干啥就干啥。猫儿也很清白，不偷不抢不赌不嫖也不占别人的小便宜。猫儿力气也不小，虽比不上老七，但在蛇冲也是个拔尖的角色。而且猫儿不是干部，也从来没有动过要当干部的心思。这样的人，按理不会有什么把柄落在别人手里，但由于得罪了白支书，仍被整得死去活来。

其实猫儿也不是有意要得罪白支书。他没有那个心眼也没有那个胆量。事情的原委是，猫儿虽然憨厚却心灵手巧，会一手瓦匠手艺。当地农村的瓦房为了省钱，瓦大都盖得很薄，风一吹猫一爬，便容易挪窝，引发漏水。但是不管多薄的瓦，只要经猫儿的手一检，便能翻旧为新，滴水不漏。白支书对此很赞赏，夸奖过猫儿几次。那天，起了大风，白支书家的瓦被吹动了，透进了几丝天光。他搭信叫猫儿来替他弄一弄。其时猫儿正接了另一家的活，腾不出手来，答应这家的活一完，就马上过去。谁知当天夜里，忽然下起雨来，白支书家几处透光的地方，都漏起水来。其中一处的水，滴滴答答，正好落进白支书大张着的嘴里。睡梦中的白支书以为是什么甘露，吧嗒了几下嘴唇，但感到滋味不对，坐将起来，拿起手电筒，对着屋顶一照，不禁勃然大怒。

几天过后，三队开社员大会，白支书破例参加。队长诚惶诚恐，请支书坐在上头有亮的地方，可支书却随和地抽了一张小凳子，在猫儿的上首坐了下来。快散会的时候，队长请支书指示。白支书照例先讲了一通国内外大好形势，然后话题一转。“形势越是大好，越要认真学习毛主席著作。三队今年的生产是好的，但我们也不能光埋头拉车，不抬头看路。前一阵农活忙，我们放松了对老三篇的学习，这是不对的。我建议今天晚上就先补上这一课。先背《为人民服务》，大家说好不好？没有不同意见？那好，我先背，然后猫儿，然后老八，这么轮一圈。”

说完，白支书清清嗓子，非常流畅地把《为人民服务》背了一遍。轮到猫儿时，他却卡了壳。他除了《为人民服务》这个标题，后面的都只能背出一个大致的意思。

白支书很不高兴，拧起眉头，严肃地看着猫儿说：“白大发，不是我说你，毛主席的书我最爱读，千遍万遍下功夫，你就是不肯下功夫。你是个手艺人，不能背《为人民服务》，怎么能为人民服好务呢？不能总想着发、发、发，总想着走资本主义道路。这不行的。明天你到大队部来，把这篇文章给我背出来。”说完，白支书看看表，“今天天晚了，就背到这里吧，以后再背。大家好好休息，明天还要促生产。”

大家提起的心重又回到肚子里，说说笑笑地回到家里，搂着媳妇睡觉去了。只有可怜的猫儿，在油灯下反复地阅读支书指定的文章，到快天明的时候，才迷糊了一会。

天亮之后，猫儿拖着沉重的脚步，带着肿胀的眼睛来到了大队部。接待他的是民兵营长。营长似笑非笑地看着猫儿，把一本“老三篇”递给他，指指大队部旁的一间房子：“你就到那间房子里去读吧，什么时候能背出来什么时候回去。房子里有床，有被子，饭我会叫人通知你家里人送来。”

猫儿就这样被关了起来。他知道自己不背出来绝没有回家的希望，只好硬着头皮去啃那篇命运攸关的文章。民兵营长很负责，每天来检查两次。但不幸的是，猫儿只读了三年书，能把文章读通就很不错了，又怎么能背出来？

在大队部关了七天之后，猫儿再也忍不住了，在又一次检查的时候，他干脆不背了。

“背呀。”民兵营长不耐烦地吼道。

猫儿闭口不言。

“背呀，背！”民兵营长发火了。

“你是党员，你先背背看。”猫儿忽然开了口。他人老实但并不笨，知道民兵营长其实也背不出来，仗着自己成分好，顶撞地说。

“妈的，是老子叫你背。”民兵营长打了猫儿一巴掌。

一股血水从猫儿口里涌出来。他带了哭腔：“你凭什么打我？我又没犯法。”

“妈的，反了你了。来人！”营长一声吆喝，从门外进来三四个青皮后生，三下五除二地把猫儿按在床上，结结实实地捆了起来。猫儿的叫骂慢慢变成了哭号。

这件事很快传到了猫儿父母那里，老两口急得没了主意。最后还是猫儿的几个未出三服的叔伯出面，凑钱买了一点礼品，要猫儿父母提到白支书家。在白支书家猫儿父母又是赔礼又是道歉，又是责骂猫儿不识抬举，不该听了别人转达的信息不马上过来。这样折腾了半个小时，白支书摆摆手，笑容可掬地说：

“你们这是干什么？提什么东西嘛，乡里乡亲的。其实我也是为大发好，要他多读点毛主席的书，更好地为贫下中农服务。他既然实在背不出来，暂时就别背了。学习嘛，也不是一天两天的事，慢慢来。不过，猫儿也要多学点文化。现在光有门手艺不够了，还得有文化。没文化，找个媳妇都难。人家都是初中生、高中生，总不能嫁你个小学都没毕业的吧。这样吧，你们去找白营长，就说我说的，学习的事慢慢来，让猫儿先出来促生产。至于打人，这不对，我会批评他们的。你们也就别计较了。”

猫儿的父母哪还敢计较，千恩万谢地告辞出来，到大队部领人去了。

不过，白支书对我一直都很客气，见到我总是亲亲热热地问："小肖，还习惯吧？有什么困难，只管向大队反映。你们响应毛主席的号召上山下乡，不容易啊。"还常常隔三岔五地叫我到他家打打牙祭，就像一个慈祥的长辈。因此我当时怎么也搞不明白，蛇冲人为什么那么怕他？

现在我自然明白了。白支书对我的关照，主要不是因为我是下乡知青，而是因为我的父亲。我下放的时候，我父亲还在牛棚，但不久从牛棚出来，官复原职。老爸从牛棚出来后一个星期，他的一个老部下，兰利县革委会的一个副主任便特地从县里赶了近百公里路来阳光公社检查工作，"顺便"看望了我一下。白支书绝顶聪明的人，不会不知道这其中的奥秘。

不过，那时我并不懂得这其中的奥秘，对白支书很有好感，因此对于他在人蛇大战中输给老七，便感到特别惋惜。

七

白支书和老七之间的争斗，也是温温热的嫂子告诉我的。温温热的嫂子对我很好。她亲亲热热地叫我小肖，把蛇冲人讳莫如深的内幕告诉我。有时，她还把我叫进她的闺房，用把精致的牛角梳子把我蓬乱的头发梳得整整齐齐。那把梳子上还有女人的香气。她那肉乎乎的小手在我的头上摸来摸去，使我感到一种痒酥酥的感觉，我像一头被人搔痒的小牛犊，舒服地闭上了眼睛。现在想起来，温温热的嫂子对我的好的确有点超乎友谊的成分，可惜我那时还不大懂得男女之情，纯粹把她当作一个异性的姐姐看，因此没有受到更多的滋润。

据温温热的嫂子说，老七在蛇冲取得目前的地位，也是经过一场恶斗的。才到蛇冲，老七那大大咧咧的作风、桀骜不驯的性格，特别是他那抓蛇吃蛇的习惯，都引起蛇冲人的不快，以六爹为首的老人更是对他侧目而视，恨不得按以前的规矩将他关在木笼里，放进池塘浸上三天三夜。但毕竟老七没有违法，而且公社土产站还公开收蛇，每条八角钱，而他们的理由又拿不上台面，他们只好另想办法。开始是规劝，规劝不行则继之以怒骂。六爹曾在一队的社员大会，当着全队人的面，骂老七不得好死。老七却快快活活地回答："六爹，您老别生气。您都黄土埋了大半截的人了，还能快活几天？"气得六爹浑身乱颤。骂吧，骂不赢，打吧，又打不过。于是，大家不约而同地把目光转向蛇冲的最高权威，白姓人的主心骨白支书的身上。

白支书当然知道大家的希望，但他却迟迟没有采取行动，他很懂得好钢要用在刀刃上的道理。再说，他表面上虽然遵守着蛇冲人的传统，但作为一个受党教育十几年的老共产党员，内心深处他对这些传统是持否定态度的，他不相信这些神灵鬼怪的事。但老七的肆无忌惮在蛇冲树立起了一个很坏的榜样，特别是老七渐渐地在自己周围聚集起了一群青皮后生，隐隐地构成了对他的权威的挑战的时候，他觉得不能再放任了。想来想去，他决定拿老七的捉蛇开刀。

那天，老七又照常提了一条蛇，混到姑娘媳妇群里大谈女人、蛇和裤裆的事。白支书来了，嬉闹的人群安静下来，几个头面人物争着与支书打招呼。老七提着蛇，扫兴地退到人群后面。但白支书却注意到了他，招手要他到前面来。

“嗬，好长一条蛇啊，有五六尺长吧？”白支书瞟着老七手里的蛇，不阴不阳地说。

“不算太长。”老七应付道，准备离开。

“别急着走嘛。”白支书叫住他，“听说你经常捉蛇？”

“也不经常，看见了就抓一下。”

“蛇可是益虫啊。它是捕鼠能手，一条蛇一年吃的老鼠，比一只猫还多。蛇的胆可以做药，肉可以吃，皮可以做皮包、蒙二胡。”白支书慢吞吞地说着，像是在和老七拉家常。

“是呀，所以我捉了蛇后从不吃，我把它送到公社土产站，支援国家建设。”老七已经感到白支书来者不善，采取防范措施。

“土产站给了你钱吧？”白支书似笑非笑地问。

老七一时语塞。

“这里是不是有点问题？”白支书的表情慢慢严肃起来。“蛇是野生动物，野生动物是国家的财产，在蛇冲，就是蛇冲大队全体社员的财产。你既没有喂它，也没有养它，伸手一捉，送到公社，就是八角钱。而一队的队员，辛辛苦苦地干一天，也不过三角钱。你捉一条蛇的收入几乎相当于他们三天的收入。这难道没有问题？嗯？”白支书盯着老七，问。

老七不作声。

“这里至少有三个问题。一是你将集体的财产占为己有；二是你捉蛇的收入明显高于其他社员，这是在搞个人致富，说严重点，就是在走资本主义道路；三是你捉蛇、到公社去卖蛇，都需要时间，影响了队里的生产。”

“我都是把自己应干的活干完了再去公社的，而且都扣了工分，捉蛇又不耽误时间。”老七据理争辩说。

“我知道你干活是把好手，但你去一趟公社至少要半天时间吧，这不影响生产吗？而且重要的是，你将集体的财产占为己有，只顾自己致富，这是在走资本主义道路，你知道吧？”白支书循循善诱地说。见老七不作声，他态度放缓和了一点，“不过，过去的就算了。大队不再追究。以后，你每捉一条蛇，收入归队里，队里给你记半天工。好不好？”

“我以后不捉蛇了！”老七过了老半天，脸红脖子粗地哽出一句。

“这可是你自己说的。”白支书马上接口道，“那好，我现在代表大队党支部宣布，从今天起，老七不准捉蛇。先把手里的这条蛇放了。”

老七咬着腮帮一动不动，手却越捏越紧，手中的那条蛇因为负痛不停地挣扎，身子扭得像根麻花。

“放了！”白支书厉声喝道。

“放了吧，老七。”

“放了吧，听支书的。”

围观的社员七嘴八舌地劝说道。

老七铁青着脸，把蛇狠狠地往地下一摔，蛇扑腾了几下，慢慢地挺直了身子。

“你这是什么态度！你这是在向大队党支部示威！”白支书显出愤怒的样子，手指着老七的鼻子，怒喝道，“你别以为你是贫农，又有几分力气，就可以胡来。老子天下第六，除了中央政治局五个党委，就是你大。告诉你，这天下是共产党的天下，世界上怕就怕认真二字，共产党就最讲认真。大队党支部今天就要剃剃你这个刺儿头。”

“你剃吵。”老七不服地抬起头来，碰到白支书那两道刀子似的目光，又连忙避了开去。

白支书转向吩咐同来的民兵营长：“通知全体大队干部和各队民兵排长，今天晚上八点到一队开会。”

批斗会开始比较和缓，主持会议的一队队长把老七当作人民内部矛盾处理，因此言词比较注意。但白支书的目的就是要打掉老七的威风，因此会议很快便改由民兵营长主持，会场的气氛顿时变得紧张起来。一个大队干部打断一队队长避重就轻的唠叨，喊道：

“陈桂生，你为什么要把集体的财产据为己有？”

“以前没有人告诉我蛇是集体财产。”老七争辩说。

“还狡辩，不老实。蛇是你养的吗？不是你养的就是集体财产。生产队土地上的所有东西都是集体的。”

“对，你为什么要走资本主义道路？说！”

“说，你为什么对抗大队党支部？”

老七说他没有对抗大队党支部。

“狡辩。”民兵营长喝道，“你对着大队党支部书记把蛇摔到地上，不是对抗大队党支部是什么？你这是在向大队党支部示威，是在向党示威。”

“陈桂生，站起来。”三队的民兵排长喝道。

老七站了起来。

“陈桂生，到前面来。”

老七走到前面。

“陈桂生，跪下！”

老七回答说他只给毛主席跪。话没说完，“啪”的一下，他腿弯里先挨了一脚。他站住了，接着又来了一脚，这一次，老七打了个趔趄，摇晃了一下，差点跌倒。他下意识地抓住身边的一把椅子。可是还没等他意识到自己在干什么，白支书就不失时机地发出命令：“小心，他想拿椅子砸人。上！”

随着这声“上”字，十几个民兵排长一拥而上，把老七团团围住。有的抓手，有的抓头，有的抓肩膀，几只脚同时踢在老七的腿弯上，老七摇晃了一下，跪倒了。与此同时，两只抓住他头发的手往后狠狠一扯，另有两只手卡住他的脖子，使劲往前压，于是，老七的身子形成一个反S形：屁股坐在腿上，身子往前倾，脖子突在身子前面，头却高高地往后仰起，使人只看到他那因急剧喘气而鼓起的鼻翼，以及鼻孔里那两团浓密的黑毛。

“老七当时没有反抗？”我好奇地问，心想老七如果反抗，那十几个青皮后生不一定压得住他。

“他敢？”温温热的嫂子睁大眼说，“又不是白支书个人整他，是大队党支部斗他。他敢！”温温热的嫂子又压低声音说，“幸亏他还算聪明，不然，这时他还在吃牢饭。”声音又低了一点，“听说白支书早就做好了准备。他与公社通了气。那天晚上，公社武装部长带了四个基干民兵，就守在我们队长的家里。只要有事，他们就会赶过来，将老七抓到公社去。听说武装部长还带了一只盒子炮。”

八

批斗会打下了老七的威风。一连十天，他把自己关在屋里，不肯与大家见面。十天以后，他出来了，完全变成了另一个人。他不再捉蛇，也不再与女人打情骂俏，只是低着头干活。人们都以为老七蔫了，但白支书却从他紧闭的嘴唇和大睁的眼睛里看出了仇恨。为了防备，他吩咐民兵营长安排了几个基干民兵，日夜在他家周围站岗放哨，监视老七的行动。但老七的复仇却在神不知鬼不觉中开始了。

那是老七再次露面的第十天下午，白支书读中学的小儿子中午放学回来，照例到厨房舀水解渴。他听到水缸里“哗哗”地响，好像有人用棍子在里面搅水。他好奇地走过去，揭开水缸盖子，不禁呆住了：一条两米多长的蛇，在水缸里烦躁地转来转去，一双血红的小眼睛，仇恨地盯着他。白支书的小儿子大叫一声，丢下缸盖，转向就跑。那条大蛇同时也从缸中一跃而出，蹿上他的肩头，在他脖子上绕了三圈，就像清朝人的大辫子一样。小儿子又是一声惊叫，倒在地上直吐白沫。等到家里人赶到，他已人事不省。而那条肇事的蛇，却已消失得无影无踪。

第二个受害者是支书娘子。那时已是晚上，支书娘子忙完家里的活计，打算睡觉。支书还在大队开会，支书娘子一个人来到西厢房他们的卧室。屋里没有点灯——这也是那时蛇冲人的习惯，如不做事，一般不点灯，煤油金贵，能省一点是一点。白支书虽然贵为大队领导，家里也遵守着这一习惯。支书娘子进到屋里，发现床两边挂帐子的柱子上，一边有两个萤火虫似的光亮在摇动，蓝幽幽的。她当时没有在意，脱了衣服准备上床。萤火虫却快速地向她飘过来。她定睛一看，这四个萤火虫竟是两条蛇的眼睛，它们半截身子缠在帐柱子上，另半截身子在空中抬起来，直取支书娘子的脑袋。支书娘子张大了嘴，却没有叫出声来。她只感到身子一软，便瘫倒在地。一泡热乎乎的绵绵不断的液体，从她裤裆里汩汩地流出来，浸湿了她身上的衣裳。

接连两次出事，使白支书大为光火。他断定这是老七搞的报复，却没有证据。到公社反映，公社领导分为两派，一派认为是偶然事件，一派认为与老七有关。但找不到证据，公社也无法采取行动。白支书只好要民兵营长再加派人手，加强保卫自己和监视老七的力量。

又过了半个月，平安无事。白支书暗自松了一口气，第一次睡了一个安稳觉，如果不是要去上学的小儿子把他叫醒，他也许要睡到中午才会起来。

“什么事？”白支书睁开眼，拧着眉头问。

“爹，蛇，蛇，到处都是蛇。”小儿子惊慌失措，变得结结巴巴。

白支书从床上一跃而起，穿上衣服，趿上鞋子就往外跑。

几百条大大小小的蛇，勾肩搭背，连头接尾，绕着支书的屋子围了一个大圈。它们不停地移动着，但总是沿着固定的轨道，既不远离屋场一尺，也不爬近屋场一尺。白支书虽然是见过大场面的人，也不由惊得目瞪口呆。

蛇圈外渐渐聚集了不少社员，大家一面围观一面议论，有惊恐有疑惧也有暗暗高兴的。

民兵营长带着一些基干民兵也赶来了，但看着这雄伟的蛇阵，他们也有点畏惧。

蛇圈外的人越围越多。白支书渐渐地烦躁起来。他，堂堂的蛇冲大队党支部书记，蛇冲党政军的最高负责人，却被一些名不见经传的畜生困在屋里，脸面何在？而且谁都知道他陷于重围的原因，如不能突围出去，就会被大家看作是败给了老七。再说，蛇冲的传统认为，谁做了亏心事，就会被蛇惩罚。他白支书没有做亏心事，不怕被人说，但大家心里有这种印象，总不是什么好事。

“仁兵，”白支书对着蛇圈外的民兵营长大声喊道，“把它们赶走！”

“支书，怎么赶呀？”民兵营长看着来回翻滚的蛇圈，有点踌躇。

“给我打，用锄头挖。”白支书喊道。在这个时候，他也顾不得蛇冲的传统了。

“这——”民兵营长却记着这个传统，不敢下手。民兵们也都畏畏葸葸。虽然是支书下了命令，但多年来形成的对蛇的敬畏，却缚住了他们的手脚。

一些老年妇女则已双手合十，开始对天祷告了。

“饭桶，饭桶，你们都他妈的是些饭桶！”白支书气极，竟骂出了一句老七式的粗话。他奔回屋里，拿了一把锄头，对着拦在篱笆门前的蛇群一阵乱挖。十几条蛇死在白支书的锄头底下，但更多的蛇涌了过来。其中一条最为显目。这条蛇有一丈多长，狡黠的三角形头上有一坨带刺的肉瘤，活像一项小小的欧洲古典式王冠。它下半截身子盘成一团，上半截抬起两尺来高，戴着王冠的头一抖一抖的，仿佛在发出什么警告。但白支书此时已经红了眼，收不住了。他下意识地觉得擒贼先擒王，干脆一不做二不休，抡圆锄头向这条蛇砸去。蛇王却机灵地避开了，再砸，再避开。第三次砸，蛇王不再避开，而是从地上弹起，整个身子冲出一丈多远，在支书的胳膊上狠狠地咬了一口。

白支书的锄头掉在地上，他卷起袖子，看了看胳膊上的伤口，感到一阵眩晕，然后像他的娘子和小儿子一样，直直地倒了下去。

人群一阵慌乱。然而沧海横流，方显出英雄本色。民兵营长挽狂澜于既倒，率领几个勇敢的战士冲进蛇圈，将白支书抬下了火线。群蛇慢慢散去。

白支书的伤并不很重。据温温热的嫂子估计，蛇王只是警告了他一下，没有放毒，因此他只在公社卫生院躺了十几天就出了院。但肉体的疼痛其次，精神的疼痛才是主要的。他被打败了，一个大队党支部书记，竟然没有斗过一个社员，这是他无论如何也不能接受的。他的脸面何在？蛇冲的工作以后还如何开展？因此，还在病床上，他就频频发出指令，准备在蛇冲接连召开九次盛大的批斗会，并指示大队会计起草一份报告，以肆意伤害党的基层干部的罪名，请求县公安局将老七抓起来，至少，也要给他戴顶坏分子的帽子。到时，有他的好看。想到这里，白支书的心头之恨才稍稍平息了一点。

白支书的计划最终未能实现。原因是老七毕竟是贫农，白支书又提不出确实的证据，证明几次与蛇有关的事件是老七所为，监视老七的民兵也没发现他有什么异常的举动。公安局长不敢擅自做主，便向县委书记请示。书记了解情况后大不以为然。书记是一个坚定的马克思主义无神论者，他无法相信蛇困支书与那个叫陈桂生的社员有什么关系。多年的工作经验告诉他，基层的干部和群众常常因为某些私事产生纠纷，很难说谁对谁错。干部在摆不平的时候，常常会借助政权的力量来打击与他有矛盾的社员。他不能支持这种不正之风。

“哎，一件偶然的自然事件嘛，怎么和一个贫农挂起钩来了？他是神仙，能指挥那些蛇？可笑嘛。还打算把他送到公安局来，开他的斗争会，把他定为坏分子？这怎么行呢？这种事情，哎，你直接拒绝就是了，还跑来向我汇报，要我支持？我们怎么能够支持这种封建迷信呢？同志！”书记语重心长地说，“毛主席教导我们，严重的问题是教育农民，这是一条颠扑不破的真理。你也是一个老同志了，哎，怎么这么不辨是非？”

公安局长出了一身冷汗。回去之后，就打电话给阳光公社的治安员，将他一顿臭骂，公社治安员又打电话把蛇冲大队会计骂了一通。

几天之后，民兵营长找到老七，告诉他大队党支部的新决定：为了支援国家建设，同意陈桂生适当地捕捉一些蛇类。

于是，老七又抓起蛇来。

“白支书就这样算了？”我再次好奇地问。

“不算了还能怎么样？”温温热的嫂子再次睁大眼说，“上面不支持他，他能怎么样，他又不能自己将老七关起来，给他戴坏分子的帽子。”温温热的嫂子又压低了声音说，“大队得听公社的，公社得听县里的，他有什么办法。”声音又低了一点，“不过两人的梁子结下了，白支书不会放过他的。只要抓住了老七的把柄，他会给他好看的。”

九

我以为，老七捉蛇乐此不疲，主要的动力有两个：一是满足虚荣心，一是弄点钱用。

老七捉了蛇之后，并不马上放进篓子或者编织袋，而是把蛇缠在臂上，让它咬着自己的手腕，因为只有这样，才能产生惊世骇俗的效果。然后，他甩着这条“蛇臂”，招摇过市地走过人多的地方，引来姑娘媳妇们夸张的尖叫，以及一大群十几二十岁的青皮后生的前呼后拥。这些小后生是老七的基本群众，他们年纪轻，受传统影响小，不像老年蛇冲人那样把蛇视若神明，同时他们又受到传统的一些影响，对蛇存在着一种畏惧，因此能捉蛇的老七便成为他们心目中的英雄，或者说是明星。就像现在的追星族们一样，老七一捉到蛇，他们便前呼后拥地团团围住，跟着他到处转悠，一边走一边喧闹，胆子大的还伸手触触蛇的皮肤，然后闪电般缩回，向大家炫耀地举着那根触到了蛇身的手指头。但有姑娘媳妇的场合，老七便不让他们有这种出人头地的机会，他或者将蛇臂高高举起，或者对蛇尾频频施压，让蛇头顺着他的虎口，像张飞的丈八蛇矛一样，频频出击。这时，那些青皮后生便散在四周，不断地鼓掌、喝彩。

不过，按照温温热的嫂子的说法，自从和白支书闹了那一出之后，老七也有所收敛。一是再也没看到他吃蛇了；二是在人群前表演的时候，他总是小心避开干部特别是大队干部的眼光；三是在白支书面前，他也变得礼貌一些了，总是停住脚步，恭恭敬敬地叫上一声。

但是老七张扬的个性，骨子里没有什么变化。他在蛇冲的老年人面前收敛了一点，在我们这群小青年面前，仍是颐指气使。每次表演完了之后，他便把蛇放进一个小竹篓或者编织袋里，对着这群小青年中的一个一伸："老四，提着。"于是，这个叫老四的就受宠若惊地小步跑上前来，接过那个小篓子，屁颠屁颠地跟在老七后面，往公社供销社走去。

说来惭愧，这个叫老四的小青年便是在下。其实，我既没有四个兄弟，在家排行也不是第四，"四"这个数字与我没有任何关系，纯粹是老七的发明。我才到蛇冲的时候，大家都惊奇于我的近视眼镜，他们除了几个公社干部，很少见过戴眼镜的。但他们不可能像叫公社干部一样叫我"肖干部"，因为他们知道我是来接受再教育的，说得更通俗点，是归他们管的；叫小肖又显得文绉绉的，不符合他们的称呼习惯。于是有人叫我"肖眼镜"或者"肖夹夹"。但老七还是觉得这种称呼文雅了一点，在一次生产队开会的时候，正式命名我为"四眼狗"，意思是我有两只眼睛，又戴了一副眼镜，共有四只眼睛。这个称呼很合大家的意，很快便在蛇冲叫开了，其中含有一点视我为异类的味道。我不喜欢这个名字，抗议了几次，在我父亲从牛棚出来之后，白支书也发话不准大家再叫，但大家一时改不过来，也不知道再叫我什么好。这时又是老七，按照当地人的习惯，去掉后面两个字，在"四"

字前加上一个“老”字，于是我就变成了“老四”。我虽然还是不喜欢这个名字，无奈大家都这么叫，也没有办法。

我们跟着老七，趁着中午休息，来回十几里，把蛇卖给公社土产收购部，换回八角钱。老七领着大家来到公社供销社，买上两角钱的糖果，每人发上一两粒，于是大家就嘴里甜丝丝心里乐呵呵地踏上归家的路程。我不稀罕老七的糖果，但无法抵抗那种大家在一起嬉闹的愉悦，那种融入人群的归属感，那种同去同来的热闹，因此虽然有时事后有点后悔，但事到临头，仍然是跟着凑热闹。

剩下的几角钱，老七便当仁不让地装进了自己的口袋。这时，便有一个二十不到的胖小伙子挤到老七面前，扯着老七的衣袖，抬起头认真地问:“老七，这么多钱你怎么用得完啊？”

老七照例是伸手在小伙的裤裆处一抓:“塞你嫂子还不够呢。”

大家于是嗬嗬地笑起来，只有那个小伙有点丈二和尚摸不着头脑。这个小伙子便是温温热。他是农村里叫做二傻的那类人物，弱智，但能劳动，生活能够自理。

据说，温温热的嫂子才娶进来的时候，大家出工时逗他:“苕儿，”这是温温热以前的名字，“你说这世上什么东西最好吃？”“大肉块子。”温温热吧嗒着嘴巴说。“错！最好吃的东西，是你嫂子的那两片肉。”“哪两片肉？”“就是……”“真的？”“哄你是狗娘养的。”逗他的人赌咒发誓地说，“你去尝尝就知道了。”“怎么尝啊？”“你把手伸进去，摸一摸，再放在嘴里舔一舔就知道了。”

那天傍晚，他嫂子正在洗澡的时候，温温热的脑袋探了进来。他嫂子吃了一惊，连忙站起来，一只手护住胸部，一只手护住裆部。“你来干什么，苕儿？快出去。”温温热嘿嘿地笑着，右手食指含在嘴里。温温热的嫂子有点心慌，哄着说：“快出去，苕儿，女人洗澡男人不许进来。出去，乖，等下我给你弄好吃的。”“你把身上好吃的给我尝尝我就出去。”温温热嘻嘻地笑着，走进屋里。“好吃的，我身上有什么好吃的？”“有。”温温热忽然抢前两步，拉开他嫂子的手，用自己的手在那里来回摸了几下，然后飞快地跑了出去，一边笑，一边把手放在嘴里舔着。

事后，温温热的哥哥把他的裤子扒下来，在他的屁股上狠狠地拍了几板。温温热哭哭啼啼地跑到那个逗他的社员家里。社员给了他两个煮熟了的鸡蛋，于是他又破涕为笑了。

事后，大家故意问他：“苕儿，你嫂子腿中间的那两片肉好不好吃呀？”温温热“呸”地朝地上吐了一口：“不好吃，寡淡的，只有一点温温热。”于是，苕儿消失，“温温热”这个名字取而代之。

十

每次老七这样粗鲁地说到温温热的嫂子，我都有点脸红。我一直对温温热的嫂子怀着一种纯洁的感情，我无法把这位苗条漂亮的少妇与任何粗鄙的东西联系起来，何况还是被老七这样野蛮的汉子粗鲁地塞进“那个眼”里。

然而不久我就发现，老七并没有吹牛。

那天，我从另一个知青那里弄到一本柳青的《创业史》。梁生宝和徐改霞之间阴错阳差的爱情深深吸引了我。我不愿出工，但也不想待在家里，以免被哪个干部或社员发现我躲在家里看书。于是，我挟了书来到后山上一处背人的松林里，找了一处向阳的坡地，躺下看起来，渐渐入了迷。忽然，一阵杂乱的脚步声在我身旁不远的地方响起，接着传来两个人的对话。

“就这里吧，又平又有阳光。我把这件衣服铺上。”一个男人的声音。

“不会被人看见吧？”一个女人迟疑地说。

“人？鬼都不会来这里。”

“老七，我可不是为了那点东西。”

“我知道，你是喜欢我的这个东西。”男人粗野地说，“来吧，别啰唆。又不是头一次。”

接着一阵寂静，接着一阵轻微的窸窣声，接着，是男人低沉的吼声和女人压抑着的欢快的呻吟。

我的心“怦怦”地跳着，我已经听出两人是谁，我想走开，却身不由己地往声音传出的地方走了几步。

他们已经结束。老七尚未穿上裤子，正心满意足地仰面躺在地上，眯缝着眼睛看着蓝天。温温热的嫂子已经坐起，一条短裤夹在她的两腿中间，雪白丰满的臀部下面垫着老七的外衣。她满脸潮红，正在用那把牛角梳子整理自己弄乱了的头发。在他们的上面，是碧绿的青松和飘着白云的蓝天，在他们的下面，是一层金黄色的厚厚的松针。现在想来，那的确是个很有诗意的场景。但我当时愤怒了，我挺起身子，怒视着这对男女。

温温热的嫂子先看见我。她发出一声惊叫，其中含着恐惧、羞愧与告饶。她极力压抑着自己的声音，于是这声惊叫变成了一阵呜咽。

老七霍地坐起，拉过裤子盖在自己身上不该裸露的地方。

我狠狠地"哼"了一声，一甩头，雄赳赳地走了。

那天晚上，温温热的嫂子破天荒地来到我住的地方，百般柔情地给我讲她小时候一些有趣的往事，用那把牛角小梳轻轻地梳理我那蓬乱的头发。我们都没提下午发生的事，但我知道她的来意。其实我已经原谅她了，而且也不会把这件事抖搂出来。在我那种年纪，喜欢一个女人只是一种感觉，并没夹杂多少的欲望，因此她的不忠对我其实没有什么伤害。然而我不作声，我觉得她冒犯了我，她下午的所作所为是对我的情感的一种背叛，我不能这么快就与她和解。

温温热的嫂子不停地讲了两个小时，然后忽然住了口。她默默地坐了一会，把我搂在她的胸口抱了抱，然后叹了一口气，站起身，准备离开。

"慢点，"我喊住她，"他给了你什么好处？"

"给了我一瓶香水。"温温热的嫂子不敢看我。

温温热的嫂子走后不久，老七来了。他收起了往日那种肆无忌惮的表情，但仍然大大咧咧的："你不会汇报吧？"

"为什么不？"我恶狠狠地说。对他，我不想客气。

"何必呢？"老七不以为然地说，"她姓王，你姓肖，你打什么抱不平？要不，让她也给你搞一下，我去说。"

"要搞，我就搞你老婆。"我一心要刺伤他。我甚至希望他打我，那样，我就有理由把他的丑事说出来，我相信白支书、温温热的哥哥不会放过他。

谁知老七并不生气:“我可是出了钱的。”

“我也出钱。”

老七愣了一下，粗声粗气地问道:“出多少？”

“你要多少？”

“五十。”

“五十就五十。”

“好，一言为定。你掏钱。”

事情就这样出人意料地决定了。我俩谁也没有料到这样的结局，一时都有点犹豫，但谁也不愿认输。

我翻箱倒柜，找出五十元钱。老七塞进口袋就走了。

我知道，我们的友谊结束了，剩下的只是契约。

十一

我还记得，七嫂来的那天晚上，天上挂着一牙弯弯的月亮。

那天离我和老七定约的日子已经过了五天。我以为老七不会履约，那五十元钱是肉包子打狗，有去无回了。不过，我并不想要回那五十块钱，老七不履约本身，就说明他觉得理亏，在我，这也就够了。

谁知，七嫂却来了。

传来轻轻的敲门声。

打开门，七嫂僵直地站在门口。在月光的映照下，她的脸显得有点苍白，但见到我，却又红了。

“老七叫我来的。”她淡然一笑，笑得有点勉强。

我呆住了。我根本没有想到她会来，也没有准备她来。怎么办，我的脑中一片空白。

七嫂侧身走进门，来到床边坐下，侧头看着我。

“不，不要。”我嗫嚅着，缩在门口，“我不是这个意思。”

七嫂走过来，重新站在我的对面。七嫂是一个高大的女人，几乎与我一般高，但身体却要丰满得多。在她面前，我感到自己无助的瘦小。

“你不要我？”语调中竟带了一丝同情与怜悯。

我点点头。

“你给了他五十元钱？”

我又点点头。

“你呀。”七嫂幽怨地说，“你不该和他打赌。他身上，有不得钱……”

“我不要他还。”我连忙表态。

“他不会还你的。他情愿叫我……”七嫂怜爱地将我揽在她的身旁，另一只手怜爱地摸着我的头发，“你呀，真是个孩子。”

我不禁对这个身材高大的女人产生了好感，甚至一丝柔情。以前我对她并不熟悉，她完全被老七的光辉掩盖了，好像老七的一个影子，默默地操持着家务。

我挨着七嫂站着，她的身体的气息扑进我的鼻孔，我莫名其妙地对她产生了一种依恋。月牙从云层里钻出来，窥视着我们，我们像两根柱子，静静地站着。

"老七其实很怕你告诉白支书，白支书一直盯着他。"七嫂轻轻地说，"你别去检举，好不好？这对小王也不好。"

我点点头。

七嫂慢慢移动脚步，走了。

我感到一阵轻松，接着，我感到一丝后悔，再接着，一种令人心悸的渴望突然攫住了我。我忽然想起温温热的故事。

"七嫂。"我脱口叫道。

七嫂站住了。

"七嫂——"我又叫了一声，声音竟然有点颤抖。

七嫂慢慢地走回来，月光照着她的脸，脸上又像我开门时那样腾起一片红云，但眼神却不像开始那样木然，隐隐竟有一丝笑意。我忽然觉得她其实很漂亮。

"有事吗？"她在我面前停住，柔声问道。

我不说话，把她拉进门里，伸手去解她的裤带。但由于手忙脚乱，竟把活结变成了死结。我急得满头大汗。

七嫂推开我的手，自己把裤带解开了。

"要不，床上去？"她看着我，又说，"你还小，别干这种事。"

我不作声，摸到一片细滑湿润的东西，我吁了口气，把手停在那里，心里感到莫名的舒坦。

七嫂忽然"咯咯"笑了一下。我吃了一惊，连忙把手抽出来，把她推出去，关上了门。

门外静了一会，接着听见轻轻的脚步声，越来越远。我打开门，七嫂已经走远，渐渐地消失在路的拐角处。我正准备关门，忽然发现，在一棵树的背后，晃出一个男人高大的身影，不久，也在路的拐角处消失不见了。我关上门，把身子靠在上面，看着自己那只沾湿了的手，情不自禁地将嘴唇凑上去，伸出舌头舔了舔。

果然是寡淡的。

十二

我青年时代第一次与异性的肉体接触就这样滑稽窝囊、毫无英雄气概地结束了。实在愧对我们敢作敢为的远古祖先和风流倜傥的当代青年，以致我现在写下这段经历，都有点汗颜。

但老七却因此而感谢我，我们成了朋友，常常一起搭档干活。

我最喜欢的活是车水。我和老七负责一架手摇水车。这种水车小巧玲珑，安放简便，适合小块的散田。水车安好之后，人便下到田里，与水车相对而立，两手一拉一推地驱动两根连杆，连杆带动车轴，车轴旋转，水车叶子循环往复地运转，水就顺着车厢哗哗地流上来了。

另一人便在旁边休息，等着轮换。

这另一人常常是我。我在树荫下找块青青的草地，和衣躺下，面对蓝天白云，闭上眼睛，感受从叶隙中透过的阳光在我脸上跳动，耳边传来水车吱呀的转动声，和老七那充满野气的民歌：

穿花衣服打红伞伞的姑娘哎——

你为什么不把哥哥我来攀哟——

每当这时，我总有股进入幻境的感觉。

晚上收工，老七喊我到他家吃饭。他捉了一条丈把长的蛇，放在竹篓里装着。我们回去的时候，那条蛇正在竹篓里不安地躁动着。它大概感到了自己的命运，老七一揭开竹篓的盖子，它便像炮弹一样地射出来，对着老七的手就是一口。老七敏捷地一翻手腕，躲过了这致命的一击，然后飞快地抓住蛇的七寸，另一只手同时抓住蛇的尾巴，抡圆了往地上使劲一摔。蛇软绵绵地瘫在地上，眼睛可怜巴巴地向上翻着。

七嫂把剥好的蛇肉拿进厨房，洗净，剁成一节节，放入剥好的蒜头，以及花椒、桂皮，在火上炖着。老七则把翻转的蛇皮再翻过来，盘成一圈，把砸烂的蛇头放在上面，点上两支香，双膝跪下，双手合十，两目紧闭，嘴里念念有词地祷告了一番。他告诉我，这祷告一是追念他死去的师傅，求他在冥冥中保佑；一是请求死去的蛇的宽恕，他是迫不得已。

祷告完毕，蛇肉也快熟了。锅里的水“啵啵”地响着，雪白的蛇段在水里沉浮，发出一股醉人的香味，使人感到饥肠辘辘。

老七喝了几口白干，脸红红的，话也多了起来。

“老四，这种天气，吃蛇最好是在外面屋场，吹着凉风，喝点白干，那滋味盖了。不过，现在不敢了。那些狗日的盯得紧。”

我说在屋里吃也不错。

“是的，只要有蛇吃，就是好事。不瞒你说，我这条命就是蛇救出来的。”老七“吱”地喝一口酒，“那是我十来岁的时候，我们那一片遭了灾，草皮树根都没有吃的了，我爹我娘打发我出了门，说树挪死，人挪活，自己去找条生路吧。我拄着一根棍子出了门，还没走出县，就饿昏在路边。幸亏碰到我师傅。他老人家当即捉了一条蛇，用瓦罐煨熟了，给我喂下。我活了过来，就跟着师傅在外面闯荡，吃了不少苦，有时穷得只差卖裤子了。但我们靠着捉蛇、给人治蛇伤，挺过来了。后来碰到你七嫂，她不嫌我穷，愿意跟我，我就跟着她到蛇冲来落户了。”

我知道，七嫂娘家也是蛇冲人，早几年，她父母去世了，只剩下一个哥哥，但两家走得不近。

我喝了一口酒，感叹地说：“你现在也是靠蛇养着的啊。”

“是啊，”老七夹块蛇肉，塞进嘴里，“你想想，不靠蛇，我吃什么？在生产队出工，一天累死累活，只三毛钱。那些一担水谷都挑不上田埂的，一天也是三毛钱。要单干我早发了，可在集体，我发不了啊。我这么大个汉子，尽我吃的话，我家的口粮我一个人吃了还不够，你七嫂、毛团也总得吃东西吧？还要买盐、打煤油，七嫂一年到头总得做一两件衣服吧，毛团得要一块布遮羞吧？”他看看已在摇篮入睡的儿子，显出少有的柔情。“你七嫂才嫁给我的时候，也是粉嫩粉嫩的，可现在，才三年时间，你看，都快成老太婆了，可她还只二十多岁。我对不起她啊。”他给老婆夹了一块蛇肉，我看见七嫂的眼睛在煤油灯光下闪着泪花。“他狗日的白支书不许我捉蛇，他给我吃，给我穿？这不是明着要把我往死里赶？还想斗我，把我打成坏分子，我他妈一把把他的脑袋拧下来。”

“老七！”七嫂责怪地喊了一声。

“你别拦我。”老七又喝了一口白干，“我今天和老四兄弟讲讲心里话。我不是要和白支书作对，我知道我搞不赢他，他背后有政府。但他也不能把我往死路上逼吧？不瞒你说，我不久就要离开这里了。在这里被狗日的白姓人欺负，替他们养孩子。我早就想走了，惹不起还躲不起啊？但你七嫂不同意，觉得这里是她的胞衣之地[①]。不过她现在也想通了。她父母去世了，只留下一个哥哥，也是一个窝囊货，自己都保不住，还能护着她？还是走吧，我这样的身板力气，哪里讨不到一口饭吃？”

我们边喝边谈，老七喝了很多，后来竟呕了起来。我和七嫂将他扶到床上。七嫂撮了一铲灰，盖在呕的东西上，扫了，然后打来一盆水，替老七擦了脸，洗了脚，盖上被子，便到外间收拾去了。我一个人在屋里陪老七。

老七迷糊了一会，很快便睁开了眼睛，我看时，里面竟有了一丝伤感的色彩。我知道，这是酒醉的人常有的情形。

老七说：“我师傅讲，会水的，水中死；玩火的，火中死；耍刀的，刀下死；捉蛇的，蛇咬死。我知道我迟早会死在蛇口里，只是苦了七嫂和毛团。”

我也有点感伤起来，喃喃地说了一些他有毛法法，蛇咬不死他之类的话。

“老四兄弟，如果我死了，七嫂和毛团就拜托给你了。”老七忽然拉着我的手说。

我有点惶惑，不知他是什么意思，也不知他怎么会认为我有

---

① 胞衣之地，意指家乡。胞衣，当地指胎盘。

这么大的本事。“老七，你先睡睡吧。”我搪塞地劝道。

“我睡不着哇，你答应了我才睡得下。”老七还是拉着我的手，“你别以为我醉了，我清醒得很。你父亲不是在省城做官吗？我如果死了，你就把七嫂带到省城，让她在你家或别人家做个保姆什么的，只要能养活她和毛团就行了。七嫂能干着呢，做饭、洗衣、扫地、收拾屋子，什么不会？你答不答应？”

“我答应。”我恳切地说，把老七当作自己的知己。

十三

然而，我万万没有想到，我和老七不久就闹翻了。

这段时间，与我和老七相关的事情，有两件值得一提。一是在白支书的强力干预下，老七户口迁移的事没有办成，他只得还在蛇冲待着。一是我父亲的那个老部下，县里的余副主任利用到阳光公社指导工作的机会，又到蛇冲大队来看了我一次，给我带来了不少东西，并承诺尽快给我弄一个读大学或者招工的指标。不过我对招工不感兴趣，我想的是读大学。

余副主任给我带的东西中，有一本书，书名叫《我省的主要蛇类》。我记得，那本书不厚，内容也就是关于蛇的一些基本常识。但对于当时的我，却是一些新鲜的知识，以前只是模模糊糊有点印象的东西，现在清楚地知道了。我知道了蛇有有毒和无毒两种，无毒蛇咬了关系不大，毒蛇咬了则有生命危险，要赶快去医院治疗。我兴奋地跑到老七那里，把这一新的发现告诉他。老七却“噗”地一笑：“是蛇都有毒，只有毒大毒小，哪有没有毒的蛇？”我把书拿出来，但老七看不了，他认识几个字，但也就是写写自己的名字，看看工分，还没有达到看书的程度。不过我觉得，他即使能看也不会看的，他只相信他师傅说的。

但我逐渐发现，老七虽然说是蛇都有毒，但他捉的，特别是他让咬的，都是无毒蛇。像金环蛇、银环蛇、竹叶青这样的毒蛇，他很少捉，捉了也小心翼翼地不让它们咬到。

我以此质问他，老七却故弄玄虚：“实话告诉你吧，捉蛇的都从师傅那里学了点毛法法。不过每捉一条蛇，都要损耗一点毛法法，捉你讲的那种小蛇，毛法法就损失得多一些。所以我师傅一再告诉我，像土鳖古（蝰蛇）、玉节蛇（金环蛇、银环蛇）、青竹标（竹叶青）、扇头风（眼镜蛇）那种小蛇，不要去捉。”

我追问道：“那你的毛法法用光后，不就不能捉蛇了？”

“我还可以修炼啊。”老七越发神秘地说，“不过修炼花工夫，所以师傅告诉我不要碰小蛇。”

见不能说服老七，我便转而向蛇冲社员宣传我的新发现。大家饶有兴趣地听着，但最后都露出不相信的神色。

“蛇还有没毒的？”

“老七不是说，是蛇都有毒吗？”

于是，我又把书拿出来，翻到有图的地方，告诉他们毒蛇和无毒蛇的区别。毒蛇有毒牙，身量较小，脑袋大都呈三角形；无毒蛇没有毒牙，身量一般比毒蛇大一些，脑袋大都呈椭圆形。

看到书上白纸黑字地印着，大家的态度有点动摇了。

“看，还真有区别呢。”

“毛主席说，有的蛇没有毒。”

“毛主席没说，书上说的。”

“不合毛主席的意思，能让它印出来吗？”

“还是问问老七吧。”

大家将目光转到一直在冷眼旁观的老七身上。

“没毒？”老七鄙夷地一撇嘴，“叫他让蛇咬一口看看。”由于我起劲地宣传毒蛇与无毒蛇的区别，他早就冷淡我了。

一些青皮后生跟着起哄。

“对，有种你就让蛇咬一口。”

这种场合经历多了，我渐渐感到，不让蛇咬，我永远赢不了这场争论。尽管我一想到让蛇咬就浑身起鸡皮疙瘩，但最后，还是年轻人的好胜心占了上风。不入虎穴，焉得虎子？要知道梨子的滋味，就得亲口尝一尝。共产党员连死都不怕，还怕蛇么？我虽然不是共产党员，但要向共产党员学习。干，我豁出去了。

“我敢！”在青皮后生们又一次起哄中，我平静地回答。

这话很快传到老七耳里。在我又一次向蛇冲人例行布道时，我忽然感到脸上凉丝丝的。转头一看，一条蛇的后半截握在老七手中，前半截像根棍子，笔直地戳到我的脸前，椭圆形的头离我不到一寸远，红色的芯子不时咝咝地从蛇嘴里溜出来，扫到我的脸上。由于我转头，又扫到我的鼻子、嘴唇上。我惊叫一声，转头就跑，手中的“布道书”也掉在地上。

众人的哄笑声提醒了我。我跑了几下，收住脚步，挽起袖子，走了回去，竭力装出满不在乎的样子，把手朝老七伸过去。然而眼睛却不争气地抖动起来，我不得不把眼睛闭上，好像准备让人亲吻的姑娘。那样子一定可爱极了。

这回轮到老七吃惊了，他愣了一会，不声不响地把蛇拉了回去，接着再让它蹿出来，在我右手腕上咬了一口。我感到似乎有两排细针在手腕上扎了一下，接着是一种疼痛的感觉，但并不十分强烈，在我的承受范围之内。我的胆子大了起来，睁开眼睛，说："再来一次。"

老七又让蛇蹿出来咬了我一口。

"再来一次。"

老七又在蛇的尾巴上捏了一下，但蛇也许是厌烦了，碰到我的手后没有张口，却飞快地蹿了回去，一口咬住了老七自己的手腕，没有提防的老七自己反而吃了一惊。

围观的人群发出一阵哄笑。

老七的脸涨得通红，他一甩手，把蛇高高地抛起，就像杂技演员抛出的彩绸，在空中优美地转了几个圈，重重地掉在地上，硬邦邦地伸直了身子。

"狗日的，老子一巴掌打死你。"老七破口大骂，拳头捏得紧紧的，像两个小足球，提在大腿旁边。

"你敢！"我有点心虚，但嘴巴很硬。

老七向前走了两步。

我一扭头躲到一个妇女的背后，同时又不甘心地把头从她的胳肢窝里伸出来：

"你敢，我写信告诉我爸爸。"

这实在是一句小孩子话，却对老七起了作用，他停下了脚步。

“算了算了，君子动口不动手。”一个老年社员息事宁人地说。

“你比他大了两个圈，欺负一个小孩子，算什么英雄。”

几个妇女替我打抱不平。

这时，七嫂赶了过来，双手抱着老七，用出全身力气将他推出了人群。

十四

这场风波就这样过去了，但我知道老七不会就此罢休。我抽空回了一趟家，在省城买了满满一书包李胜德蛇药片。李胜德据说是一位著名的老蛇医，在他七十岁生日的时候，为了造福乡亲，把他家祖传的治蛇伤秘方献给了国家，国家根据这个秘方制成了这种蛇药片。当时这种药片十分风行，是下乡干部的必备药物。但现在不多见了，不知是随着老先生的去世，这种蛇药片失去了一些灵气，还是因为我后来一直住在城里，不再关心这些治蛇的药物了。

我在家里只待了半个月，就被父亲“赶回”了广阔天地。刚走到门口，我就听见屋子里面有种奇怪的“唰唰”声。声音来自厨房里的那口水缸，缸盖上不知被谁压了两块大石头。这立刻使我想起了老七与白支书的“人蛇大战”。我拾起一根细棍子，从水缸盖上的一个小孔里伸进去，只听“咔嚓”一声，棍子被什么东西咬着了。我会意地笑了笑，烧了满满一锅开水，然后一瓢瓢地从水缸盖的那个小孔倒进去。水缸里马上传来剧烈的哗哗声，仿佛有上百条鲤鱼在跳龙门一样，力量之大，连压了两块石头的缸盖也被顶动了。我一只脚踩在缸盖上，继续不屈不挠地往里灌开水，里面的扑腾声慢慢弱了下去，最后终于消失了，我又灌了几瓢开水下去，然后才揭开缸盖，一条七八尺长的大蛇胡乱地盘在缸底，身上的皮被烫得七零八落，发出一股刺鼻的腥味。

我戴上口罩，把蛇捞起来，剥出蛇皮，去掉蛇头，剖出内脏，然后挑来一担清水，将蛇肉洗得雪白，像女人经冬之后第一次换上裙装后露出来的玉腿。我用土坯在屋子外面垒了一个简易的灶，把蛇一段一段地切好放进锅里，放进大蒜、香料，火烧得旺旺的。蛇肉发出一股清香，引得收工回家的社员驻足观望。

“收工啦？”我故意亲切地与他们打招呼，“来，来，尝尝我弄的蛇肉。这条蛇不知怎么跑到我的水缸里来了，在里面哗啦啦地游。我一揭盖子，它就蹿出来咬我，我头这么一躲，手这么一抓，然后往地下这么一摔，就把它搞死了。来，每人一块。”

大多数社员都皱着眉头躲开了。一群青皮后生留了下来，围着我，津津有味地听我吹牛皮，也有人故作勇敢地夹起一块蛇肉，放在眼前看看，却不敢吃进去。

我暗暗地注意老七来了没有。然而老七没有来，六爹却带着一群老人来了。他们一声不响地盯着我们。那些青皮后生在他们盯视下慌了神，一个一个偷偷溜了。六爹走上前，用锄头把我的锅砸得稀烂，又几锄头把我的土灶挖了，然后扬长而去。

我看着他们的背影，哭笑不得。他们奈何不了老七，却拿我来立威，而我的行为实际上是有利于他们的。

又过了几天。那天早晨我起得迟。我做了一个梦，梦见我在省城的街上散步，一个美丽女子缠上了我。她的脸蛋艳若桃李，手脚柔若无骨。她紧紧地搂住我，我感到一种温柔的惬意。然而她的手脚越搂越紧，身子也逐渐拉长，绕了几个圈缠在我的身上，冷艳的脸上浮出一丝残忍的笑容。

“蛇！”我一声惊呼，从床上坐起来。

门外传来一阵嗡嗡的喧哗声，我慌忙下床，透过门缝向外看。屋子外面已经围了一圈人，白支书与民兵营长也在其中，脸上露出焦急但又无可奈何的神情。在他们与屋子之间，是来来回回转着圈子的蛇群。我立刻明白了发生的事情。我不慌不忙地刷了牙，洗了脸，然后取出书包里的李胜德蛇药片，放了一半在桶里，倒上水，搅匀，然后开了门。

大家的眼光一下集中在我的身上。白支书紧张地喊道：“小肖，快关门。我们已经给公社打电话，他们马上就来人了。”

我很为自己的引人注目而自豪，更为这难得的表现机会而高兴。我潇洒地向白支书做了一个没关系的手势，提着那桶李胜德蛇药片泡出的水来到蛇圈前面，舀起一瓢，准备泼到蛇群身上。

蛇群骚动起来。一条一丈多长的蛇爬到我的面前，它的头上有一个带角的肉瘤，宛如一顶小小的欧洲古典式王冠。它的身子的下半截盘成一个圆圈，上半截伸起两尺来高，戴着王冠的头前后抖动着，仿佛在向我发出警告。但我这时已经来不及考虑，不管不顾地把瓢里的药水向着蛇王的脑袋泼去。人群发出一声惊叹。蛇王灵巧地躲开了，药水全泼在了它后面的几条蛇身上，那几条蛇立刻痛苦地上下翻滚起来。蛇王身上也溅了几滴药水，它像被开水烫了一下似的，浑身一激灵，眼睛死死地盯着我。我又舀起一瓢药水，准备泼出去。蛇王尾巴一扫，调过头，身子一冲一冲地，飞快地向不远处的水田逃去。整个蛇群像看见狼的羊群一样，跟在它的后面，转眼间便消失得无影无踪。我的那桶药水还只泼了一半。

那天晚上，又有两条蛇盘在我床边的帐柱子上迎接我。但这已是强弩之末。在看清它们不是毒蛇之后，我便像摇篮里的赫拉克勒斯一样，左右开弓，一手抓住一条，把它们从帐柱子上扯下来，塞进一个竹篓。

为了防止老七再耍什么花样，我第二天一早就上了县城，又买回一书包李胜德蛇药片，化在水里洒到屋里屋外的每个角落，蛇果然不再来了。与此同时，我又从县里带回了几块平板玻璃，在蛇冲找了个木匠，把玻璃拼成一个三米宽和四米长的大平面，外面用木头做一个框子。然后我抓了一条无毒蛇，又弄了一条毒蛇，把它们放在玻璃上面，再在玻璃上倒一层油。于是，在地面爬行迅速的蛇现在却寸步难行了。它们在有油的玻璃上疯狂地扭动着身子，像热情奔放的脱衣舞女郎，但很难前进一步。我用一根长棍子把它们拨到自己面前，用火钳紧紧地夹住它们的七寸，强迫它们张开嘴巴，然后指着它们的牙齿，告诉蛇冲人毒蛇与无毒蛇的区别。为了使自己的理论更有说服力，我又买来一黑一白两只小狗，黑的让无毒蛇咬了，白的让毒蛇咬了。结果，黑狗照样活蹦乱跳，白狗一会儿就呜呼哀哉了。

蛇冲人大开眼界，每天我的玻璃演示场前都人满为患，大家异口同声地要求我把那神奇的毒牙向他们展示了一遍又一遍，黑狗白狗的把戏也玩了多次。一些青皮后生还接过我的火钳，壮起胆子把蛇夹起来，去看它们白色的肚皮。

我又别出心裁地弄来一根粗长的竹管，把管内的竹节打通，磨光，在里面安上几面剃须刀片。等大家看蛇爬玻璃的把戏看厌了，我就用棍子把蛇头拨进竹管，然后用棍子在蛇身上一拍，蛇负痛前蹿，安在竹管内的刀片正好划在它的肚皮上，这样痛得更厉害，蹿得也就更快，刀片也就划得更深。等蛇借着惯性从竹管那头出来时，整条蛇已经开膛剖肚，落在玻璃上便不再动弹。

由于事先通过白支书做了工作，我玩这套把戏的时候六爹们便不再来干涉。小青年们快乐无比，渐渐对我产生了一种敬畏，开始将我和老七相提并论。

有时捉到了无毒蛇，在玻璃上摆弄一阵之后，我故意不把它放进竹筒里处决，而是学老七的样子，把它缠在自己的胳膊上，让它咬着自己的手腕，送到公社土产收购站去。得了钱之后，我把那些跟来的青皮后生叫到公社饮食店，每人一角六分钱，下一碗肉丝面。有时人去得多，卖蛇的钱不够，我还得自己掏钱。但我一咬牙，认了。为了取得对老七决定性的胜利，我豁出去了。

由于政策落实，措施得力，老七终于被我打败了。那些跟屁虫们一个一个地都转到我的阵营，老七成了孤家寡人。出工时形影相吊，“穿花衣服打红伞伞的姑娘哎”的小调不再听他唱起。休息时，他则一个人坐在一边，看着我和那群青皮后生谈笑。

“老肖，”一个青皮后生讨好我说，“真人不露相，露相不真人。没有想到你的毛法法比老七的还大。”

“大你娘的屁。”我粗鲁地骂道，“我没有毛法法，老七也没有。他要真敢捉毒蛇，让它咬一口，就是真的有毛法法，我就佩服他。”

十五

也许，正是这句话，使老七走上了不归路。

那天晚上生产队开会。人还未到齐，我睡在一条长凳上，有人在我的脚头，放了一盏点亮了的油灯。老七死后，就有人说，他早就看出那晚会有人出事，没想到应到老七而不是我的身上。①

开会的陆续到来，老七到得较迟，隔着老远，就大声吆喝：“四眼狗，四眼狗来了没有？”

我吃了一惊，坐起来。老七来到我面前，把一条蛇往我面前一伸：“四眼狗，你看清楚，这是不是毒蛇？”

我吃了一惊，这条蛇身上有黑白相间的花纹，是条地地道道的银环蛇。

老七说：“你听着，四眼狗，你不是说我没有毛法法吗？咱们今天就比试比试，每人让它咬一口。你敢不敢？”

---

① 按当地习惯，人死后守灵，在死人脚头点一盏灯，叫长明灯。“我”的脚头放一盏灯，是不吉利的兆头。

我没作声。一个青皮后生看戏不怕班子大地喊道："他敢。"

"敢不敢？"老七逼着我问。

我还是不作声。

"你不敢我敢。我先让它咬，然后你来。你不敢的话，就从我裤裆下面钻过去。行不行？"

我犹豫了好一阵。我不想打这个赌，但又怕老七不花任何代价赢得这次胜利。我也不想让这条蛇咬老七，因为这是条银环蛇。但这样一来，我就得先认输，这又是我不愿意的。于是我终于点了点头。

老七站到长凳上，把蛇摊开给大家看。蛇一动不动，温柔得就像躺在情人怀里的姑娘，随老七摆弄。老七把手腕伸到它的头前，它羞怯地避开了。再伸过去，它又避开了。第三次伸过去，它不再避开，慢慢地张开口，露出两根长长的牙齿，温和地把它们刺进老七的皮肤。

青皮后生们发出敬畏的啧啧声。老七趾高气扬地从长凳上跳下来，大叉开两条腿，对着我喊："四眼狗，钻！"

"老四，钻！"青皮后生们异口同声地叫道。他们再次反戈一击，站到了老七一边。

我气不打一处来，对着老七骂道："你才是狗，你是七眼狗！"

老七并不生气，手在腿上一拍，得意扬扬地又叫了一声："四眼狗，钻！"

"老四，钻！"青皮后生们也再次异口同声地叫道。

有那么一会时间，我甚至也想让那条蛇咬一口。他老七能，我为什么不能？大家都是人。然而对于科学的信仰和对未知世界的恐惧，使我抛弃了这一打算。

人越围越多，甚至不少老年人也闻讯赶来了。我想，对他们来说，我们这两个蛇神娘娘的罪人互相斗起来，肯定是一件有趣的事。

在老七和青皮后生们的一再催促下，我终于屈辱地弯下身子。人群爆发出一阵喝彩。我想很快从老七裤裆下钻过去，结束这一场面。可是我的头刚伸进去，那叉开着的两条腿忽然夹紧了，我的头夹在里面，痛得眼前直冒金星。

我破口大骂，老七放声大笑，人群高声喧哗。直到队长出面干涉，老七才松开两腿。

我又羞又恼地离开会场，回到自己屋里。一个月的宣传，有毒蛇、无毒蛇，毒牙、毒囊，三角形、椭圆形，任何区别都被银环蛇这一口咬得干干净净。玻璃板、长竹筒、剃刀片、肉丝面，以前的一切辉煌和算计都被这一夹夹得无影无踪。我甚至怀疑起书上知识的正确性来。我和衣躺在床上，苦苦思索着报仇雪恨的办法，不知不觉睡了过去。

半夜，我被一阵敲门声惊醒。敲门的是队长。他告诉我，老七被蛇咬后情况很不好，已经送到公社卫生院去了，白支书要我带上李胜德蛇药片马上赶到公社去。

听到这个消息，我不禁有点高兴。但马上我谴责了这种自私的念头，找出蛇药片，跟着队长往公社赶。

路上，队长谈了事情的经过。

原来，老七被蛇咬后，不久就感到恶心。他悄悄地回到屋里用盐水漱了口，又叫七嫂扯了许多蛇蝎草，伤口上敷了一些，熬汤喝了一些，又烧了一些熏烟。然后又叫七嫂在队长家借了六爹那杆抽了几十年的烟袋，卸下铜烟头，把杆子里的烟泥刮出来，搓成丸子，和着蛇蝎草熬的水吞了下去。然而恶心的现象却越来越重，他呕起来，接着伤口也开始疼痛，渐渐心口也痛起来，他开始呻吟，最后手脚也抽搐起来。七嫂几次要去队里叫人，但都被他制止了。直到最后一次，他已经迷糊，七嫂才不再听他的，跑去找了队长。

我们赶到卫生院时，抢救已经开始。公社卫生院拿出两个吊水的架子，同时给他吊生理盐水和葡萄糖水，队长叫人请来的一名蛇医，正把酒含在口里，露出焦黄的牙齿，凑在老七的伤口上，拼命地往外吸毒。

看见我来了，白支书赶忙叫我把李胜德蛇药片拿出来。我喂了老七一些药片，又把一些药片用水调成糊状，敷在老七的伤口上。老七脸色已经铁青，但神志却清醒过来。他看见我，吃力地想伸出手来，我连忙双手握住他的手。他的脸上闪过一丝羞愧的神色，好像大风大浪都过来了，小沟小河里却翻了船的人见到了熟人似的。

“老七，挺住，你会好的。”

“谢谢。好不了了。”老七摇摇头，“你比白支书厉害啊。白支书只是不准我端饭碗，你却把我的饭碗砸烂了。你厉害。”

我没有想到老七这时竟然说出这样的话，一时不知怎么回答。老七却疲惫地闭上了眼睛。

一瓶盐水还没有吊完，老七又突然猛烈地抽搐起来，手脚乱动，带倒了吊水的架子。大家连忙七手八脚地将他按住。他挣扎了一会，终于再次安静下来。护士叫来医生，医生用听诊器听了一会，又撑开老七的眼皮，用手电照了照，对着白支书摇摇头，低头走了。

“毒已入心，没救了。”那位请来的蛇医也老经验地摇了摇头，“早几个小时送来就好了。”

十六

三个月后，我被推荐上了大学。

临行前，我特地到老七的坟头去祭拜。坟头已经长出青青的嫩草，坟顶却有点塌陷，形成一个凹坑。我用随身带来的锄头取土把坑填满，拍紧，又在坟头肃立了很久。我想起老七的那句话，有点后悔与老七的意气之争。如果捉蛇是老七的饭碗，我为什么非要打掉他的饭碗呢？让他保留一点神秘感，保留一点自信自尊不好吗？他其实也知道不要去惹那些毒蛇，我却非要去揭穿他的软肋。你是为了宣传科学，还是为了自己的面子呢？是传播正确的知识重要还是人的生命重要？我不敢正视自己的内心。我心事重重地下了山，与等在那里给我送行的白支书会合。

老七死后不久，大队专门召开了一次全体社员大会。白支书总结了老七死的原因和教训。然后，大队给了我一个月时间，把那本《我省的主要蛇类》油印出来，装订成书，全大队每户一本。

但大多数社员都不知该把这本书放在哪里，大队党支部专门开了一次支部扩大会，经过激烈的争论，最后决定把它放在宝书台上，但要放在毛选的下面。于是，蛇冲家家的宝书台上，又多了一件宝贝。但不久照例又蒙上了一层灰。

不过，蛇冲是无人再敢碰蛇了，六爹们借助这股东风，把过去的老规矩恢复了一大半。

七嫂的情况后来我是从温温热的嫂子处知道的。四年后她到省城打工，我在街上碰到她，惊喜之余，把她拉到一家餐馆，请她吃了一顿。她告诉我七嫂没有改嫁，一个人守着毛团过日子，但日子过得艰难。"一个女人拉扯一个孩子，不容易。"温温热的嫂子感叹地说。

我想起我对老七的承诺，想办法把七嫂介绍进省委大院，给人当保姆。她手脚勤快，又诚实能干，不久竟成了院子里的抢手货，大家都想请她。她也因此攒了一点钱，在省城买了一套房子，毛团也在省城上了学。

我想，老七如果泉下有知，应该也放心了吧？

（原载《湖南文学》1997 年第 12 期，有修改）